KILLING KENNEDY

刺杀肯尼迪

[美]比尔·奥赖利　[美]马丁·杜加尔德——著

邓武——译

北京联合出版公司
Beijing United Publishing Co.,Ltd.

雅众文化　出品

这本书献给我的祖先，
纽约州扬克斯的肯尼迪家族。
他们都是勤奋、慷慨和诚实的人。

致读者

1963 年 11 月 22 日

纽约州米尼奥拉

接近下午 2 点

那一瞬间，我和我的同学们都惊骇无比。当时，我们坐在查米纳德高级中学的一间教室里，卡迈恩·戴欧德蒂兄弟正在讲授宗教启蒙课——突然，教室里的广播响了，接入的是广播电台的直播：总统约翰·F. 肯尼迪在得克萨斯州的达拉斯遇刺，已经被送进医院。没过多久，我们都得知了他的死讯，所有人都缄默无语。

大多数出生于 1953 年前的美国人至今仍清晰地记得当年听到肯尼迪遇刺消息时的情景，在那个可怕的星期五之后，大家一度陷入悲伤和困惑之中，这是为什么？刺杀总统的究竟是谁？我们到底生活在一个什么样的国家里？

肯尼迪的遇刺对我来说又有着不同的意味。我的外婆出嫁前名叫威妮弗雷德·肯尼迪，我所在的爱尔兰天主教家庭对这位年轻的总统一向非常钟爱，他的死亡让我们感觉好似一位家人突然去世。如同大多数长岛的孩子一样，我当时不太关心国家政治，但我清楚地记得，当时我的许多亲戚家里摆上了肯尼迪的照片。对于他们来说，他是一位圣人；而对于我来说，他是一位惨死的遥远的人物，他的脑浆溅满了敞篷车的后备箱盖，他的妻子杰奎琳从后座爬到后备箱盖上，努力想把总统头骨的碎片收集起来，这个情景在我脑海里从未离去。

数以百万计的读者阅读了马丁·杜加尔德和我的上一部作品《刺杀林肯》，并表示了对拙作的厚爱，我们非常欣喜。我们愿意让历史变得被所有人易于接受，我们希望通过一种兼顾趣味与教益的方式告诉读者发生了什么以及为什么。在讲述了亚伯拉罕·林肯最后的日子之后，我们自然而然地为您翻开了约翰·肯尼迪的篇章。

许多人已经发现，林肯与肯尼迪的经历中有不少共同点，实际上，这些共同点是惊人的：

林肯首次当选总统是 1860 年，肯尼迪当选于 1960 年；

两人同是星期五遇刺，当时他们的夫人都在身旁；

他们的继任者都是姓约翰逊的南方人，两位约翰逊都曾是参议员；

安德鲁·约翰逊生于 1808 年，林登·约翰逊生于 1908 年；

林肯于 1846 年入选国会，而肯尼迪于 1946 年入选众议院；

林肯和肯尼迪在总统任期内都经历了丧子之痛；

刺杀林肯的凶手布斯在剧院开枪后逃进一座仓库，而刺杀肯尼迪的凶手奥斯瓦尔德开枪时藏身于一座仓库，之后逃入一家剧院。

1963 年，很少有美国人能意识到肯尼迪遇刺将怎样深深地改变这个国家，那些日子，历史是难以讲述的，尤其是缘于当时的政治氛围。在这部书中，我们将努力拨开迷雾，为您带来真实的历史。遗憾的是，一些事实今天我们仍不得而知。在本书的叙述中，马丁·杜加尔德和我仅涉及有事实依据的内容，我们绝不是阴谋论者，尽管我们会对一些不为人知或无法解释的片段提出问题。

然而，在进一步阅读之前，我们仍要向您声明，这是一部基于事实的严肃著作，其中的一些内容是过去从未公布过的。

有关肯尼迪总统的事实有时会是光明正大的，有时会是纷繁复杂的，而他遇刺的真正过程和原因又是血淋淋的。但是，所有的美国人都应当知道来龙去脉。

这就是本书将要叙述的，也是我本人非常荣幸能为大家呈现的。

比尔·奥赖利

2012 年 5 月，纽约长岛

目 录

序 言

1961 年 1 月 20 日

华盛顿哥伦比亚特区

中午 12 点 51 分

一位距离生命尽头不到三年的男人将他的左手放在了《圣经》上。

最高法院首席法官厄尔·沃伦站在他的面前，引导着誓词的宣读："请问你，约翰·菲茨杰拉德·肯尼迪，是否庄严宣誓……"

"我，约翰·菲茨杰拉德·肯尼迪谨庄严宣誓……"新总统以带有波士顿腔的滑音重复着誓词。他的目光聚焦在首席法官的脸上，而这位首席法官的名字有一天将成为肯尼迪遇刺案的代名词（沃伦亦是负责调查肯尼迪遇刺案的"沃伦委员会主席"）。

出身富裕家庭的新总统有着优雅的说话方式，这一点似乎会拉大他与选民的距离。但是，他是位热情的、很容易让人喜欢的男人。在竞选中，他公开拿父亲的巨额财富开玩笑，并用幽默和真诚填平了他与普通人之间的鸿沟，因此，当他说到要让美国变得更好，普通美国人愿意相信他。"西弗吉尼亚的穷人听到一个来自波士顿的男人说他需要他们的帮助，于是他们给予了帮助。在遥远的内布拉斯加州的玉米地里，农场主们看到这个男人一边用他们熟悉的动作挥动右手砍断玉米秸秆，一边模仿他们的口音解释说美国将会'更伟大'，农场主们于是也听懂了他的话。"一位作家曾这样描述肯尼迪受到的广泛欢迎。

但并不是所有的美国人都喜欢肯尼迪，他最终以非常微弱的优势战胜了对手理查德·尼克松，他赢得的选票是49%。那些农场主虽然可能听懂了肯尼迪的话，但内布拉斯加州62%的选票投给了尼克松。

"你将忠实执行美利坚合众国总统的职责……"

"我将忠实执行美利坚合众国总统的职责……"

8000万美国人通过电视直播收看了这场就职典礼，而现场观众就有2万人。就职前夜，一场大雪飘落在首都华盛顿，落雪达8英寸（约20.32厘米）厚，陆军部队不得不启用火焰喷射器紧急清除路面的积雪。此时，太阳照在国会山上，但凛冽的寒风鞭打着观礼的人们，他们把身体紧缩在睡袋、毯子、厚毛衣和大衣之中。

然而无视严寒的约翰·肯尼迪已经脱掉了大衣，他年方43岁，浑身散发着无畏与活力，此时他没有穿戴大衣、帽子、围巾和手套，仿佛是有意在炫耀他那运动员般的形象。一向衣着得体的肯尼迪身高刚刚达到6英尺（约1.8米），他有一双灰绿色的眼睛、迷人的微笑和棕红的脸膛——这得益于他刚刚在父亲棕榈滩的别墅度了假。尽管肯尼迪看起来非常健康，但他的病历很不让人乐观，实际上，罗马天主教堂曾先后两次为他准备临终祈祷。在之后的几年中，他的健康状况将一直困扰着他。

"你将竭尽全力……"

"我将竭尽全力……"

在周围无数达官贵人和朋友之中，有三个人对肯尼迪来说是至关重要的。第一位是他的弟弟、不得已而选择出任司法部部长的鲍比（罗伯特），总统更看中他作为一个顾问的诚实而不是他的法律能力，肯尼迪知道，鲍比永远会告诉他实情，不论实情会是多么残酷。

站在新总统身后的是新任副总统林登·约翰逊，可以说——约翰逊本人也这么认为——肯尼迪能赢得大选是因为有这位坚韧的高个子得克萨斯人。如果不是同约翰逊搭档竞选的话，肯尼迪绝对赢不了这个"孤星之州"24张选举人票的大票仓。实际上，肯尼迪和约翰逊竞选组合在得克萨斯州只比对手多了46000张选票，因此，如果肯尼迪还想获得连任的话，约翰逊这个搭档仍是不可或缺的。

最后，新总统悄悄看了一眼站在首席法官沃伦身后的他年轻的夫人。杰姬（杰奎琳）·肯尼迪穿着一件灰褐色的大衣，戴着相配的帽子，深棕色的头发和翻毛衣领更衬出她一张光洁的笑脸。此时，她琥珀色的双眼闪烁着激动的光芒，从她身上一点也看不出倦态，尽管他们今天凌晨4点才休息，因为在弗兰克·西纳特拉和伦纳德·伯恩斯坦安排的就职前夜晚宴上，大家欢闹得忘了时间。杰姬在晚宴远没有结束之前就回到了他们在乔治敦的房子，但肯尼迪没有和她一起回来。4点钟，走进家门的肯尼迪看到他妻子还醒着——是激动得无法入睡。窗外，持续飘落的雪花让道路上的零星车辆行驶得非常艰难，华盛顿的街道上还可以看到远远近近的篝火，这对年轻夫妇促膝而坐，聊了起来。他告诉她，他父亲要举办一个宴会，当然谈得更开心的还是就职典礼。已经到来的一天将是非凡的一天，这之后他们还有更多的憧憬。

公众非常喜欢杰姬，这一点约翰·F.肯尼迪一清二楚。昨夜，

3

当载着肯尼迪夫妇的豪华轿车驶过落满雪的华盛顿街道，街头有人认出了车中的肯尼迪夫妇，当选总统于是让司机打开车内灯，以便让行人更清楚地看到他的夫人。杰姬的魅力、风格和美丽倾倒了全美国，她能讲流利的法语和西班牙语，常吸过滤嘴香烟，喜欢香槟胜过鸡尾酒。同她丈夫一样，她有着迷人的微笑，但相对于她丈夫的外向，她比较内向，圈子外面的人很少能取信于她。

尽管她有着出众的外表，杰姬·肯尼迪在七年的婚姻生活中已然经历了巨大的痛楚，他们的第一个孩子流产了，第二个孩子生下来便是一个死婴。好在这之后两个健康的孩子卡罗琳和小约翰的降生给她带来了快乐，同样，她年轻而锐气十足的丈夫从一个马萨诸塞州的政客一跃成为合众国总统也让她欣喜异常。

痛苦都过去了，未来看上去无限光明，肯尼迪的总统任期似乎注定是，用百老汇刚刚上演的一出非常叫座的歌舞剧《卡米洛特》（Camelot）的台词形容，"再没有更融洽的时刻了，欢乐会持续到永远"。

"恪守、维护和捍卫合众国宪法……"
"恪守、维护和捍卫合众国宪法……"

肯尼迪的前任德怀特·艾森豪威尔站在杰姬身旁，在肯尼迪身后站着的是林登·约翰逊、理查德·尼克松和哈里·杜鲁门。

一般来说，即便是上述要人中只有一位出席某个活动，已经会安排高级别安保措施了，当他们所有人都出现在这次就职典礼上，而且相互间距离如此之近，可以算得上是安保噩梦。

特工处处于高度警戒状态，他们的工作就是保护总统。55 岁的特工处处长、职业特工 U. E. 鲍曼自杜鲁门总统时期就担任这一职务，他觉得肯尼迪喜好运动、愿意融入人群的个性给警卫工作带来了很大挑战，这种挑战是特工处有史以来未曾有过的。鲍曼身材瘦削，留着招牌式的平头，今天，为了确保总统的安全，特工们将就职典礼的主席台检查了三遍，然而在祈祷环节，一股蓝烟突然从主席台下冒出，难道是炸弹？几个特工立刻冲过去检查。原来，烟雾出自升降主席台用的马达，问题很容易解决，关掉马达就可以了。此时，鲍曼手下的特工们仍在审视着人群，现场的人太多了，又距离太近了，一个受过良好训练的狂热分子可以凭一支手枪、五声脆响干掉新总统、两位前总统和两位副总统。

鲍曼还很清楚另外一个冰冷的事实，自1840年以来，以20年为周期，每个周期会有一位总统死于任上，他们是：哈里森、林肯、加菲尔德、麦金莱、哈定和罗斯福。但是，已经有近60年没有总统遇刺身亡了，这要归功于特工处精明强干。一个月前，特工们刚刚挫败了一起针对肯尼迪的刺杀图谋：一位心怀不满的失业的前邮务员计划用炸药将当选总统炸死。无论如何，鲍曼面对着一个挥之不去的疑问：总统死于任上的怪圈已被打破？或是肯尼迪将成为下一个牺牲者？

肯尼迪对他将死于总统任上的可能付之一笑，为了表现他不信邪，他有意在入主白宫的最初几天选择在"林肯卧室"过夜，显然根本不在意林肯的鬼魂。

"愿上帝助我。"

"愿上帝助我。"

宣誓完毕，肯尼迪先后与首席法官沃伦、约翰逊和尼克松握手致意，最后，他站在了艾森豪威尔面前，两人热情地微笑着，但他们的眼神又都有几分冰冷。艾森豪威尔颇为不屑地为肯尼迪起了一个绰号——"没希望的小男孩"，他认为后者乳臭未干，不懂治国；同时，作为"二战"诺曼底登陆的最高指挥官，艾森豪威尔觉得今天由一个当年的海军上尉接替他的总统职位颇有些不快。对于肯尼迪来说，眼前的这位老将军根本无意改变美国社会的种种弊端，而这恰恰是肯尼迪心中的头等要务。

肯尼迪是有史以来当选的第二年轻的美国总统，而艾森豪威尔是最年长的，明显的年龄差距也折射出两代截然不同的美国人和他们截然不同的观念。不一会儿，肯尼迪将要发表他的就职演说，从而将两代人的差异彰显得更明确。

美国第 35 任总统松开了艾森豪威尔的手，他缓缓向左转过身，站在了挂着总统徽章的讲台后。肯尼迪低头看了看他的演讲稿，然后抬起头，凝望着面前成千上万张冻僵了的脸，他知道观众们已经不耐烦了。就职仪式开始得晚了，红衣主教理查德·库欣主持的祈祷非常冗长，接下来 86 岁的诗人罗伯特·弗罗斯特被阳光刺伤了眼睛，无法朗诵他专门为这场典礼写就的诗句，总之，没有哪一项程序是顺利的。因此，这些被冻僵了的观众期待能得到补偿，希望听到一些能够改变华盛顿陈腐的政治空气的词句，因为这个国家已被麦卡锡主义搞得四分五裂，被冷战的阴云所笼罩，且仍在种族隔离和种族歧视的束缚中苦苦挣扎。

肯尼迪是位获得过普利策奖的历史学者，他的获奖作品是《勇敢者传略》（*Profiles in Courage*）。他知道伟大的就职演说价值几何，几个月来，他一直在不厌其烦地将演讲稿改了又改，昨夜，就在他让司机把车内的灯打开以便路人看清杰姬时，他又读了一遍托马斯·杰斐逊的就职演说，对比之下发现了自己的不足之处。今天早晨，他只睡了 4 个小时就起床了，拿起铅笔一遍遍地又修改起他的演讲稿。

此时，他的演说仿佛诗句一般，"让我在此时此地告诉我们的朋友和我们的敌人，火炬已经传到了新一代美国人的手中——他们出生在这个世纪，淬火于战争年代，他们在艰苦和严酷的和平中成熟，为我们古老的文明而骄傲……"

这绝不是普普通通的就职演说，这是一个承诺。美国最辉煌的时代即将到来，肯尼迪说，但每个美国人都必须尽职尽责。"不要问你的国家能为你做什么，"他说道，同时他提高嗓音说出了点睛之句，"而要问你能为你的国家做些什么。"

这次演讲将立即被奉为经典，约翰·菲茨杰拉德·肯尼迪用了不到1400个单词便阐明了他对美国的期望。放下演讲稿，他知道他要开始兑现对美国人民的重大承诺了。他必须着手处理古巴及其亲苏领导人菲德尔·卡斯特罗的问题，还要对付一个遥远的名叫越南的国度的麻烦，在越南，一小队美国军事顾问团正在努力给这个长期遭受战争蹂躏的地区带来和平。在美国国内，黑帮犯罪更趋集团化而民权运动却在分化，这两个首要问题需要立即处理。在更加私人的层面上，肯尼迪必须促使司法部部长鲍比·肯尼迪与副总统林登·约翰逊和谐相处，因为他们两人相互鄙夷。

肯尼迪扫视着热情的观众，他明白他要做的工作很多。

然而，并不是所有受邀的人都到场参加了典礼，昨夜参加聚会的明星们在典礼上也都给预留了最好的座位来见证这个美国历史上的重要时刻，但由于天气太冷，加之前夜通宵豪饮，歌星弗兰克·西纳特拉、影星彼得·劳福德、作曲家伦纳德·伯恩斯坦和不少贵宾都选择晚起床，继而待在家里看电视直播，他们共同的托词是："总统第二任期的就职演说我会去现场。"

但是，不会有第二次就职演说了，因为约翰·菲茨杰拉德·肯尼迪将同恶势力同归于尽。

在 4500 英里（约 7245 公里）外的苏联城市明斯克，一个没有投票给肯尼迪的美国人正在吃饭。李·哈维·奥斯瓦尔德，前美国海军陆战队狙击手，他觉得在这个社会主义国家已经过够了。

奥斯瓦尔德是个叛逃者。1959 年，他 20 岁，体形偏瘦，算得上英俊，那年，这个令人不解的小伙子决定离开美国，他当时认为，拥有社会主义信仰的他会在苏联受到欢迎，但事实并非如此。奥斯瓦尔德希望能上莫斯科大学，尽管他高中都没毕业，但苏联政府将他送到莫斯科以西 400 多英里的明斯克，之后他便一直在一家电子工厂做工。

奥斯瓦尔德生性好动，但苏联人严格限制了他的旅行，而在这之前，他的人生一直处于无序和骚动之中。

奥斯瓦尔德是遗腹子，他的母亲玛格丽特·奥斯瓦尔德之后再婚，但很快就离婚了。不富裕的玛格丽特带着年少的儿子不断搬家，他们曾到过得克萨斯、新奥尔良和纽约。截至小奥斯瓦尔德从高中退学入伍海军陆战队，他曾在 22 个不同的地方生活过，上过 12 所不同的学校，包括一所感化院。在那所感化院里，法院对他做了心理测试，发现他孤僻、不能适应社会，进而他又被诊断为"喜爱空想，沉迷于全能与权力的主题，借此希望弥补他目前的缺失与挫败感"。

1961 年的苏联很难为一个寻求独立与自由的人提供归宿。李·哈维·奥斯瓦尔德生平第一次有些不知所措，他每天早上起床后就要去工厂辛勤劳作，每时每刻都在操纵着一台机床，身边的工友们讲的俄语他几乎听不懂。他 1959 年的叛逃被美国报刊所报道，因为前美国海军陆战队队员叛逃绝非寻常——叛逃去苏联的就更少见了，他的前陆战队战友们给他起了一个绰号"奥斯瓦尔德斯科维奇"——因为他违背了海军陆战队永远忠诚的誓言而投向了敌人。但现在他默默无闻，这是他完全不能接受的，叛逃再也不是什么好主意了，奥斯瓦尔德在日记中悄悄写道，幻想完全破灭了。

李·哈维·奥斯瓦尔德根本不反对约翰·菲茨杰拉德·肯尼迪，他对这位新总统和他的政策也知之甚少。他在海军陆战队做狙击手的时候，他之前的履历很难让人相信他会威胁他自己以外的任何人。

当全美国在欢庆肯尼迪就职的时候，这位叛逃者向美国驻莫斯科大使馆写了一封信，这封信言简意赅：李·哈维·奥斯瓦尔德想回家。

第一章　遭遇死神

1

1943 年 8 月 2 日

所罗门群岛布莱克特海峡

凌晨 2 点

已是 1961 年 2 月了，新总统的办公桌上放着一个椰子。他能活到今天很幸运，因为在他短暂的生命中，他已经三次同死神擦肩而过了。作为镇纸，这个不同寻常的椰子让人回忆起他第一次面对死神的经历。当他迁入椭圆办公室时，他的团队一定要把这个椰子放在显眼的地方，他们知道，他们的老板希望这个非常特殊的椰子在他的视线之内。现在，和这个椰子相关的遇险故事已经闻名于世，而那段经历曾考验过他的勇气。

18 年前的 1943 年，一个温暖的夜晚，三艘美国巡逻鱼雷艇正游弋在南太平洋的布莱克特海峡，它们的任务是搜寻日本战舰，这里距双方正在激烈厮杀的一个被称作"插槽"的海域很近。这种鱼雷艇长 80 英尺，船壳为 2 英寸厚的桃花心木，动力是三台帕卡德马达。这个型号的鱼雷艇非常灵活，能飞掠到日军战列舰附近，用一组马克 8 型鱼雷击沉敌舰。

在其中一艘舷号为 109 的鱼雷艇上，一个年轻的少尉坐在驾驶台上，半梦半醒，他已经关闭了三台马达中的两台以避免被日军侦察机发现。唯一运转的那台马达此时转速也不快，因此，快艇的螺旋桨面几乎都没有搅动闪烁的海水。少尉凝神四下望了望，希望能确认另外两艘鱼雷艇的位置，但今夜没有月亮，也没有星光，他什么也看不到，同样，在那两艘鱼雷艇上的战友也看不到 109 号艇。

待 109 号鱼雷艇发觉日军驱逐舰"天雾号"迫近时已经晚了，"天雾号"是执行"东京特快"任务的军舰之一，"东京特快"是日本海军一个大胆的试验性行动，旨在使用高速战舰将作战部队和武器弹药运进或运出有着重要战略价值的所罗门群岛，这一行动需借助战舰的高速度和夜色的掩护完成。"天雾号"刚刚在附近的科隆班加拉岛的维拉卸下了 900 名士兵，现在正高速返航日军在新几内亚拉包尔的基地，它必须在黎明前进港，否则美军轰炸机会发现并炸沉它。"天雾号"比一个足球场还长，但船体最宽的部分只有 34 英尺，这样的船体能使"天雾号"以每小时44 英里的惊人速度劈波斩浪。

在 109 号鱼雷艇的艇艏，来自伊利诺伊州海兰帕克的少尉乔治·"巴尼"·罗斯仍在透过夜色瞭望。罗斯之前服役的舰艇不幸被一架美军轰炸机意外炸沉了，他自愿登上 109 号鱼雷艇担任瞭望员。当他在望远镜中突然看到 250 码（约 228 米）外的天雾号正全速向 109 号鱼雷艇压来，不禁惊呆了，他伸手指向夜幕中，鱼雷艇舵手也看到了突现的敌舰，他拼命转舵试图将艇艏对准高速行驶的驱逐舰，以便发射鱼雷，这是战友们唯一的希望，否则这些美国人将被消灭。

109 号鱼雷艇已没有足够时间转向到发射角度。

只是恐怖的一瞬间，"天雾号"劈向了鱼雷艇桃花心木的船身，鱼雷艇从右向左断开，横切面接近驾驶台，断开的两截船身继而也几乎被碾碎，如果鱼雷艇有感知的话，它一定会想："原来这就是被杀死的感觉。"13 名艇员中有两名当场牺牲，之后 109 艇的残骸发生爆炸和燃烧，又使两名艇员负伤。附近的两艘美国鱼雷艇 162 号和 169 号看到了剧烈的爆炸，它们没有开过去抢救幸存者，而是开足马力冲向夜色深处，因为他们害怕还有其他日军战舰在附近。"天雾号"也没有停下来，仍旧高速驶向拉包尔，舰上的日军官兵望着熊熊燃烧的美军小艇消失在视线中。

109 号鱼雷艇幸存的艇员们只有靠他们自己了。

应当对这艘鱼雷艇被巨型敌舰碾碎负责的美军艇长是海军上尉约翰·菲茨杰拉德·肯尼迪。他当时 26 岁，清瘦，皮肤被晒得黝黑。他是个出自哈佛大学的公子哥，原本供职于海军情报部门，但他的丹麦女朋友被怀疑是纳粹间谍，于是他父亲强制他转入战斗部队。肯尼迪是家里的老二，而这个家庭对老大寄予了非常大的希望，因此老二得以虚掷光阴。他幼时体质不好，年轻时喜欢书和女孩，另外，除了领导一只小小的鱼雷艇外，肯尼迪对追求政治上的领导地位毫无兴趣——的确，这原本也是他哥哥乔被赋予的使命。

但这些往事此时都已非常遥远，肯尼迪立即要做的是把他的手下送出险境。许多年后，当被要求描述那一夜的遭遇时，他只是耸耸肩说："没办法呀，他们把我的船撞沉了。"

他的话与实情不符，他应当为 109 号鱼雷艇的沉没和两名艇员的牺牲上军事法庭。但这艘鱼雷艇的沉没反而成就了约翰·F.肯尼迪——不是因为已经发生的，而是因为将要发生的。

109号鱼雷艇的后半段正在向1200英尺深的布莱克特海峡底部坠落，而船体的前半部因为有水密隔舱，暂时还漂浮在海上。肯尼迪集合了幸存的艇员待在这段残骸上等待救援。"天雾号"掀起的波浪浇灭了鱼雷艇残骸上的火焰，肯尼迪原本担心大火会引燃残存的弹药或油箱，这个担心于是不复存在了。但是一个、两个、三个小时过去了，显然救援不会到来，肯尼迪必须设计一个新的计划。布莱克特海峡四周有很多小岛，这些小岛上盘踞了成千上万的日军，可以肯定会有岛上的日军看到夜里的爆炸。

"如果日本人出动了，你们想怎么办？"肯尼迪向艇员们问道，此时，他要对这些艇员的生命负全责，但他不知所措。残骸已开始缓缓下沉了，他和他的艇员拥有的武器只是1挺机枪和7支手枪，用这些武器去和日军作战是荒唐的。

现在，艇员们可以清楚地看到，在1英里以内的吉佐岛上有一个日军军营，而且还知道在5英里远的克罗姆邦加拉岛和拉怀拉城岛上各有一个更大的日军基地。

"我们都听你的，肯尼迪先生，你是头儿。"一个艇员答道。

但肯尼迪还不适应当头儿，在做109艇艇长的几个月里，他的主要工作是驾艇，他的战友抱怨说，他更感兴趣追女孩而不是当艇长。实际上，肯尼迪做配角更加得心应手，在成长的过程中，他习惯于从霸气的父亲那里接受命令，同时仰视他那位颇有魅力的哥哥。他的父亲约瑟夫·P.肯尼迪是美国最有钱和最有影响力的人物之一，他曾任美国驻英国大使。肯尼迪的哥哥乔这一年28岁，意气风发，是欧洲战场上的一位海军航空兵飞行员，不久后，乔将参加一次针对纳粹潜艇的空中突袭行动。

肯尼迪家的孩子做任何事都接受父亲的指令，约翰·肯尼迪后来有一天形容兄弟姐妹们同他父亲的关系是木偶与主人的关系。约瑟夫·肯尼迪不仅决定他的孩子们应该怎样度过人生，指示他们的每一个行动，还试图与他儿子和女儿们的女朋友睡觉，甚至决定为他的一个女儿做了脑叶切断术。他已经指定大儿子乔从政，而且安排乔作为正式代表参加了1940年的民主党全国代表大会。与此同时，在大战还未爆发的几年，约翰的时间主要用来写作和旅行，许多家族成员相信写作将成为他的职业。

在那个悲惨的南太平洋的深夜，约瑟夫·肯尼迪不可能告诉他的儿子应当怎样做。"教科书根本没有讲怎么对付眼下的情形，"肯尼迪告诉正在挨时间的下属，"似乎我们不再是作战部队了，大家来说说该怎么办吧。"

然而，艇员们争执道，他们接受的培训是服从命令，而不是敌前讨论，可是，肯尼迪仍然不愿担当起指挥官的角色。悲剧发生以后，大家一直在等候搜寻船只或是侦察机来发现他们，当时间渐近中午，109号鱼雷艇的残骸浮在海面上的部分越来越小，如果仍不离开残骸，艇员们或是将被日军抓获，或是要葬身鲨腹。

最终，约翰·F.肯尼迪下达了命令。

"我们游泳。"他命令道，一边指着东南方大约3英里远的几个绿色小岛，他解释说，虽然这几个小岛看上去只是视线中的几个小绿点，比几乎触手可及的吉佐岛远得多，但那些小岛很可能没有日军驻扎。

艇员们找了一块木板，大家扶着木板开始向那些遥远的小岛奋力游去。肯尼迪曾是哈佛大学游泳队队员，现在，他还要拖曳一个重度烧伤的战友，他把这个战友救生衣上的一根带子放在自己的牙齿间咬住，开始拖着他向小岛游去。肯尼迪用了漫长的5个小时才游到了一个小岛，这期间他不知喝了多少口苦涩的海水，但他那游泳队员的体魄最终使他在其他艇员之前第一个游到了岸边。他把重伤的战友安放在沙滩上，跟跟跄跄前去巡视他们的新家。这个岛不大，只有沙滩、几棵棕榈树和环绕小岛的礁石。从岛的一端走到另一端只有 100 码[1]，但这毕竟是陆地。在大海中待了 15 个小时后，没有什么比陆地更好的地方了。

其他的艇员终于上岸了，一条日军驳船从几百码远的海面上驶过，艇员们缩在礁石后，躲过了日军的视线。肯尼迪倒在灌木丛的阴影里，长时间的游泳和吞食大量海水几乎让他崩溃。但是，尽管状况很差，他已经发生了变化，一个原本羞于做领导的人终于意识到，只有他本人才能拯救他的团队。

肯尼迪站了起来，开始工作。

肯尼迪向沙滩望去，沙子是灰白色的，艇员们已经在低垂的树枝下找到了藏身之所。肯尼迪感到了一阵轻松，他看到近处用丝棉救生衣裹着的一大捆东西，这是艇员们从 109 号鱼雷艇中抢出来的，肯尼迪要用这捆东西来完成下一步的工作。

救生衣裹着的是船上用的灯。肯尼迪蹒跚着走到艇员们跟前，说出了他的计划：他将游到附近的一个小岛，那个小岛距一条叫作弗格森海峡的水路很近，美军鱼雷艇经常到这条海峡巡逻，夜间一旦有美军鱼雷艇大胆驶过这条海峡，肯尼迪将发出灯语，如果联系上美军鱼雷艇，他将随即向小岛上的艇员们发出灯语。

肯尼迪于是准备再次下水，他还在断断续续地呕吐，同时因脱水和饥饿而头重脚轻。为了减轻重量，他剥去了自己的衬衣和长裤，把一支点 38 口径的手枪系在了脖子上。他从 109 号鱼雷艇游向这

1　英美制长度单位，1 码合 0.9144 米。

个小岛时已经脱下鞋子系在脖子上，这会儿他又把鞋穿上了，不然的话锐利的礁石会把脚刺破。最后，肯尼迪将那个木棉包裹紧紧绑在自己赤裸的身躯上，因为他知道，包裹里的那盏灯是求救的关键。

肯尼迪再次走入水中，他想到了这一带水域中的巨型梭鱼，有人说这种巨型梭鱼会突然从深海游上来袭击正在游泳的人，把他们的生殖器咬掉，脱掉了长裤的肯尼迪绝对是梭鱼的好目标。

夜色再次降临了，肯尼迪独自游着，直到他的鞋碰到了礁石，于是他沿着礁石锐利的表面迈步前进，他知道最终肯定会走到礁石的尽头，接下来便会是沙滩，然而礁石似乎无穷无尽，更糟的是，珊瑚一次次划破了他的手和腿。每当他因踩空陷入看不见的洞，他心中便立刻浮现出可怕的大梭鱼。

肯尼迪始终没有触及沙滩，于是，他把鞋子系在救生衣上，继而采取了一个大胆甚至有些莽撞的举措：他游回了开阔的海面，高举船灯，希望能被一艘路过的巡逻艇发现。

但是这一夜，和之后 109 艇艇员们艰难求生的每个夜晚，美国海军并没有派出鱼雷艇巡航弗格森海峡。肯尼迪在漆黑的夜色里踩着水，徒劳地等待着沉闷的螺旋桨的声音。

最后，他放弃了，但当他想努力游回艇员们所在的小岛时，他发现小岛的方向是逆海流的，接着，他被冲进了布莱克特海峡，在他被海流带过小岛的时刻，他疯狂地挥动着船灯想让岛上的艇员们看到。后来他得知，当时岛上的战友们看到了灯光，但他们一度争执这束灯光是否是饥饿和脱水带来的幻象，直到灯光终于消失在无边的夜色里。

约翰·肯尼迪踢脱了他脚上笨重的鞋，任它们沉向海底，他以为少了鞋可以游得轻松一些，但并非如此。他漂得越来越远，直到

19

进入太平洋。不论他怎样努力游泳，海流总是同他作对，最终，他停了下来，独自在黑暗中，他浑身发冷，心中百感交集，看上去仿佛已是毫无生气。可是，肯尼迪一向是个充满活力的人，尽管他是出名的花花公子，可他毕竟是在一个正统罗马天主教家庭长大的，纵使他近几个月情绪不高，但他一直没有沉沦，信念一直支撑着他。现在的情形看似山穷水尽，但肯尼迪仍抱有希望。

而且，他始终没有扔掉他的船灯。

肯尼迪漂浮着，整个夜晚孤独无助到了极点，他手指上的皮肤起皱了，他的身体感觉更冷了。

但这并不是他的死期，还不是。当太阳渐渐升起来，肯尼迪惊愕地意识到曾把他推向大洋的海流转了个方向，又把他推回了出发的地点。于是，他安全地游回到战友中间，因为充当了一夜的灯塔，那盏灯终于耗尽了电，再也亮不了了。

岛上的日子一天一天地过去，肯尼迪和他的战友们靠吞蜗牛和舔灌木叶子上的露珠存活，他们把这个新家命名为"鸟岛"，因为灌木的叶子上有大量的鸟粪。有几次他们看到双方的战机在天空中激烈厮杀，但他们从未见到过救援飞机。实际上，当他们在鸟岛上艰难地生存时，他们所在的鱼雷艇队已经为他们举行了追悼仪式。

又是4天过去了，肯尼迪说服了艇员中来自伊利诺伊州海兰帕克的乔治·罗斯和他一起再次下水，这一回他们的目标是一个叫作纳鲁的小岛，而这个小岛上很可能有日军，可时至今日，当大家已经被饥饿和干渴煎熬得痛不欲生时，当俘虏似乎比等死更容易接受。

两人游了一个小时，在纳鲁岛上，他们发现了一只日军丢弃的驳船，还看到两个日本人迅速地划着独木舟逃离了小岛。肯尼迪和罗斯在驳船上搜寻了一番，希望能找到一些给养，果然，他们发现了一点淡水和一些硬饼干，之后还发现了一只小独木舟。两个人在纳鲁岛上躲过了整个白天。夜晚来临时，肯尼迪把罗斯留在岛上，自己划着那只单人独木舟进入弗格森海峡。现在，他没有船灯也没有任何可以发出求救信号的手段，即便远处有美军鱼雷艇经过，他也无能为力。但纵使希望渺茫，肯尼迪仍在做拼死的努力，经过一夜不停地挥桨，他又回到了鸟岛上战友们的身边。

让他惊喜的是，战友们告诉他一个好消息，那两个他们在纳鲁岛上看到的所谓"日本人"实际上是附近的岛民，对方当时也看到了肯尼迪和罗斯，之后这两位岛民专程来鸟岛告诉 109 艇的艇员们附近日军的动态。

早上，肯尼迪又出发了，他请两位岛民划着独木舟把他送到纳鲁岛，这两位以海为家的岛民不一会儿就轻松地把肯尼迪安全送到了乔治·罗斯身边。岛民们离开之前，肯尼迪在一个刚刚落下的椰子上刻下了一些大写的英文词句："纳鲁岛……指挥官……这位岛民知道位置……他可以导航……11 个人活着……需要小船……肯尼迪。"

带着这个神秘的信息，两位岛民划着独木舟离开了。

夜再次降临了，大雨倾盆而下。肯尼迪和罗斯躲在灌木丛下，他们的胳膊和腿因为蚊虫的叮咬和礁石的剐蹭而肿了起来。两位岛民在离开前曾告诉他们，纳鲁岛上某处还藏着一只独木舟，于是，肯尼迪坚持要罗斯和他再下一次海寻找鱼雷艇。

然而现在太平洋已经不太平了，雨下得仿佛如漫天水幕，海浪达到了 6 英尺高。肯尼迪下令返航，但转向中独木舟翻了，两个人抱住底朝天的小船，拼命蹬腿试图回到岛上。巨浪撞击着礁石，肯尼迪感觉自己要被独木舟扯断了，大海的力量让他一会儿沉下去，一会儿在浪尖上打转，他感到死神已来到了眼前。但就在一切都将终结的时刻，他的头部又露出了水面，他挣扎着爬上了礁石。离他不远处，罗斯也爬了上来。雨仍在倾盆而降，他们小心翼翼地踩着锐利的礁石来到沙滩上，他们的腿和脚再次鲜血淋漓。整个过程中，他们再也没想到大梭鱼，只有拼命求生的念头。接下来，他们倒在沙滩上昏睡过去，因为筋疲力尽，所以也顾不得会不会被日军发现。

约翰·肯尼迪已是无计可施，他为了拯救他的艇员们已经竭尽所能，似乎真的山穷水尽了。

似乎看到了幻影一般，睁开眼睛的肯尼迪看到四个岛民站在他周围。太阳初升，罗斯的四肢因为被礁石划伤全都肿得变了形，一条胳膊胀得像个橄榄球，肯尼迪本人也感到伤痛难忍。

"我有一封信给您，长官。"其中的一个岛民用标准的英语说道。

将信将疑的肯尼迪坐了起来，开始读这封信，原来，岛民们把肯尼迪刻了字的椰子带给了不远处小岛上埋伏着的一支新西兰步兵分遣队。这封回信就是分遣队的队长写的，信上说，请肯尼迪随岛民们去安全的地方。

于是，约翰·F.肯尼迪被岛民们放置在一只独木舟的底部，他身上被盖上了棕榈叶以防备日军侦察机，接下来，岛民们把船划到了新佐治亚岛的一个秘密据点。当独木舟划到岸边，一位年轻的新西兰人走出丛林，肯尼迪也从他的藏身处探出头，爬出了独木舟。"你好吗？"新西兰人一本正经地问候道，"我是温科特中尉。"他的话语带着英音。

"你好，我是肯尼迪。"两人握了握手，温科特向丛林示意了一下，"来我的帐篷喝杯茶吧。"

不久后，肯尼迪和他的艇员们被美国海军接走了。109 号鱼雷艇的历险到此结束了，但 109 号鱼雷艇的传奇从此开始了。

还有一出悲剧推动了肯尼迪迈向椭圆办公室。肯尼迪的哥哥乔在面对死神时就没有那么幸运了，1944 年 8 月 12 日，他驾驶的还处于试验阶段的解放者轰炸机在英格兰上空爆炸，之后他的遗骨都无法找到，也没有记录这一悲剧的纪念册可以放在肯尼迪的书桌上。但是，这次爆炸恰恰标志着约翰·F.肯尼迪从政的起点，从那一刻，他踏上了通向美国权力中枢的道路。

"二战"结束不到 6 个月，有 10 位候选人竞选波士顿第十一选区民主党国会议员提名，约翰·菲茨杰拉德·肯尼迪成为其中之一。波士顿是一个两党长期对峙的城市，老牌的政客和行政区的老大们不可能给肯尼迪胜出的机会，但肯尼迪认真调研了每个行政区，得心应手地扮演了哀兵的角色。他聘用了一位交际颇广的"二战"老兵戴维·鲍尔斯帮助他竞选，而鲍尔斯自己也是一颗政治新星，因此不情愿为他人做嫁衣，而且，在鲍尔斯看来，这位清瘦的小伙子见到选民后的自我介绍总是："我叫杰克（约翰的昵称）·肯尼迪，我参选国会议员。"

但是，1946 年 1 月一个寒冷的晚上，当鲍尔斯在一座大会堂前聆听了肯尼迪激动人心的竞选演说后，他被震撼了。这是一次"金星母亲"（Gold Star Mother）的集会，"金星母亲"是指在"二战"中失去了孩子的美国妇女。肯尼迪对她们的演说只有十分钟，他告诉眼前的这些女士为什么他要竞选国会议员。观众看不到他的双手在颤抖，但听到了他精心选择的词句，他告诉她们他自己在"二战"中的经历，解释道为什么她们的儿子的贡献意义非凡，他尽量用诚恳、由衷的话语赞颂他们的勇气。

这时，肯尼迪停顿了一下，然后，他用轻缓的语气说到了他牺牲的哥哥乔："我想，我知道你们作为母亲的感受，因为，我的母亲也是一位金星母亲。"

演说刚一结束，女士们便饱含热泪涌上前去，她们争相向这位缅怀她们失去的孩子的年轻人伸出了手，告诉他他们支持他。这一情景打动了戴维·鲍尔斯，从此，他心甘情愿为"杰克"·肯尼迪工作，并为肯尼迪组建了后来被称为"爱尔兰帮"的核心成员。戴维·鲍尔斯紧紧扣住 109 号鱼雷艇的故事并使之成为肯尼迪竞选的闪光点，他还特意将这段发生于 1943 年暗夜的故事印成小册子，寄给许多选民，借此说明这个富家子弟有着非凡的勇气，否则，许多人可能不愿投他的票。

正是因为戴维·鲍尔斯坚持充分发掘利用 109 号鱼雷艇的故事，约翰·F.肯尼迪得以进入国会。

在肯尼迪就任总统的最初几个月中，那个刻着肯尼迪求救词句的椰子提示着他因一场历险而踏上白宫之路的起点。

这个椰子每天也提醒着肯尼迪：他能当上总统在一定程度上得益于戴维·鲍尔斯敏锐的政治直觉。鲍尔斯也是波士顿人，高个子，比肯尼迪大 5 岁，自那个 1946 年 1 月的难忘夜晚起，他就直接为肯尼迪工作，但他后来并非内阁成员，甚至不是正式的顾问——鲍尔斯只是总统的好朋友，他似乎总能够预见到总统的需求，而且总统一向倚仗他，总是愿意将他带在身边。鲍尔斯曾被形容为总统的"御用小丑"，这个评价也有一定的道理，因为他在白宫的主要工作是社交，而且鲍尔斯情愿为约翰·肯尼迪做任何事。

但即便是以直觉著称的戴维·鲍尔斯也不可能预知所有事件，他也不可能想到，他既见证了约翰·肯尼迪生平第一次政治演说，也将见证他生平最后那一次。

2

1961 年 2 月
白宫
中午 1 点

合众国总统准时脱去了他所有的衣服。几乎每天中午 1 点钟，他会准时滑入白宫的室内游泳池。游泳池位于白宫正门和"西翼"之间，池中的水一直保持在 90 华氏度（约 32 摄氏度）的理疗温度。约翰·肯尼迪游泳是为了减轻背部疼痛，他在哈佛上学的时候就有这个毛病了，"天雾号"为他锻造的炼狱加重了他的病痛，他之后还专门为此做了外科手术，但没有疗效。这种痛苦持续不断，且无法忍受，肯尼迪有时不得不用拐杖或手杖支撑着走，当然很少会在公共场合。他要穿紧身胸衣，睡特制的硬床垫，定期注射有麻醉效力的普鲁卡因来减少他的痛苦。助手们知道，总统一旦咬紧牙关，就是因为他的背痛又犯了。因此，每天半小时的蛙泳锻炼和温暖的池水都是治疗手段的一部分。他不穿泳衣缘自他对男子气概的看重，他觉得真正的男子汉在蛙泳时应该道法自然，于是便有了白宫的裸泳。

白宫的工作人员恐怕永远无法想象上一任总统德怀特·艾森豪威尔会在任何地点和时间裸泳，这位老将军和他的妻子玛米非常传统，在艾森豪威尔夫妇居住在白宫的8年内，几乎一切都循规蹈矩。

　　但现在每件事都变了，肯尼迪夫妇比艾森豪威尔夫妇随意得多，会议室中允许抽烟，迎宾队列被取消了，白宫运转起来不再是那么一板一眼。第一夫人在"东厅"布置了一个小舞台，请美国最有名的音乐家来表演，比如大提琴家兼作曲家巴勃罗·卡萨尔斯和歌唱家格蕾丝·班布瑞。

　　尽管如此，白宫仍是一个严肃的场所。总统每天的日程都在精确地运转着，总是一段紧张的工作和一段恢复性的放松交替进行。他每天早上7点左右起床，随即开始在床上读当天的新闻报道，包括刚刚送来的《纽约时报》《华盛顿邮报》和《华尔街日报》。肯尼迪阅读速度很快，每60秒可以看完1200个单词。仅用15分钟他就能读完当天的主要报刊，然后他会翻看一堆专门为他提供的小册子，这些小册子是对世界上正在发生的各项大事的汇报。

　　接下来，总统在床上吃早饭，这是一顿丰盛的早餐：橙汁、培根、涂了厚厚果酱的烤面包片、两个鲜嫩的煮蛋和加了奶油的咖啡。大体而言，他不是一个大胃王，他总是小心翼翼地控制他的体重不超过175磅，但他又是一个习惯性动物，几乎每天都吃同样的早餐。

　　将近早上8点，肯尼迪会进入浴缸短暂地泡个澡。洗澡的时候，以及之后的全天，他有一个不断挥击右手的习惯，仿佛这只手是他活跃思维的延续。

　　总统9点整准时进入椭圆办公室，在他的座位上坐下，开始听他的日程安排秘书肯尼·奥唐奈讲述当天的安排。整个早上，肯尼迪会接听电话，他的顾问也会进来告诉他世界上又发生了什么，此外，他亲自选定的班子成员也会不时进来请示或汇报。除了"御用小丑"戴维·鲍尔斯和思维敏捷的肯尼·奥唐奈——奥唐奈的父亲是圣十字学院橄榄球队的教练——之外，还有诸如戴眼镜的特别助理兼哈佛大学历史学教授亚瑟·施莱辛格，出生于内布拉斯加州的特别参事兼顾问特德·索伦森，以及前天才钢琴少年、现在的新闻秘书皮埃尔·塞林格。

除了总统的私人秘书伊芙琳·林肯之外，肯尼迪的白宫非常像一个兄弟会，每一个人都对这位充满魅力的领导人忠心耿耿。他们的谈话经常不知不觉间变得粗陋不堪，总统的海军经历给英语中的成语"像水手那样谩骂"赋予了真实的含义。"我不把商人称作狗娘养的，"一次肯尼迪因为《纽约时报》错引了他的讲话而恼火，"我称他们是狗日的。"

有女性在场的时候，大家的谈话就礼貌多了，例如，总统提到他的秘书时从来只有一个称呼：林肯夫人。但即便有女性在场，肯尼迪有时也会流露出一种经过了掩饰的粗俗。一次，当着第一夫人的面，他用美国大兵惯用的拼音字母版咒骂一位报纸专栏作者是"查理 – 叔叔 – 南 – 稗子"（"Charlie-Uncle-Nan-Tare"，CUNT，"龟孙子"）。

当困惑的第一夫人请总统解释给她听时，他麻利地转换了话题。

肯尼迪中午时分的半小时游泳是对他背痛的有效缓解，有时，他也利用这半个小时来办正事，请白宫随员甚至媒体人士来池子里同他一起运动运动。规矩？他们也要脱得一丝不挂。戴维·鲍尔斯作为肯尼迪固定的游泳伙伴，已经很习惯脱光了，然而对于一部分白宫职员来说，这样的情景几乎是超现实主义的。

颇有些神秘的是，总统随意化的游泳方式与他平日的待人习惯并不一致，从这个角度看，他与他那位随和的副总统呈现出鲜明的对比。林登·约翰逊以喜欢搂人肩膀和拍人后背而闻名，但肯尼迪总是与其他的男人保持一定的物理距离，他只有在竞选的时候喜欢亲近选民，其他状况下，这位总统甚至会觉得握手都是负担。

游完了泳，肯尼迪会去楼上的生活区吃一顿简单的午饭——一般是一个三明治，可能还有些汤。之后他会进入卧室，换上睡衣，精确地午休45分钟。历史上还有一些大人物也要午休，比如温斯顿·丘吉尔，对肯尼迪来说，午休是恢复精力的一种方式。

45分钟后，第一夫人会进来叫醒他，在他更衣的时候，她会陪着他聊天。接下来又是椭圆办公室的工作了，肯尼迪大都会工作到晚上8点。他的随员们都知道，在正式工作时间之后，肯尼迪常常会把两脚搭在桌子上，随意地同他们交流着一个个新主意，这也是一天中总统最喜欢的时间段。

当所有随员相继离开后，肯尼迪会上楼回到第一家庭的私人区域——经常被随员们称为"生活区"或"府邸区"——在这里，他会吸上一支乌普曼雪茄，品一杯只加水不加冰的百龄坛苏格兰威士忌，等着吃晚饭。杰姬·肯尼迪经常在最后一分钟安排一个白宫饭局，总统也就听之任之。

实际上，肯尼迪更情愿看一场电影。只要总统点名，白宫小剧院能随时放映世界上任何一部影片，而肯尼迪一般喜欢"二战"电影或西部片。

肯尼迪对电影的一贯喜爱可以与他另一项最爱的娱乐追求相媲美：性。

肯尼迪背痛的毛病并没有限制他的浪漫活动，这对他来说是件好事，因为他曾对一个朋友说，他需要每天至少做爱一次，否则他就会头痛难忍。他和杰姬各有一间卧室，而这两间卧室通过一间试衣间相连，这样的布局当然不会阻止他与第一夫人行好事。尽管他的婚姻是快乐的，但他绝不是从一而终的人。

肯尼迪的私生活方面构成了他与前任艾森豪威尔时期白宫的最大不同，这个最大的不同首先通过第一夫人表现出来。杰姬·肯尼迪刚刚31岁，比玛米·艾森豪威尔小一半还多。艾森豪威尔夫人已是祖母了，且在白宫以节俭出名，她的业余时间经常用来看肥皂剧；相反，杰姬爱听巴萨诺瓦的唱片，她经常是一边播放唱片，一边在蹦床上跳跃。正如她的丈夫，杰姬一直将自己的体重保持在120磅，很配她5英尺7英寸的身高。

她真正的癖好之一是每天一包烟——或是沙龙牌或是L&M牌的——即便是在怀孕期间她也没断烟。正像她丈夫不想让外人知道他的身体状况一样，杰姬·肯尼迪抽烟的癖好也是个秘密——在前不久的总统竞选中，一个助手的专职工作便是拿着一支点燃的香烟站在她触手可及的距离内，这样杰姬想要的时候就可以悄悄吸一大口。

杰姬的父母在她不到12岁时就离婚了，之后她由单亲妈妈珍妮特养大，成长环境富有而显赫。她先是上了几所昂贵的女子寄宿学校，然后是瓦萨学院，作为交流生，大学三年级是在巴黎上的，回到美国后，杰姬转到了首都华盛顿的乔治·华盛顿大学，1951年她拿到学士学位。

在这位第一夫人成长的年代里，她受的教育要求她格外自我，要将自己的思想深藏不露。于是，她喜欢让自己保持"某种神秘的感觉"。一位朋友之后谈道："人们不知道她在幕后想什么或做什么，而这正是她想要的效果。"

事实便是杰奎琳·布维尔·肯尼迪从不将她自己百分百地展现给任何人，包括她的丈夫——肯尼迪总统。

在遥远的明斯克，李·哈维·奥斯瓦尔德的烦恼与肯尼迪相反，他爱的女人总是喋喋不休。

这一年3月17日，在工会组织的舞会上，奥斯瓦尔德遇到了一个19岁的美女玛丽娜·普鲁萨科娃，她穿着红衣服、白皮鞋，把头发梳成了他眼中的"法国风格"。她不太愿笑，因为她牙不好，但她和奥斯瓦尔德那一晚跳了好几首曲子，接下来他送她回家——一同送她回家的还有另外几个潜在的、被她忽悠了的追求者。

但李·哈维很有进取心，他一向如此，他知道其他对手很快会成为遥远的回忆。

他的自信是对的。"我们很快就喜欢上了对方。"这位美国叛逃者在日记中写道。

玛丽娜是个私生女，两年前她的母亲去世了，于是她与她的叔叔伊利亚一家一起生活，伊利亚是苏联内政部的一名上校，也是当地颇受尊敬的一位党员。玛丽娜学徒做过药剂师，但这之前已经辞职不干了。

奥斯瓦尔德知道这一切，还知道玛丽娜许多其他经历，因为在3月18日到30日的夜晚，他们在一起度过了很长时间。"我们散步，"他写道，"我偶尔谈及自己，她谈她个人很多。"

他们的关系在3月30日突然驶上了快车道，那一天，奥斯瓦尔德住进了第四门诊医院，他要做一个淋巴组织手术。玛丽娜不断来看望他，到奥斯瓦尔德出院那一天，他"知道我必须拥有她"。4月30日，他们结婚，玛丽娜几乎同时怀孕了。

之后，李·哈维·奥斯瓦尔德的生活变得越来越复杂了。

1961年的冬天，白宫以外的世界非常动荡。冷战愈演愈烈，美国民众受到了苏联及其核武库的恐吓。在佛罗里达州以南90英里，菲德尔·卡斯特罗刚刚控制了古巴，新政权被认为是亲苏联的。

在美国南方，种族冲突在持续发酵。

市场上有售一种新的避孕手段，人们将它称为"避孕药"。

通过收音机，恰比·却克正在劝说美国年轻人同他一起跳"扭扭舞"，而猫王每到一地便问见到的女士她们今夜是否孤独。

但在肯尼迪的白宫内，杰姬会确保这些政治和社会上的动荡不会侵入她正在试图打造的完美家庭环境。她的日程表都是围着她的两个孩子转的。过去，白宫即便接纳过正在养育孩子的第一夫人，她们的孩子通常也是由白宫职员照看的，但杰姬准备破例，她几乎与3岁的女儿卡罗琳和婴儿约翰寸步不离，还经常带他们参加聚会或是其他公务活动。

当杰姬在白宫渐渐习惯后，有时她会带着孩子们去广场或是公园，当然出门前她会披上围巾再穿上厚厚的大衣以防被公众认出——特工们也会小心翼翼地跟在后面。

白宫外的人们还经常看到第一夫人带着她的两个孩子在南草坪玩耍，有人看到这一情景后写道，杰姬"就像一个还没长大的小女孩"。实际上，她说话习惯用气声，嗓音带着童稚，听上去非常像玛丽莲·梦露。

这位第一夫人喜欢把自己想作一个传统的妻子，一个深爱她丈夫的女人，但她同时有着强烈的独立色彩，她打破了白宫惯例，拒绝参加没完没了的茶会和社会活动，而她之前的第一夫人总是勉强参加。杰姬宁愿把这些时间花在孩子们身上，或是炮制她的重新装修白宫的方案。说到重新装修白宫，她丈夫是不感兴趣的，因为他对这类事几乎没有审美品位。杰姬·肯尼迪把她心目中的新家称为"总统官邸"，她的灵感主要来自托马斯·杰斐逊时期的白宫，杰斐逊曾任美国驻法国大使，因此在他的主持下，白宫被装修得极尽精巧。

白宫现在的装饰完成于杜鲁门政权时代，许多家具只是复制品而不是设计师们打造的原件，杰姬觉得，这让美国最显赫的住宅显得像是衍生品而失掉了庄严的光环。她于是组建了一个顶级收藏家的团队，策划尽可能地在每一个方面优化白宫的装饰。

她认为没必要匆忙，可以慢慢来。

至少有 4 年时间，也许会有 8 年。

她这样想。

3

1961 年 4 月 17 日

华盛顿哥伦比亚特区 / 古巴猪湾

上午 9 点 40 分

约翰·F. 肯尼迪坐在海军陆战队一号上，心不在焉地扣好了他的西装扣。海军陆战队一号是总统专用的海军陆战队直升机，此时正在白宫南草坪缓缓降落。肯尼迪刚刚在格伦邑（the Glen Ora）度过了一个最不轻松的周末。肯尼迪家族在弗吉尼亚州的格伦邑租赁了一处 400 英亩（接近 162 万平方米）的乡村度假地，特工处称之为"城堡"。

肯尼迪对自己的外表要求到了吹毛求疵的程度，今天，他至少还要更换三套衣服，每个不同的场合都要换上一件浆洗得硬挺的衬衫、一条新领带和一套布鲁克斯兄弟手工剪裁的西装。他的西装全都是黑色或深蓝色的。其实，约翰·肯尼迪对服装的挑剔并非出于高傲，而是出于个人的怪癖，假如他穿的西装长了一点的话，他会感觉很不舒服。因此，他的常年男佣乔治·托马斯经常因为他不断换装而接近崩溃。

但现在肯尼迪主要精力已不在他的个人形象上了，尽管他仍是像往常那样轻拍头顶以确保每一缕头发安然就位，这已是习惯成自然了。

肯尼迪此时满脑子都是古巴，就在首都华盛顿以南大约 1200英里，战火已经被点燃了。之前，肯尼迪批准了对这个岛国的公开侵略，1400 个反对卡斯特罗的古巴流亡者被派遣去完成一项美军在国际法下不能完成的任务。这些流亡者的目标很明确——推翻古巴现政府，而这项计划早在肯尼迪当选总统之前便开始了。中央情报局和参谋长联席会议都向总统保证行动会成功，但下命令的毕竟是肯尼迪——如果行动失败，背黑锅的也将是肯尼迪。

当 UH-34 直升机在南草坪内特意设置的金属停机坪上刚刚落稳，肯尼迪便迫不及待地走出舱门，踩上了春天萌生不久的青草。总统看上去镇定、临危不乱，但他感觉自己的胃一阵阵绞痛。刚刚过去的那个紧张的周末是策划这起军事冒险的最后关头，但肯尼迪严重腹泻、尿道感染，让他大伤元气。他的医生为他开了青霉素注射剂和流食，试图减轻他所受的折磨，但他痛苦依旧。更可怕的事

33

情还在后面，因为总统已经感到这个星期一颇为不祥。

当总统有意识地镇定地走过宁静的白宫玫瑰园时，古巴流亡者组成的第2506旅正处于极度危险之中，他们已经被包围在了古巴的一处松软沙滩上。

这个战斗地点"猪湾"将在史册中臭名昭著。

约翰·F. 肯尼迪通过玫瑰园的小路进入椭圆办公室，办公室里铺着灰白色的地毯，墙也是灰白色的。在刚刚过去的冬天，因为周边树上都没有树叶的缘故，从肯尼迪办公桌后面的落地窗可以看到国家广场。视线的尽头，在老行政办公楼的后面是林肯纪念堂。但肯尼迪并没有在桌前坐下或是向林肯先生的方向眺望。

他满心为古巴局势而焦虑，已经根本坐不住了。

刚刚过去的一个星期对美国来说可不是什么好日子。4月12日，苏联实现了人类首次将宇航员送入太空，震惊了世界，同时苏联还向所有人证明，他们的火箭可以将核弹头打到美国。两个大国的冷战交锋已经持续了十多年，现在苏联明显占了上风。许多华盛顿的政客认为，推翻亲苏联的卡斯特罗政权有助于恢复美苏间的战略平衡，但卡斯特罗不是那么容易被推翻的。

当肯尼迪批准入侵古巴的计划时，他知道美国人民是支持他的。此时，对共产主义全球传播的恐惧正在全美国蔓延，他出手阻止这种蔓延的任何举动都会赢得掌声。虽然入侵另一个国家会冒巨大的外交风险，但肯尼迪刚上任几个月便拥有了78%的民众支持率，那么为什么不大胆地投下这个政治赌注呢？报纸和期刊都在盛赞这位年轻的总统，称他"无所不知""无所不能"。

但没有人能无所不知，即便美国总统也不能为所欲为。这些难以对付的顽敌让肯尼迪犯了个大错。到猪湾行动结束时，他已经把他的敌人数了个遍，其中不仅有卡斯特罗，还有美国政府级别最高的官员之一、诡计多端的中央情报局局长——艾伦·杜勒斯。

肯尼·奥唐奈在椭圆办公室迎接肯尼迪，并向他简短介绍了一天的日程。之后总统迈出了椭圆办公室四扇门中的另外一扇，他走过了他忠实的私人秘书伊芙琳·林肯，进入内阁室，国务卿迪安·拉斯克正在这里等着他。

拉斯克是位杰出人物，他在牛津大学学习期间获罗德奖学金，"二战"时在中缅印战场当过负责制订战役计划的陆军军官，组织过不少非常类似猪湾行动的战役。在猪湾行动前，这位佐治亚州人参与过多次相关的策划会议。然而，在肯尼迪眼中，他原本不是担任国务卿的首选。拉斯克刚刚就任新职三个月，和他的老板肯尼迪仍处于磨合期，不大敢直抒己见。凭着多年军事生涯养成的直觉，拉斯克认为"这样一支古巴流亡者组成的小部队简直是以卵击石"，但当肯尼迪急需有益的忠告时，他不愿把自己直觉说出来。

拉斯克不情愿给予总统开诚布公的忠告，这还不是肯尼迪此时面临的一大堆难题中最要命的。最要命的难题是，现在似乎没有人愿意同肯尼迪共患难，在他等待前线的消息时，他渴望有人能陪伴他，告诉他毫不掩饰的真相。

总统感到了危机的来临，他拿起了电话，开始拨号。

古巴。

美国的富人们曾经把这片水汽缭绕、浸透了朗姆酒的乐园视作他们最喜爱的热带游乐场，这个国家雪白的沙滩是色情的，大赌场里流传着许多一夜暴富的故事。在欧内斯特·海明威笔下，古巴是多姿多彩的，还有他最爱的朗姆酒——代基里。在喧嚣的后面，美国的黑帮老大们，比如迈耶·兰斯基和洛基·卢西亚诺，感觉待在古巴的首都哈瓦那就像待在纽约一样舒服。几十年来，美国的大公司利用古巴的气候和腐败透顶的政府在这里开辟了大量广阔的甘蔗庄园、油田和畜牧场。

实际上，自1898年泰迪（西奥多）·罗斯福和他的"狂野骑士"们攻占了圣胡安山并从西班牙统治者手中解放了古巴之后，古巴与美国的关系基本上是和平的，没有紧张过，若要用一个词形容的话便是：轻松。

直到1959年。

对于同美国友好的富尔亨西奥·巴蒂斯塔将军的政权来说，腐败已达到了一个前所未有的程度，于是，古巴人的起义此起彼伏。经过4年的战斗，32岁的菲德尔·卡斯特罗，领导着他的游击队进入哈瓦那，推翻了巴蒂斯塔。后来，巴蒂斯塔在流亡葡萄牙期间死于心脏病突发，而卡斯特罗派来的暗杀队原计划两天之后下手。对于巴蒂斯塔的倒台，美国的回应是正式承认新政府。

古巴人民很快意识到他们要为支持卡斯特罗而付出高昂代价。但在海外，卡斯特罗作为一个革命英雄的形象正渐入人心。一家英国报纸写道："卡斯特罗先生大胡子的年轻形象已经成为拉丁美洲拒绝暴政和谎言的象征，所有迹象表明，他将摒弃独裁与暴力。"1959年4月，卡斯特罗在位于马萨诸塞州剑桥的哈佛大学法学院发表演说，尽管这之前他已经利用自己的法律知识叫停了人身保护令，尽管1月12日的大屠杀已被《纽约时报》披露，卡斯特罗的哈佛演讲仍是一次次地被热烈的欢呼与掌声打断。

卡斯特罗在这次访美旅程中还会见了副总统理查德·尼克松，尼克松很快被卡斯特罗所打动，实际上，尼克松之后为此给艾森豪威尔写了4页的备忘录，备忘录说："我们可以确认，卡斯特罗拥有领导者的不可思议的种种品格。"

当时，约翰·F.肯尼迪还是国会参议员，距他开始竞选总统还有几个月时间。肯尼迪知道巴蒂斯塔是个屠杀了两万多本国人民的残忍暴君，因此觉得卡斯特罗取而代之没有什么不妥，而且，同海明威一样，肯尼迪也喜欢古巴的代基里酒。

1959年，肯尼迪和卡斯特罗差点成为20世纪最伟大的两位竞争者，他们两人都是颇具魅力的、理想主义的年轻人，同样被他们狂热的追随者所热爱，他们都喜欢优质雪茄，都曾在政治道路上一往无前，最终都成了各自国家的领导人。但是，他们两人在攀登最高权力宝座的路程中都曾有过痛苦的经历——卡斯特罗在革命早期曾被投入监狱，而肯尼迪有他的背痛老毛病和被称为阿狄森氏病的肾上腺皮质功能减退症，这两者都差点要了他的命。也许他们两人最相像的特点是，他们都属于那种非常好斗的阿尔法男性，他们从不接受失败，不管所处的境遇如何恶劣，也不管付出的代价如何高昂。

在古巴，革命的代价的确是非常高昂的，鲜血在哈瓦那街头流淌，美国最终发现真相只是时间问题了。1960年2月，也就是卡斯特罗上台13个月后，中央情报局在对国家安全委员会所做的报告中揭示了苏联对卡斯特罗的"积极支持"，同时报告也抱怨，对卡斯特罗缺乏有组织的打击力量。于是，艾森豪威尔政府开始秘密制订推翻古巴政权的计划，授权中情局着手在危地马拉的一个秘密基地对古巴流亡者进行准军事训练。

在 1960 年的总统大选中，卡斯特罗成了一个敏感话题，肯尼迪利用古巴局势极力攻击艾森豪威尔政府，指责后者对共产主义的软弱。"1952 年，共和党的所作所为导致铁幕在东欧降下，"肯尼迪警示道，"今天铁幕距离美国海岸线仅仅 90 英里。"

入侵古巴已不再是"是或否"的问题，而是"何时"的问题。卡斯特罗在 1960 年 12 月 31 日的演讲中警告美国，任何入侵古巴的登陆行动将遭受比盟军诺曼底登陆更为巨大的损失，"如果他们要侵略我们，进而消灭我们的抵抗，他们是不会成功的……因为只要我们还有一个光荣的古巴男人或女人活着，抵抗就会继续。"他怒吼道。仅仅几天后，1961 年 1 月 3 日，卡斯特罗又宣称："古巴有权利促进拉丁美洲的革命。"这番话点燃了每个美国人心中的恐惧。

在约翰·肯尼迪准备就职的时候，大约每 19 个古巴人里便有一个政治犯。美国已中断了与哈瓦那的外交关系。1 月 10 日，《纽约时报》在头版以《美国在危地马拉陆空基地协助训练反卡斯特罗武装》为题，披露一支别动队正在接受游击战训练，以准备进攻古巴。《纽约时报》这篇文章引起了卡斯特罗的注意，他于是下令在可能的登陆地点埋设地雷。

在华盛顿的环路边，中情局和它的资深局长艾伦·杜勒斯正执迷于如何杀掉菲德尔·卡斯特罗。很久以后，有人估算了一下，他们炮制了 600 多种暗杀计划，包括一些匪夷所思的手段，如黑帮式的上前群殴以及制造能爆炸的雪茄。3 月 11 日，也就是德怀特·艾森豪威尔批准训练古巴反政府武装一年之后，中情局向肯尼迪总统正式递交了登陆古巴的计划，登陆将在白天进行，地点是一个绰号为"特立尼达"的海滩。

这份行动计划使肯尼迪陷入了两难境地：一方面，他在竞选总统时多次强调变革，承诺在德怀特·艾森豪威尔的冷战政策后给美国一个新的开始；另一方面，他曾极力嘲笑艾森豪威尔对卡斯特罗的崛起坐视不管。现在轮到肯尼迪了，他明白，如果他不能遏制这位古巴独裁者的话，有人会指责他对共产主义心慈手软。4月7日，《纽约时报》又在头版刊发了另一则消息，说古巴反政府武装正在拆除自己的营地，准备去发起登陆战了。看到这条新闻，肯尼迪气得私下骂道，卡斯特罗根本不用向美国派间谍——他读一读美国报刊就全明白了。

4月12日，危地马拉共产党向莫斯科报告说，美国资助的反卡斯特罗游击队几天内将在古巴登陆，然而，苏联人不能确认这则情报的可靠性，于是没有将它通报给卡斯特罗。同一天，肯尼迪总统试图公开否认美国将介入对古巴的入侵，他解释说："在任何情况下，美国军事力量都不会干预古巴。"肯尼迪小心翼翼地撇开了美国资助、训练和策动古巴反政府武装进攻的可能。

这位年轻的美国总统试图通过灵活的外交手段，既能对抗一个真正的威胁，又能避免美国军人的介入。他的上述讲话有些言过其实，但潜台词却无比清晰：对古巴的入侵体现了个人意志，之后，即将发生的冲突不再是美国对古巴，而是约翰·F.肯尼迪对菲德尔·卡斯特罗——两个极度好斗的男人为掌控西半球的意识形态所做的殊死搏斗。在之后的日子里，两人都会将对方看作死敌，每个人都会为获胜付出一切。

在莫斯科，尼基塔·赫鲁晓夫颇为疑惑："为什么一头大象会惧怕一只老鼠？"此时，卡斯特罗对美国的挑战让他在古巴拥有了极高的支持率。赫鲁晓夫明白，假如美国操纵的对古巴的入侵成功了，古巴人民将在高压下接受一个美国扶持的傀儡领袖，这样一来，卡斯特罗和他的支持者们将会展开一场反美游击战，这对苏联是有益的，苏联将会通过支持卡斯特罗来体现苏联在西半球的军事存在。

当然，赫鲁晓夫的最终目标与卡斯特罗或古巴关系不大，他的最终目标是全球霸权，任何事物只要能分散美国的注意力，或以任何形式削弱美国，那么对苏联都是有利的。

在登陆倒计时的几天里，肯尼迪总统对计划仍是不放心。特立尼达海滩太像诺曼底登陆区了，总统希望这次登陆计划看上去像古巴流亡者自己制订出来的，以便掩盖美国介入的事实。于是，他提出要找一个不引人注目的登陆点，这样人员和供给可以悄悄上岸，之后神不知鬼不觉地潜入乡村。

中情局于是提出了一个新的登陆点，地名为 Bahia de Cochinos（西班牙语），直译成英语便是"猪湾"，登陆将在夜晚进行。猪湾与特立尼达甚或诺曼底的不同是，猪湾没有宽大的滩头，沿海的是几英里宽的难以行进的湿地，几乎没有现成的道路通向内陆地区。

尽管美军在历史上有着多次两栖登陆成功的范例，但这些范例很少发生在夜间。要使猪湾登陆获得成功的话，要有两个先决条件：第一，登陆部队必须迅速占领滩头，继而控制前往内陆的通道；第二，反政府武装的飞机必须取得制空权，消灭来犯的卡斯特罗空军，并协助击退前往猪湾阻击友军的卡斯特罗的步兵和坦克。没有占压倒性优势的空军，登陆不可能成功。

肯尼迪喜欢间谍小说，007 是他的最爱之一，他总是对卧底间谍的惊险故事非常着迷。中情局局长艾伦·杜勒斯是位年近 70、彬彬有礼的有钱绅士，似乎他本人就是那些神秘谍战的一个真人版。他向肯尼迪保证，登陆能够成功。

总统最初是相信他的，4月14日，就在他刚刚通过新闻发布会承诺美军绝不会干预古巴之后两天，肯尼迪正式下令实施萨帕塔行动，也就是猪湾登陆行动。

4月14日是星期五，在下令行动之后，总统除了等待之外已是无事可做，于是他飞往格伦邑去和先期到达那里的杰姬和孩子们团聚。接下来的周末对他来说是痛苦而漫长的，肯尼迪一直焦急地等待着从古巴传来的消息，当消息最终接二连三地传到格伦邑，几乎没有一条是好消息。

行动于周六早上开始，8架由古巴流亡者驾驶的B-26轰炸机攻击了古巴的三个空军基地。原本的计划有16架轰炸机，但肯尼迪临阵畏缩了，命令将轰炸机的数量减半。

轰炸的效果微乎其微，几乎没有给古巴空军造成损失。但菲德尔·卡斯特罗对此暴跳如雷，他立即把矛头指向了肯尼迪政府，公开抨击美国介入了对古巴的进攻。

之后，局势变得越来越糟糕，计划中原本周六要发起一次佯攻，约160名反卡斯特罗的古巴人将在关塔那摩湾附近登陆，但佯攻由于一只关键的船只意外损坏而取消。不幸的是，古巴军队抓获了一小队已经登陆的反政府士兵，还起获了大量刚刚藏好的武器装备。

周六下午，古巴驻联合国大使在联合国大会上发言，指责美国进攻古巴，美国大使阿德莱·史蒂文森随即发言，他重复了肯尼迪没有美军将攻击古巴的承诺。

此时，约翰·肯尼迪正躲在乡村，刚刚发生的这一切还只是正式进攻的序幕，但肯尼迪已经感受到了压力，他取消了对古巴的第二轮轰炸，尽管他清楚地知道，这样做会令猪湾登陆前景堪忧。

在漆黑的夜里，周一凌晨零时刚过，一支由货船和登陆艇组成的小船队载着 2506 旅的 1400 名古巴流亡者驶向猪湾，他们的期望值颇高，梦想一举夺回家乡的政权。

这群入侵者中很少有真正的士兵，他们来自社会各个阶层，前不久刚刚接受了美国"二战"和朝鲜战争老兵的训练，那些铁石心肠的美国老兵为这些古巴人的执着颇为感动。

这些登上猪湾的勇敢士兵并不知道美国总统已经取消了第二轮轰炸，现在，2506 旅必须靠自己的力量守住滩头阵地，这几乎是不可能完成的。

周一早上，就在古巴流亡者迎击卡斯特罗军队的第一波进攻时，肯尼迪登上了海军陆战队 1 号专机飞往华盛顿，他希望他麾下的古巴流亡者们能够设法完成这项不可能完成的使命。

除了约翰·肯尼迪，只有两个人被允许从玫瑰园进入椭圆办公室：副总统林登·约翰逊和司法部部长罗伯特·肯尼迪。这项特权以及他们两人的相互鄙视是两人仅有的共性。

6 英尺 4 英寸高的得克萨斯人林登·约翰逊是一位白手起家的职业政客，他曾是一位高中教师，他健壮的体格与他脆弱且时常不具安全感的内心不太相符。51 岁的约翰逊可能是美国历史上最成功和最有影响力的参议院多数党领袖，对于组建利益同盟和确保他的党派协调一致通过重要法案驾轻就熟。

鲍比（罗伯特的昵称）的身高是 5 英尺 9 英寸多一点，讲话和他哥哥一样有波士顿腔，他出身特权家族，喜爱健身，本人从未竞选过任何职位。兼任参议院议长的林登·约翰逊很清楚这一点，比起相对经验不足的肯尼迪政治机器，约翰逊要老到得多，因此他免不了沾沾自喜。

鲍比·肯尼迪和林登·约翰逊之间的仇恨可以追溯到1959年秋天，当时，鲍比·肯尼迪前往约翰逊在得克萨斯的广阔牧场拜会他。鲍比是被他哥哥派来的，后者希望他能探知约翰逊是否将竞选1960年民主党总统候选人，从而成为肯尼迪的对手。

约翰逊一向会请重要客人去他宽广的领地猎鹿，远道而来的鲍比当然也不例外。最初，鲍比和约翰逊相处非常愉快——直到鲍比对着一只鹿扣动了扳机。猎枪的后坐力重重地将他撞倒在地，还在他的一只眼睛上方划了个口子。约翰逊马上过去扶他站了起来，说话忍不住有些刻薄："孩子，"他对鲍比说，"你得学着像男人一样开枪。"

没人能对鲍比·肯尼迪这样讲话。这样的小过节儿一点一滴地积累起来便成了深仇大恨。

随着1960年的大选越来越近，鲍比成了反对林登·约翰逊当副总统最激烈的人。具有讽刺意味的是，最终在民主党的洛杉矶全国代表大会期间，是鲍比独自走进约翰逊在酒店的套间告知后者将成为肯尼迪的竞选搭档——而这之前也曾是鲍比努力劝说约翰逊放弃做副总统候选人。

现在，猪湾事件标志着鲍比和约翰逊两人的事业正式走向截然不同的方向，鲍比的形象将迅速提升，不久后，他的哥哥将其称为"世界上第二位最有权势的人"。

约翰逊曾在私下里说鲍比是"流鼻涕的狗娘养的小子"，而他本人已经后悔离开参议院了，现在，他是个衰落的人物。肯尼迪总统并不信任他，甚至难以容忍他。有一次，总统抑制不住对约翰逊的鄙视，向杰姬说道："假如林登是总统，你能想象美国会变成什么样子吗？"

富兰克林·德拉诺·罗斯福的第一位副总统约翰·南斯·加纳曾说，做副总统就像"满罐的痰盂"。约翰·亚当斯在当副总统时也曾形容说："我什么也不是。"林登·约翰逊非常清楚他的前任们的所做所想，现在，他已没有支持者，没有制衡力，连一点权威也没有了。

例如，副总统是没有专机的，如果他工作中需要出行，约翰逊必须向肯尼迪的一个助手提出使用总统专机，虽然名义上他是美国排名第二的行政长官，但在提出这类要求时，约翰逊并不比一位内阁成员更有分量，有时他的要求会被拒绝，在这种情况下，合众国的副总统甚至不得不去坐民用航班。

然而，最糟糕的还不是约翰逊在华盛顿失去了他的政治能量，而是他在他的家乡得克萨斯州失去了几乎一切影响力。尽管约翰逊在大选中为肯尼迪赢得了得州，但参议员拉尔夫·亚伯勒正渐渐掌控得州政坛，海军部长约翰·康纳利则正计划竞选得州州长。他们两人中的一位或两人携手将在不久后左右"孤星之州"的政局，约翰逊变得无足轻重。如果第二任期肯尼迪选择另外一位竞选伙伴，林登·约翰逊的政治生命将彻底完结。

当然，现在约翰逊还拥有从玫瑰园进入椭圆办公室的难得特权，但是，在4月17日的那个早晨，当需要帮助的肯尼迪拿起电话，他拨叫的并不是林登·约翰逊。

接电话的是鲍比·肯尼迪，他正在弗吉尼亚州发表演说。"我感觉势头不如预想的好，"总统对他的弟弟说，"马上回来。"

在这之前，约翰·肯尼迪曾有意让他弟弟集中精力于国内问题，他宁愿让其他人为他提供国际政策参考，尽管肯尼迪经常和他弟弟通电话，但总统一直认为鲍比是裙带关系的受益人，因为最初是约瑟夫·肯尼迪坚持要让鲍比担任司法部部长的。但在此危急时刻，约翰·肯尼迪理解了他父亲的智慧。虽然在过去的三个月里，鲍比对中情局汇报的针对古巴的行动进展一无所知，总统仍觉得他是那个可以信赖的人。

与此同时，林登·约翰逊正从权力中心越滑越远。

约翰·肯尼迪站在椭圆办公室里，他已无力叫停他启动的行动了。原本，周日夜间当2506旅那些受过良好训练的男人和十几岁的男孩们从远海运输船手脚并用爬到登陆艇上的时候，肯尼迪是可以叫停这次登陆战的。

但是，叫停这次行动需要非凡的勇气，肯尼迪随即便会在艾伦·杜勒斯、中情局、他的贴身智囊以及参谋长联席会议前颜面无光。

毕竟，他一旦被选为总统，就必须要做出这类让人难堪的抉择。眼下，肯尼迪偏偏不愿做这样的抉择，其结果便可能威胁到他的政权。

从109号鱼雷艇的年轻指挥官到合众国总统，肯尼迪走过了一条很长的路。他渐渐意识到，正如亚伯拉罕·林肯意识到的那样：使用武力的决定不应由那些以使用武力为生的人做出。

可是，这回并非中情局或参谋长联席会议下令登陆古巴，下令的是约翰·肯尼迪。

鲍比迅速从弗吉尼亚州赶了回来，当他踏进椭圆办公室时，看到他哥哥正陷入沉思。"我宁愿被称作侵略者也不愿被看成是笨蛋。"肯尼迪哀叹道。从登陆地传来的消息很糟，古巴流亡者没能控制住关键道路和其他战略要点。2506旅无法冲出海滩，因为古巴军队已将他们钉在了那里，入侵者陷入了绝境。

肯尼迪心急如焚，他开诚布公地告诉了鲍比自己的惧怕。总统知道，同他弟弟谈话不用担心泄密或是危及自己的权威，但即便有鲍比在他身边，约翰·肯尼迪仍感受到作为合众国总统窒息般的孤独，是他把事态搞得一团糟，他必须设法将潜在的惨败变为一场激动人心的胜利。

但是，胜利现在是不可能的了。

4月18日星期二，卡斯特罗本人乘坐一辆T-34坦克冲上滩头，亲自指挥这场打击侵略者的战役。数以万计的古巴民兵已占领了有利地形，并遏制住敌人的反扑，三条进出猪湾的主要路径都已经被卡斯特罗的军队牢牢控制。更重要的是，得益于肯尼迪取消了空中掩护，古巴空军的T-33喷气战机成了天空的主人。

4月18日中午，国家安全顾问麦乔治·邦迪小心翼翼地向总统汇报说："古巴武装力量比2506旅强大得多，古巴人民并没有起来支持流亡者的入侵，我们的局面比我们预想的脆弱得多，在其中一个阵地上2506旅的坦克已经被消灭了，其他阵地上流亡者也是岌岌可危。"

19日零点刚过，打着白色领带的肯尼迪在白宫听取了最新的一次关于登陆失败的报告。一两个小时前，他刚刚参加了白宫一年一度为国会议员们举办的招待会——即使是在危机之中，总统也有义务如期举行这样的招待会。

此时，内阁室的墙上挂着一张巨大的加勒比海地图，地图上粘着一条条磁铁小船模，标志着区域内支援登陆作战的船队的位置，船队中有航空母舰埃塞克斯号和它的护航舰队。

肯尼迪皱着眉头凝视地图，然后干脆地说道："我不想让美国介入冲突。"

美国海军最高长官、四星上将阿利·伯克深吸了一口气，坦白道："天哪，总统先生，我们已经介入了。"

作为拯救猪湾行动的最后一搏，总统不情愿地批准6架没有标志的喷气战机从"埃塞克斯号"航空母舰起飞，6点半起至7点半为流亡者们提供空中保护。这6架战机将与数架古巴流亡者驾驶的B-26轰炸机会合，并在猪湾上空为之护航，但是，美国海军飞行员不允许攻击地面目标，也不允许主动寻求与敌机空战——这后来被看作是肯尼迪胆量尽失的又一个征兆。

午夜的作战会议之后，总统走出了那扇椭圆办公室的门进入玫瑰园，他独自在被露水打湿的草地上踱步了一个小时，感觉他的双肩承载着自由世界的重量和那一千多人的命运。

4月19日的早晨，更糟糕的消息传来，不可置信的是，中情局和五角大楼没有注意到古巴与流亡者所在的尼加拉瓜空军基地有时差，结果，"埃塞克斯号"航空母舰上起飞的战机与中美洲赶来的B-26轰炸机相隔一个小时到达，两支机群根本没能会合。没有护航的B-26轰炸机被古巴空军的飞机击落了好几架。总统新闻秘书皮埃尔·塞林格发现，听到这个消息后，在白宫生活区的肯尼迪默默流泪了。

杰姬从没见过她丈夫如此消沉，之前，她只看见肯尼迪哭过两次。因此，这一回当她看到他将脸埋在两手间抽泣的样子，不禁惊呆了。鲍比请第一夫人多陪陪丈夫，因为总统正需要安慰。这一天，一向非常注重个人仪表的肯尼迪甚至表现得有些不修边幅。当他在椭圆办公室会见一位参议员时，他的头发是零乱的，他的领带打出了一个奇怪的角度。

当林登·约翰逊抱怨他被排斥于决策核心之外时，鲍比·肯尼迪立刻为他哥哥辩护。鲍比在内阁室里走来走去，不时盯着那张加勒比海地图和上面的磁铁小船看几眼。"我们一定要做些什么，我们一定要做些什么。"他一遍遍地说着。但是，在场的中情局头子和将军们毫无反应，突然间，鲍比来了个急转身，他用尖厉的声音说道："是你们这些自以为是的家伙让总统陷进来的，如果你们现在还不做些什么，我哥哥会被俄国人看成纸老虎的。"

而对于肯尼迪来说，这一天余下的时间都沉浸在痛苦之中，他根本无意在白宫随员面前掩饰他的情绪。"我怎么会这么蠢？"他低声自言自语道，有时甚至打断了正在进行的毫不相干的对话，"我怎么会这么蠢？"这句话被他一遍遍重复着。

至4月19日下午5点30分，古巴军队已完全控制了猪湾，入侵完结了。

除去被击毙和俘虏的流亡者之外，卡斯特罗的军队共击沉十余艘登陆船只，包括那些运送给养和弹药的运输船，还击落了9架B-26轰炸机。

猪湾的失败让美国颜面尽失，肯尼迪不得不召开一个新闻发布会，并承受所有的指责。"古语说，胜利有一百个父亲，而失败是个孤儿。有什么办法？"他接下来强调说，"我愿意为此事承担责任。"

有一天，肯尼迪将会回首与反思——猪湾的失败可以给美国军方一个理由来干预美国平民政府，这个理由就是总统的不称职。

然而，6个月之后，被解职的是中情局局长艾伦·杜勒斯，这位中情局局长对此非常愤懑，而这种羞辱不仅是这位资深间谍头子，也是中情局全体人员在短期内不能忘怀的。

猪湾惨败一个星期后，肯尼迪总统在内阁室召见了他的高参们，包括鲍比在内。鲍比参加这样一个对外政策会议是不寻常的，而最初这位总统的胞弟也并未发言。

副国务卿切斯特·鲍尔斯读着一份冗长的声明，这份声明旨在洗脱国务院关乎猪湾惨败的任何责任。总统靠在他的椅背上，用一支铅笔轻轻地敲击着自己的牙齿。

肯尼迪看到，鲍比已是在强压怒火，因为兄弟俩都发现，鲍尔斯的声明充满了抱怨和自以为是。

凭借有生以来对弟弟的观察和了解，肯尼迪知道，鲍比很快就要爆发了，事先肯尼迪也准许鲍比替他说话。肯尼迪等待着，面无表情，一边听着鲍尔斯的声明，一边继续用铅笔敲击着自己的牙齿。

终于，鲍比·肯尼迪讲话了，他不惜用羞辱性的语言无情地抨击鲍尔斯。

"这是我听到过的最没有意义、最没有价值的东西。你们这帮人如此急于保护自己，不愿承担任何责任，你们是想把脏水全泼到总统身上，你们最好辞职，让其他人掌管对外政策！"鲍比咆哮着，声音越来越大，总统静静地看着眼前的一切，还是面无表情，手中的铅笔仍在敲击着他整齐而洁白的牙齿，发出轻轻的"哒哒"声。

"那一刻我突然感觉到，"肯尼迪的顾问理查德·古德温之后写道，"鲍比激烈的反击体现了总统隐匿的冲动，他们两人之前肯定私下沟通过。那一刻我还意识到，在约翰·肯尼迪外表和善、思维缜密、举止得体的翩翩风度之下，也常常会有内在的强硬和暴怒。"

有一天人们会写道，如果林登·约翰逊是副总统的话，那么鲍

49

比·肯尼迪很快就会成为"助理总统",然而,是猪湾事件将兄弟俩绑在了一起,也改变了肯尼迪在白宫做事的方式。从那时起,当肯尼迪总统需要向他的内阁成员或顾问发威时,他就会依靠鲍比,鲍比于是会全力唱红脸,并且忍受之后的批评和非议,而他的哥哥便会游刃有余。

令人惊异的是,在猪湾事件之后,肯尼迪的支持率上升到了83%,这证明美国人民坚定地支持他推翻卡斯特罗的行动。在幕后,美国企图颠覆这位古巴领导人的密谋仍在酝酿之中,而卡斯特罗也开始公开挑战肯尼迪,从而进一步证实了广为传播的说法:卡斯特罗和肯尼迪都盼望对方去死。

与此同时,尽管肯尼迪的支持率让他暂时成了20世纪最受欢迎的总统之一,他明白,必须有所作为才能恢复美国在国际社会的威望。在接受《纽约时报》记者詹姆斯·雷斯顿的采访时,肯尼迪把古巴局势放在了一边,但同时他坦诚地承认:"我们必须重塑我们的大国形象,而越南看上去是个合适的地点。"

越南。

这个狭小而迄今几乎被美国完全忽略的亚洲国家,目前正处于本国共产主义革命的阵痛之中。现在,肯尼迪总统认为这个国家对美国的安全至关重要。1961年5月,肯尼迪派林登·约翰逊副总统前往越南探究真相,于是,约翰逊比以往任何时候都距椭圆办公室更远了。

约翰逊此行不仅关乎国家安全,同时也关乎总统的感受,因为肯尼迪知道,丧失了权力的副总统闷闷不乐。"我再也忍受不了约翰逊那张长脸了,"肯尼迪对一位参议员吐露了心声,"每次他走进内阁室，一坐下来就拧着脸，一句话也不说，看上去一副伤心样。"

当肯尼迪的好朋友、佛罗里达州的国会参议员乔治·斯马瑟斯建议约翰逊做一次环球旅行时，肯尼迪很高兴，说"好棒的主意"。

为了强调这次出访的重要性，副总统被允许使用总统专机。

假如肯尼迪及时取消猪湾登陆的话，110多人不会死在那里，1200多个古巴流亡者不会被俘并投入卡斯特罗冷酷的监牢。猪湾行动不仅暴露了肯尼迪国际政策的漏洞，而且也损害了选民们赋予他的权力——当然这一点选民们当时是不得而知的。在应当下决心的时候，肯尼迪表现得优柔寡断，并纵容自己被人误导，无法解释这是为什么。但毫无疑问的是，当肯尼迪政府第一次面对重大考验时，他本人的领导力不及格。

1961年4月那些痛苦的日子给肯尼迪兄弟上了永久性的一课：他们只能依靠自己。他们的顾问们还不配给他们擦鞋。为了恢复美国的强权地位，肯尼迪兄弟必须设法击败他们的敌人，不仅是国外的，而且尤其是那些华盛顿的敌人。

此时，在苏联，美国大使馆已经决定将李·哈维·奥斯瓦尔德的美国护照发还给他，并允许他回家。但尽管奥斯瓦尔德非常急于离开苏联，他已不是近两年前叛逃时那个无牵无挂的流浪汉了。他推迟了行程，因为他必须等到玛丽娜和他们未出生的孩子能够一起旅行。

他也没有预先告知玛丽娜他们将要出远门。

终于，奥斯瓦尔德告诉了妻子，他们很快将离开苏联，很可能永远不回来了。"我妻子有一点吃惊，"他在他6月1日的日记上写道，"但赞同我去做我想做的事。"

玛丽娜即将离开她有生以来所熟悉的一切，同一个她知之甚少的男人开始一种她完全不能预知的新生活。但她接受了这个艰难的事实，因为她已经了解到李·哈维·奥斯瓦尔德个性中一个突出的特点：他一向是想好了就去做，不管路途上有多少障碍。

一向是。

4

1962年2月14日

华盛顿哥伦比亚特区

晚上8点

第一夫人走下楼梯，径直迈向6英尺高的贴有哥伦比亚广播公司（CBS）大眼睛标志的电视摄像机，她从整体穿戴到唇膏都是耀眼的红色，显得两片红唇和紫色蓬松的发型非常突出。可是，电视信号只是黑白的，因此，当这个由她引导的参观白宫的电视节目在全国广播公司（NBC）和哥伦比亚广播公司播出时，收看了这个节目的460万观众并没有获知这些颜色上的细节。纵然如此，这仍是杰姬在全美国的聚光灯下展现自己努力的时刻，她努力的目标是恢复她心目中的法式风格的白宫。

杰姬装作不知道她面前的摄像机的存在，这是她一生的行事风格——假装懵懂，同所有人小心翼翼地保持距离，只对少数几个好友吐露心曲。但是，除了实际生活中的超脱，杰姬绝不是一个对环境没有感知的人，实际上，她本人撰写和编辑了这部电视片的解说词，中间还不忘提到某件家具的历史和捐赠它的富翁的姓名。她不仅清楚白宫54个房间和16个卫生间重新装修的进展状况，还知道这栋 170 岁的著名建筑的全部历史。

但是，出现在电视屏幕上的第一夫人看上去并非一个自以为是的全知全能者，实际上，她甚至不喜欢被称作"第一夫人"，她觉得这个头衔听上去像一匹赛马。她能够自嘲，这是难得的天赋，让她看上去脆弱、害羞而不是高傲、冷漠，即便她说话带着上流社会的口音。许多男人认为她性感，许多女人把她看作是可以模仿的偶像。在她丈夫总统任期的第一年里，杰姬·肯尼迪的平易近人让全美国甚至全世界都喜欢上了她。

肯尼迪总统也很会拿他妻子的魅力开玩笑。1961 年 6 月，肯尼迪夫妇对法国进行了国事访问，并在巴黎会见了法国总统夏尔·戴高乐，这时，猪湾事件刚刚过去 6 个星期，在许多欧洲领导人心中，肯尼迪的声望因为猪湾而大大降低了，但杰姬的形象未受影响。空军一号专机在奥利机场一停稳，出现在人群面前的杰姬就赢得了欢呼，她已经被看成了魅力、自信与美丽的化身。肯尼迪不可能注意不到，在场的镜头和闪光灯在追随着他妻子的一举一动。在夏乐宫前，肯尼迪对着一群社会名流用沉稳的语气描述了他自己在巴黎人眼中的形象："我不认为在你们面前做自我介绍有什么不妥，"他严肃地说道，"我是陪同杰奎琳·肯尼迪来巴黎的男人——而且我乐在其中。"

在 CBS 的摄像机前作秀之后，第一夫人还自己读了一段关于白宫简要历史的解说词。观众一边听着她柔和的声音，一边欣赏着屏幕上出现的一张张相关的图画和照片。她的话语很吸引人，体现了她对白宫的情感。她还用赞许的口吻谈到西奥多·罗斯福扩建出了白宫西翼，于是总统和随员的办公区得以从原本拥挤的白宫二楼生活区搬迁到西翼，西翼毕竟宽敞得多，也正式得多。

接下来，杰姬以相对伤感的语调讲述了1948年白宫被清空的过程。当时，杜鲁门总统书房所在的楼层开始摇晃，几乎要倒塌了。技术检测表明，由于几十年没有翻新和加固，整个白宫已趋于向内坍塌。"白宫所有内部结构被掏了出来，只保留了外墙。"在杰姬解说的同时，屏幕上出现了巨大的推土机将白宫建成之初的地板和天花板从建筑中拖曳出来的照片。"假如当时拆毁整座白宫的话，不仅容易得多，耗资也会小得多，但对美国人来说，白宫是这样一座伟大的标志性建筑，因此它的外墙还是保持原封不动。"

在解说的最后，第一夫人说道，她现在完全沉浸在过去和现在所有装修的细节中："一点一点地，白宫的内部正在修复中，而白宫的外观保持了一个多世纪来美国人熟悉的样子，只有南门廊的阳台是杜鲁门总统添加的。"

最后一段解说词不尽其然，1947年，杜鲁门曾因增加那个阳台而被抨击是亵渎了白宫的外部建筑设计，因此那个阳台1948年被拆除了。现在，杰姬又要恢复这样一个阳台。肯尼迪最初有些紧张，担心她会同杜鲁门一样引来尖锐的批评。第一夫人通常会听她丈夫的，但这一回她拒绝让步。"我的阳台和杜鲁门的那个不一样。"她坚持道，她向丈夫保证她的努力会赢得积极的评价。而她重新装修的重点在于白宫内部，从而能够完成那些巨大的推土机自1948年启动的工程，她的目标是坚决把白宫从一个巨大的官僚之家变成一个总统宫殿。

玛米·艾森豪威尔曾喜欢把白宫和它所属的器物都称作是她自己的财产——"我的房子"和"我的地毯"，她还特别钟爱粉色。杰姬本来就不喜欢她的前任，因此她把玛米的廉价家具和地毯都清了出去，还用其他颜色的油漆盖住了粉色。

美国人于是将会看到并承认，现在杰奎琳·布维尔·肯尼迪是白宫的主人。

第一夫人又一次走到了摄像机前，这一回她准备带着观众去看看她布置好的新家，陪同她的是 CBS 主持人查尔斯·科林伍德。现在杰姬的个人印记在白宫随处可见，从她自己设计图案的一幅幅巨大窗帘，到她授权出版的白宫新导游册，这本新导游册专为筹集白宫的装修款而出版，在最初的 6 个月便卖出了 35 万册。杰姬还清除了白宫内外的一些不和谐的设施，比如几处喷泉，她觉得这些喷泉让白宫看上去更像是一座办公楼而不是国家珍宝。

第一夫人还翻遍了白宫的各个储藏室以及国家美术馆，找来了不少已被分类储藏的文物，例如塞尚的名画、泰迪·罗斯福喝水的缸子、詹姆斯·门罗的法式金餐具。肯尼迪总统的新办公桌也要归功于杰姬的发现，这张桌子被称作"坚决桌"（Resolute Desk），维多利亚女王 1880 年将它作为礼物赠送给拉瑟福德·B.海斯总统，"坚决桌"的木料来自一艘不太走运的英国军舰。杰姬有一天在白宫广播室发现了这张落魄的书桌，当时它几乎被一大堆电子器件埋没了，于是，她马上让人把"坚决桌"搬到了椭圆办公室。

只有在白宫长期工作的雇员才会像杰姬那样对白宫和它的秘密如此清楚，但尽管她对白宫了如指掌，白宫中的很多事是她根本不愿知道的。

列在她不愿知道的事情中第一位的是同她丈夫睡觉的女人们的名字，这一串名字太长了，她们中有朱迪思·坎贝尔——肯尼迪的这位情妇实际上充当了总统与芝加哥黑帮大佬山姆·吉安卡纳的秘密联系人，她还抱怨过肯尼迪作为一个情人不如当总统之前温柔了；27岁的离婚女人海伦·恰夫恰瓦泽也是其中一个，肯尼迪在就职总统前就开始和她幽会了；戴维·鲍尔斯也会将许多女孩带进白宫；总统的情人甚至还包括杰姬的朋友和助理们。杰姬习惯上大都会在周四去弗吉尼亚州的格伦邑，之后整个周末她会在那里骑马，周一才回到白宫，于是这期间白宫成了肯尼迪的天下，他的情人队伍也就日益壮大。

杰姬·肯尼迪并不傻，早在肯尼迪还是参议员的时候，她就得知他滥情，当时她感觉很受伤，但现在为了第一夫人的体面，她能够把总统的浪荡放在一边，还有最重要的一点是，她爱她的丈夫，也相信她丈夫爱她。

第一夫人对欧洲的贵族社会非常着迷，她知道有权势的男人们一般——或者说自然而然——都会有艳情。她深爱的父亲"黑杰克"约翰·布维尔就常有外遇，而她的公公约瑟夫·肯尼迪因四处调情而臭名昭著，因此，第一夫人没有理由相信美国总统这个世界上最有权势的人物会有什么不同。而且，这是肯尼迪家族的传统，"肯尼迪家所有的男人都好这一口，"有一回杰姬对琼（肯尼迪最小的弟弟泰迪的妻子）说，"别为这事烦恼了，这是没法子的事。"

一次，当杰姬带着一个法国记者经过伊芙琳·林肯的办公室，杰姬看到了伊芙琳的助手普里希拉·韦尔正坐在这间小屋的另一边，于是，杰姬马上改用法语对这位记者说："这个女孩是要和我丈夫上床的。"

然而，尽管表面上装作满不在乎，她的内心深处是非常在意的。一次又一次，她的朋友们注意到她在婚姻中静静地吞咽着悲伤，甚至那些真心喜欢和尊敬她的特工处的特工们也能看出第一夫人的痛苦。

即使是在痛苦之中，第一夫人仍是知趣的，每次出行，她总是让肯尼·奥唐奈知道她计划离开白宫和回到白宫的确切时间，这只是为了确保她不会撞破总统与别的女人行好事。

第一夫人也想过找个情人，她经常独自与国防部长罗伯特·麦克纳马拉吃饭，他们会相互调情并一起朗读诗歌。当杰姬在纽约的时候，她还去过美国驻联合国大使阿德莱·史蒂文森的公寓，他们见面总是会亲吻，还很喜欢一起去看芭蕾和歌舞剧。

她和这两个男人纠缠不清，她也知道有传言说她还与演员威廉·霍尔登放纵过，但毕竟她更渴望她丈夫的爱。直到近期，他们的房事很难说尽兴，实际上几乎没有什么前戏，肯尼迪主动找杰姬做爱时就像职责所在。她经常疑惑为什么他需要和其他女人睡觉，甚至开始怀疑问题是不是出在她自己身上。尽管得到了全世界千百万男人的爱宠，可是她丈夫对她的女性魅力视而不见，她觉得一定有什么原因。

1961 年春天，杰姬在玩触身式橄榄球时扭伤了脚踝，当时她是在弗吉尼亚州希科里山鲍比的家里，鲍比于是请他的邻居弗兰克·芬纳蒂医生来处理杰姬的伤。37 岁的芬纳蒂是心脏科医生，当时在乔治敦大学教授医学课，他长得非常英俊且讨人喜欢，杰姬发现他是一个很好的倾听者。一个星期后，她的脚踝好了，她问芬纳蒂是否可以不断给他打电话，只为聊天，又惊又喜的芬纳蒂马上同意了。

当杰姬提出这个提议时，她确实想到了性，但并非同芬纳蒂医生上床。在聊了几次之后，她告诉芬纳蒂同她丈夫有染的那些女人的名字，同时也诉说了这件事给她带来的伤痛。肯尼迪的婚姻是经过了精心设计的，杰姬亲口说，他们之间的"关系就是一个男人和一个女人的关系，而男人将要做领袖，女人作为妻子必须仰视他"。

这种关系延伸到了卧室里，因此他在卧室的快乐是至高无上的。她不明白为什么总统做爱这么快就结束，完全不顾她的感受，一切都要围着他转，她无足轻重。"他太快了，一做完便睡着了。"她抱怨道。

芬纳蒂大夫想出了一个解决方法。他专门写下了一段讨论稿，给杰姬用来和总统讨论，讨论的中心是设法让他们间的性爱变得互动性更强一些。芬纳蒂教导她要向丈夫实话实说，讲出她想要什么，以及她同时怎样也能够让她的总统丈夫更快乐。

接受了教导的杰姬在一天晚饭后忐忑不安地向肯尼迪打开了这个话题，总统听得非常惊愕，根本没想到他平日害羞且缩手缩脚的妻子如此直白地告诉他她希望他在床上怎样做。肯尼迪于是问她，怎么突然间知道那么多，杰姬撒谎说，她问过一个牧师、一个妇科医生，还看了几本相关的书。

总统觉得有些不可思议，他"根本没想到她会为享受性爱特意费了那么多事"，芬纳蒂后来回忆说。

杰姬接下来告诉芬纳蒂，她和肯尼迪之间的性爱质量大大提高了，她之前关于自己在床上表现的不自信也不复存在了。

虽然这之后肯尼迪并没有停止找情人，但至少杰姬知道，他在婚床上的满意度提高了。

"谢谢您，总统先生。"记者查尔斯·科林伍德在节目录制即将结束时说。

"也谢谢您，肯尼迪夫人，感谢您带我们看了您住的这幢如此辉煌的建筑，还有您正在进行的美妙的装修。"

约翰·肯尼迪在这次特别节目的最后几分钟也出现在摄像机前，

他解释了杰姬目前的努力有多么重要，同时白宫作为美国的一个象征意味着什么。这时，第一夫人一言不发，只是带着热情的微笑，她的目光注视着镜头的深处。在整个录像过程中，杰姬看上去完全是一副镇定自若的样子，头发没有一丝零乱，她戴着的珍珠项链格外整齐。

但这并非现场的真实状态，看似直播的白宫之旅实际上录制于一个月以前，最终一个小时的节目录制了 7 个小时。由于紧张，摄像机一停下来，杰姬便开始抽她的 L&M 牌香烟，间或还会通过不断梳理她蓬松的头发来减压，因此她的秀发能够一丝不乱。

录制期间，她还喝掉了一大瓶苏格兰威士忌。

杰姬的白宫之旅成为电视史上收视率最高的节目之一，而且它还为第一夫人带来了一项艾美奖特别奖。美国被彻底征服了，杰奎琳·肯尼迪成了一位超级明星。

同时，白宫的装修仍在继续，日程上几乎排在最后的是椭圆办公室的那些灰色的窗帘，在计划中，它们于 1963 年 11 月才会被更换。

5

1962 年 3 月 24 日
加利福尼亚州棕榈泉
晚上 7 点

虽然很累，但约翰·F. 肯尼迪仍然思维活跃，他此时是在度假胜地棕榈泉，站在美国演艺巨星平·克劳斯贝的西班牙风格别墅的庭院里。可是，克劳斯贝今晚并不在场，他将这座舒适的别墅借给了肯尼迪和他的随从们过周末。春天的夜晚是温暖的，肯尼迪看到泳池边上的派对已经开始了，泳池里和泳池外人满为患，笑声和水声此起彼伏。在泳池上方，肯尼迪看到巨石构成的山峦仿佛近在眼前，克劳斯贝的这块领地有一英亩大小，山峦成了这一小片沙漠绿洲的壮丽背景。

前一天，肯尼迪在加州大学伯克利分校面对8.5万听众发表了激动人心的演讲，他讲到了民主和自由这两个冷战中的永恒主题。之后，他又乘着空军一号专机向南飞到了范登堡空军基地，生平第一次观看了导弹发射。纤细洁白的阿特拉斯（Atlas）火箭呼啸着拔地而起，成功升入云端，说明美国在空间竞赛中当仁不让，而这场空间竞赛在冷战中已日趋白热化，几天前，苏联刚刚和它的盟国签订协议，旨在共享外层空间的探索成果。

在紧张的西海岸之行后，能在棕榈泉克劳斯贝的世外桃源躲起来过个周末真是再好不过了。这一天的白天，肯尼迪还办了一些公务，主要是面见前总统德怀特·艾森豪威尔，并同他探讨外交政策。现在，肯尼迪终于可以吸一支雪茄、喝一两杯代基里酒，放松一下了。

但总统此时仍没能完全轻松下来，他知道他已经得罪了他的好朋友和长期以来的支持者弗兰克·西纳特拉，因为他原计划是要在西纳特拉的别墅度周末的，现在改在了克劳斯贝的别墅，而后者毕竟是共和党。但总统觉得他可以晚些时候再处理党派问题，今晚他只想好好玩。

好玩的事很多。

这是个星期六，星期六意味着杰姬和孩子们要在格伦邑度周末，然而这个星期六，全世界都从媒体获知第一夫人正在对印度和巴基斯坦进行正式访问，远在地球的另一边。之前，她成功的电视白宫秀再次印证了她丈夫早已清楚了很多年的一个事实：杰奎琳·布维尔·肯尼迪是约翰·菲茨杰拉德·肯尼迪的第一号政治资本。他已经在心中盘算着，如何利用她的声望帮他搞定1964年的连任选战。

肯尼迪知道，假如他对妻子赤裸裸的背叛在公众面前曝了光，那不仅会破坏他的婚姻，还会破坏他的政治生涯，他才不干这种蠢事呢！但是，有些时候这位实用主义的丈夫也忍不住要自轻自贱一下。

例如此时。

在平·克劳斯贝领地上的宾客中，有一位好莱坞最具魅力，同时也许还是好莱坞最为焦虑的女人——玛丽莲·梦露。肯尼迪已经和她铺垫感情近两年了，此时他非常有信心，今夜她终将是他的。

合众国总统又吸了一口雪茄，然后迈步走进了卧室。今夜他的妻子距他有8000英里远，因此他可以为所欲为，为所欲为而绝不可能被他妻子撞见。

"我妻子第一次也是最后一次骑了大象！"前一天肯尼迪在加州大学的体育场临场发挥道，满场的观众不禁会意地欢叫和大笑。

肯尼迪总是以这样的方式对全美国谈起他的杰姬，好像美国人全都在偷听一场私人谈话。的确，美国人渴望听到即便是一点点关于他们婚姻的资讯。总统敏锐的政治直觉告诉他，虽然他从未公开承认：肯尼迪夫妇不仅是美国最有魅力的夫妇，他们也是全世界最有魅力的夫妇，他们之间的爱情与婚姻对世界各地的恋人们都是一个激励。

这一点并没有错，肯尼迪夫妇是相爱的。肯尼迪是位充满爱心的父亲和丈夫，他珍爱他的家庭。他愿意在工作的时候让卡罗琳和

61

小约翰在椭圆办公室玩耍，总统专用的浴缸里经常漂满了橡皮鸭子和粉色的小猪，因为他知道这些玩具能逗乐小约翰。每天早上，去办公室之前，他都会在杰姬的卧室待几分钟；每天的午后，杰姬也会走进他的卧室将他从午休中唤醒，两人会在他穿衣服的时候谈些家常，肯尼迪很喜欢这一小段午后的时光。

杰姬给总统带来的唯一烦恼是她在花钱方面从来没有约束过自己。仅她买衣服的钱就比美国政府付给她丈夫的总统薪金还要高。肯尼迪本人的财产有 1000 多万美元，他把他 10 万美元的总统年薪都捐给诸如童子军和联合黑人学院基金（the United Negro College Fund）这样的慈善基金了。

然而，在肯尼迪夫妇婚姻的光鲜外表之下是巨大的危机，总统的滥交就好似他每天要骑着一头大象到处乱跑，但还要装作这头大象不存在。

第一夫人是根本满足不了总统的，杰姬要照看孩子、装修白宫，还要应对繁忙的社会活动，假如她还能满足总统的生理需要，她就是个超人，更何况总统是不会满足于仅仅一个女人的。当杰姬和孩子们不在时，被带进白宫的应召女郎、社交名媛、小明星和空姐的总数突破了大部分男人的道德和生理底线，甚至，当戴维·鲍尔斯把越来越多的女人找来提供给总统时，特工处已经顾不上查验她们的姓名和国籍了。

不止一个联邦特工认为这种情形很危险，让如此多的女人接近总统当然是对安全条例的破坏，假如其中一个女人借此实施敲诈或是，比如，通过给总统注射毒剂进行公然行刺，总统就完了。这个敏感话题是特工处经常讨论的，但特工们的工作是保护总统，而不是给他上课，因此特工们对总统的这般行为也就听之任之，甚至还为他寻欢提供保护。作为白宫随员意味着嫁给了这份工作，而且如果每个月加班 50 到 80 小时，一个特工每年可以多拿 1000 美元加班费，如果某个特工要是因为劝诫总统而失去这份工作的话，他就是个傻瓜。

专门采访白宫的记者团也对总统的花心视而不见，他们觉得，总统的私生活与他们无关，也与公众无关。白宫记者团都知道，总统看重忠诚，他不会给对他不忠的记者任何报道机会，因此，任何一个涉嫌不忠的词语都不会见诸报端或广播电视。在记者团中，《新闻周刊》驻华盛顿首席记者本·布拉德利还是总统的好朋友，但他总是宣称他对总统的放荡一无所知。

实际上，本·布拉德利的弟媳就与总统有染。

有时，肯尼迪拈花惹草的对象就在白宫工作，比如杰姬的秘书帕梅拉·特纽尔和伊芙琳·林肯的助理普里希拉·韦尔，同白宫随员的偷情既方便又安全，但也有其危险。

例如，总统很喜欢偶尔同 20 来岁的女秘书普里希拉·韦尔和吉尔·考恩午后一起游泳，特工们将她们两人称作"菲豆"（Fiddle）和"蕃豆"（Faddle）。在这种情形下，总会有一个特工站在泳池的大门外确保无人闯入。

但有一天偏偏不巧，第一夫人突然出现在泳池门外，她要马上进去游泳，这种事情从未发生过。那个慌乱的特工一边把住大门，一边试图向杰姬解释她现在不能使用她正在主持装修的白宫游泳池。

泳池内，肯尼迪听到了门外的争吵，他马上穿上浴衣，在被第一夫人捉住前逃离了泳池。特工们后来回忆说，当时总统的两行大大的湿脚印和他的女性泳伴的两行小脚印在泳池边相映成趣，可惜杰姬没有看到，因为暴怒的第一夫人随即转身离开了泳池大门。

纵使总统大脑的一部分在忙碌地思考着如何对付菲德尔·卡斯特罗、尼基塔·赫鲁晓夫和夏尔·戴高乐，他的另一部分大脑仍在盘算着怎样临幸更多的女人而不被杰姬撞见。随着肯尼迪在白宫越过越舒服，他的艳情也变得越来越夸张。

"我们当时甚至会相互问道，'又有什么新人？'"一个特工处的特工之后回忆道，"白宫里到处是女人，太常见了，不同的当班时间，你会看到她们晚上前来，或是早上离去。她们出现的时候往往保洁员正在吸地毯或随员们已经上班。有几个女人是白宫的常客，当然她们肯定要等杰姬不在的时候来。"

如果肯尼迪好几天没有婚外艳遇的话，他会变成另外一个人，以至于当杰姬带着孩子们离开白宫去度周末时，特工们会轻舒一口气。"杰姬在的时候，一点儿也不好玩。"一个老特工后来承认，"总统会头痛，你完全可以看出他因为没能和别的女人上床而垂头丧气，那副样子就像只落汤鸡。"

性是约翰·肯尼迪的阿喀琉斯之踵，究竟为什么他要背叛杰姬，他在滥情的过程中究竟能为国家做些什么呢？

刚刚被任命为司法部部长没几个星期，鲍比·肯尼迪就接到了J.埃德加·胡佛的一份特殊档案。胡佛是联邦调查局局长，精通权谋，长了一个哈巴狗的鼻子。这份特殊档案中有总统婚外情的证据。尽管媒体对肯尼迪的滥情视而不见，但这些证据表明，早在20世纪40年代联邦调查局就开始追踪调查肯尼迪的私生活了，因为，那时他正在追求的女人被怀疑是纳粹德国的间谍。为肯尼迪建立这样一份档案是胡佛出于工作上的考虑，他希望每个人都明白，联邦调查局不能被缩减，而且美国大地上任何违法的事情都逃不过他的眼睛。为了国家安全，联邦调查局甚至可以调查合众国总统。

1962年初，当肯尼迪总统对棕榈泉的访问正在计划之中，司法部对有组织犯罪的一项调查表明，歌星弗兰克·西纳特拉已在黑社会中陷得很深。这对于肯尼迪兄弟很麻烦，因为美国人都知道西纳特拉不仅是总统的坚定支持者，还是他的私人朋友。如果上述问题不能让司法部部长和美国总统改变计划的话，那么还有一条，总统的妹妹——鲍比的姐姐帕特里夏——的丈夫、影星彼得·劳福德是西纳特拉的著名表演组合"鼠帮"（Rat Pack）的成员之一。

让事态变得更微妙的是胡佛送给鲍比的一份新档案，新档案送到的时间是总统开启棕榈泉之旅前一两个星期。这份档案表明美国总统同山姆·吉安卡纳的情妇有染，吉安卡纳不仅是全美国最臭名昭著的黑帮大佬之一，也是鲍比·肯尼迪一直最想绳之以法的黑帮大佬之一。吉安卡纳的情妇名叫朱迪思·坎贝尔，胡佛说她本人便是很大的安全隐患。帕特里夏·肯尼迪·劳福德不知道的是，她的老公彼得·劳福德当初是因为肯尼迪家族的权势同她结婚的。西纳特拉长期以来一直想走近权力的巅峰，当他意识到肯尼迪家族即将成为全美国最有权势的家族时，他便把劳福德纳入了自己的小圈子。另外，帕特里夏·肯尼迪·劳福德为电影《十一罗汉》的剧本埋了单，因为她以为她丈夫能同西纳特拉一同主演这部影片，但最终那个角色给了迪安·马丁。西纳特拉对待彼得·劳福德就像对待一个吃闲饭的，同时西纳特拉估计帕特里夏就像大多数在好莱坞光环外的人一样，为能沾上影星的光而竭尽全力。

西纳特拉的设想是对的，尽管经常被搞得很没面子，劳福德夫妇仍旧以作为"鼠帮"成员为荣。

西纳特拉当然希望肯尼迪在访问棕榈泉时能住在他的家里，于是，那个代西纳特拉向肯尼迪总统传递邀请的女人注定是帕特里夏·肯尼迪·劳福德。

读了胡佛送来的西纳特拉档案之后，鲍比·肯尼迪告诉总统，在棕榈泉要选个别的地方住。鲍比并不在意对西纳特拉的轻慢会切断肯尼迪家族与西纳特拉长期以来的政治关系——西纳特拉不仅在1960年为肯尼迪的选战摇旗呐喊，而且还为安排总统的就职宴会跑前跑后。

实际上，鲍比别无选择，在有组织犯罪的大佬中，西纳特拉至少同其中的10个大佬有持续的联系。联邦调查局的报道不仅详细到某天某时西纳特拉从家中给这些黑帮老大打过电话，而且显示这些老大也给他家打电话。"西纳特拉的工作性质有可能在某些时候让他不得不联系这些黑社会的人物，"报告写道，"但这个理由不能解释他与如下人物保持的友谊或账务往来，抑或友谊与财务往来兼而有之：阿尔·卡彭的两个表兄弟乔·菲斯彻蒂和罗科·菲斯彻蒂、保罗·埃米利奥·达马托、约翰·福摩萨和山姆·吉安卡纳，这些人无不干着非法的勾当。"

联邦调查局早在40年代就开始为西纳特拉建立档案了，他的档案还记录了他与其他黑帮头子的交往，比如卢西亚诺和米奇·科恩。这份档案表明，1947年2月西纳特拉曾和卢西亚诺及他的保镖一起去哈瓦那度假，而且一行人出现在"赛马场、大赌场和私人聚会上"。这次度假不可思议的原因是，卢西亚诺当时刚从美国监狱获得假释不久，原本他已被遣送回西西里岛了。而西纳特拉敢于同卢西亚诺如此高调地在哈瓦那度假，简直是对美国司法体系的蔑视。

档案里有关西纳特拉同黑社会交往的证据还有很多，然而，鲍比对西纳特拉的惊讶不在于这个歌星同黑帮有染，而是联邦调查局掌握了肯尼迪家族通过这个歌星同黑社会联系的证据。实际上，胡佛积累多年的档案已经能够揭示西纳特拉、肯尼迪家族和诸如吉安卡纳这样的重要黑帮成员之间的密切联系，而吉安卡纳小姆指上戴着的那只蓝宝石戒指就是弗兰克·西纳特拉送他的礼物。最可恨的是，档案中还显示，吉安卡纳经常造访西纳特拉在棕榈泉的别墅。特工们还发现吉安卡纳的好友朱迪思·坎贝尔给总统的秘书伊芙琳·林肯打过很多电话，从而推断肯尼迪的白宫和有组织犯罪有着切实的联系。

　　弗兰克·西纳特拉和约翰·肯尼迪曾多次欢聚、饮酒，联邦调查局推断，他们还共用一到两个女人。在 1960 年 2 月的一次独立调查中，联邦调查局发现肯尼迪在拉斯维加斯同"鼠帮"一起住进了金沙酒店（the Sands Hotel），当时"全城的应召女郎不时从参议员的套间跑进跑出"。在 1960 年民主党的拉斯维加斯全国大会上，西纳特拉和"鼠帮"为开幕式演唱了美国国歌。西纳特拉还访问了肯尼迪家族在海恩尼斯港（Hyannis Port）的领地，并在起居室的钢琴上即兴表演了一场音乐会，让宾客们兴奋不已。西纳特拉甚至将他 1959 年的主打歌《厚望》重新填词，使之成为肯尼迪选战的主题歌。

　　还有传言说，肯尼迪家族在 1960 年的大选中指使黑帮势力影响了选民的投票。

　　这份档案是一个警告——胡佛借此让鲍比明白，肯尼迪家族和有组织犯罪的联系几乎要尽人皆知，只有胡佛能阻止消息的传播。

　　尽管同西纳特拉交情非凡，肯尼迪接到鲍比的电话后立即切断了同这位歌星的联系，他们的交往到此为止了。这位歌星已经织就了一张大网，肯尼迪有可能陷进去无法自拔，而没有什么友谊值得为之失去总统职位。"无情"此时可以用来描述鲍比，而这一刻和以后，总统都可以被形容为"冷血"。

鲍比给彼得·劳福德打了个电话，告诉他总统不会在西纳特拉的别墅里过夜了。可是，劳福德的职业生涯全仰仗西纳特拉，因此他惧怕西纳特拉，不希望由自己把这个坏消息带给他。

于是，肯尼迪只好自己给劳福德打电话："作为总统，我不能入住西纳特拉的别墅，更不能睡在山姆·吉安卡纳或其他流氓睡过的床上。"他对妹夫说道。肯尼迪还让妹夫帮他两个忙，一是周末在棕榈泉帮他找另外一处宅子以便他和梦露会合，第二是赶快告诉西纳特拉，总统将不在他那儿过夜。

彼得·劳福德别无选择，只好着手打电话。克里斯·当菲，一位来自佛罗里达州的共和党人为劳福德联系上了平·克劳斯贝，解决了劳福德的第一个难题。总统喜欢拈花惹草是公开的秘密，克劳斯贝此时不在家，他想到了他的家里将上演什么好戏，但他不在乎，他在好莱坞已经混了很多个年头，知道背叛就像日出那样常见。

把坏消息告诉西纳特拉就不那么简单了。

46岁的西纳特拉好几个月前就开始期待总统的这次到访了，他特意在他的地块旁又买了一块地，并盖起了小房子准备让随行的特工们住。他还在别墅中重新安装了最新的电话设备，在总统将要入住的卧室里挂上了一块金色牌匾，永久纪念"约翰·F. 肯尼迪曾在此下榻"。肯尼迪的照片挂满了整栋别墅，一根旗杆高高地竖立起来，以便总统的旗帜能在西纳特拉的领地飘扬。最重要的是，西纳特拉还为总统的直升机建了一块水泥停机坪。西纳特拉已经为总统的到来冲昏了头脑，头晕到纵使总统将与他的前女朋友玛丽莲·梦露在此幽会，他也根本无所谓。

问题是，西纳特拉相信他的别墅能成为西部白宫，但肯尼迪一家对此多少有些尴尬，这并不是因为肯尼迪一家不喜欢西纳特拉——虽然杰姬的确受不了他——而是他们宁愿和这位炫目的歌星保持一臂的距离。

最终，劳福德在电话中把这个不幸的消息告诉了西纳特拉，西纳特拉好半天才意识到，他已经被踢出了总统朋友的圈子。这位歌星砰然扣下电话，接着又把整部电话机摔在了地上。"你知道他要住在谁家吗？"西纳特拉对他的男仆尖叫道，"他要住平·克劳斯贝的房子，就是他，可他是个共和党！"

西纳特拉永远不会忘记这场羞辱，他大骂鲍比·肯尼迪，接着他又给劳福德打回电话，告诉后者他已经被清出了西纳特拉的小圈子。他在别墅里一阵疯跑，把肯尼迪的照片从墙上一一扯了下来，之后他又找到了一柄大锤，冲出门去一锤一锤地要把水泥停机坪砸毁。

约翰·肯尼迪站在克劳斯贝别墅的后门门口，看着客人们在院子里进进出出。在棕榈树的阴影里、草坪的边缘和环状的灌木丛旁，特工们在徘徊警戒着。玛丽莲·梦露已经站在了总统身边，此时从他们交流的亲密感来看，今夜共枕已是毫无疑问的了。

梦露一直在喝酒，喝了很多，至少表面上看是这样。

35岁的梦露并不是一个傻女人，尽管她经常在银幕上和现实生活中扮演这样的角色。"我过去以为你挺傻。"在电影《绅士爱金发女郎》中，有人这样评说她扮演的角色。"需要的时候我可以聪明，"她答道，"但大多数男人不喜欢女人聪明。"

这段台词是梦露自己建议加上去的。梦露原名诺玛·吉恩·贝克，少年时代同养父母生活在一起，十几岁时她开始做模特，1946年获得了第一次演电影的机会，于是她把名字改成了玛丽莲·梦露。梦露的头发原本是黑褐色的，她在上银幕前染了头发，开始塑造自己"傻傻的金发女郎"的形象，从此这个特点也成了她的名片。在她的银幕生涯中，她拍摄了一系列叫座影片，包括《愿嫁金龟婿》《七年之痒》《热情似火》。她已经结婚、离婚三次了，而且传言她酗酒、吸毒，这两个恶习渐渐地侵蚀着她的艺术魅力，但她此时仍旧性感、活泼，而且在清醒的时候足够聪明，显示了颇高的智商。

肯尼迪第一次遇见梦露是在50年代的一次晚宴上，而他们的关系发生飞跃是在1960年7月15日，那天晚上肯尼迪成了民主党总统大选候选人，肯尼迪和梦露一见面便相互调情，这让肯尼迪的班底觉得惊心动魄，因为他们马上想到，假如在大选期间他们两人偷情被抓，那可就全完了。帕特里夏·肯尼迪·劳福德为此甚至直接把玛丽莲拉到一边，告诫后者不要同她哥哥上床。

但那已经是两年前的事了，颇具讽刺的是，1962年2月下旬，却是帕特里夏邀请玛丽莲和肯尼迪一同到她在纽约的家参加一个晚宴。那一晚玛丽莲迟到了，她一向如此，接下来喝了不少雪莉酒。她穿着一件又瘦又短的满是珠子和亮片的晚礼服，"那是我见过的女人穿的他妈的最紧的一件衣服，"著名演艺经纪人米尔特·艾宾斯后来回忆起梦露在赴晚宴前，他们一行人帮她穿着打扮的情景，特别是如何把那件晚礼服套在她头上再往下拉时说道，"当时衣服卡在她屁股那儿拽不下去了，当然，通常玛丽莲一般是不穿内衣的，当时我只好跪在她面前，用尽我全力把衣服往下拽，因为她屁股太大了。"

艾宾斯最终成功了。当梦露漫不经心地姗姗而来,肯尼迪立即被她吸引,随即走到她的身边。在场的一个摄影师试图拍到他们在一起的照片,但总统立刻背过身去以免与梦露出现在同一张照片上。之后,随行特工们礼貌地将胶卷要走了。

晚宴结束前,肯尼迪小心翼翼地邀请玛丽莲3月24日那天和他在棕榈泉相会,为了让她能放心前来,他还透露道:"杰姬那天不在。"

此时玛丽莲·梦露穿着一件宽松的裙子,派对仍在克劳斯贝的庭院里热闹地进行着,而梦露显得"平静而放松",一位参加了那次聚会的人后来回忆说。

总统为梦露的风趣和智慧而着迷,为能在他的征服者名单中加上这么一个著名的尤物而激动不已。他还发现她很热心,在肯尼迪抱怨他的背痛老毛病之后,梦露马上给她的朋友拉尔夫·罗伯茨打电话。罗伯茨是位演员兼按摩师,对背痛有独到的办法。当梦露让肯尼迪听电话时,罗伯茨并不知道电话那一端是总统,但他忍不住在想,电话那头的人怎么听上去像约翰·菲茨杰拉德·肯尼迪呢?罗伯茨讲述了一种简便的治疗方法,几分钟后,他挂了电话,不禁又想,玛丽莲总是给我找事。

从某种意义上说,梦露是身不由己的。她曾经嫁给两个非常有名且非常有影响力的男人——棒球运动员乔·迪马乔和剧作家阿瑟·米勒,但肯尼迪让这两个男人黯然失色。"玛丽莲·梦露是一个士兵,"她之后以第三人称的口吻对她的医生说道,"她的总司令是世界上最了不起和最有权力的人,士兵的第一责任是听从总司令的命令，他要你怎样做，你就得怎样做。"同样，司法部部长也获得了她的注意。"就像海军里那样——总统是船长，鲍比是大副，"她对她的医生说，"鲍比会为他的国家做任何事，我也一样，我是不会让他失望的。只要我还有记忆，我的记忆里就会有约翰·菲茨杰拉德·肯尼迪。"

纵使玛丽莲·梦露拥有热情和美丽，她也是被人用过的东西了。她的三次婚姻是不可能被肯尼迪信奉的天主教教义接受的，她与弗兰克·西纳特拉的关系同样是禁忌。肯尼迪知道，她当初为了嫁给阿瑟·米勒，破坏了他的上一次婚姻。更不妙的是，总统怀疑她还有在并不久远的将来进军白宫的想法，为此，肯尼迪甚至对她直说，她"不是第一夫人的料"。

玛丽莲是不可能替代杰姬的，不论这位影星在棕榈泉与总统共处两夜时她如何展开幻想。玛丽莲送给肯尼迪一只镀铬龙森·阿多尼斯打火机，作为礼物提醒他牢记两人共度的美好时光，实际上，即使没有这个礼物，总统肯定也不会忘记他与这位世界上最性感的女星度过的良宵。

假如肯尼迪和梦露的艳情传播出去，效果将会是爆炸性的。有一个问题不仅一直萦绕在特工处的特工们的心头，也让同总统最亲近的"爱尔兰帮"好友们感到费解：为什么总统总是甘冒这样的险？有人认为这要追溯到肯尼迪家族在爱尔兰的先辈——那时一个大家族的头领通常是可以随意同婚外女人上床的，因此，总统的父亲约瑟夫·肯尼迪也通常这么干。

另外，也有人相信，约翰·肯尼迪个人生命中的悲剧，包括他哥哥的牺牲和他的第一个女儿胎死腹中，以及他本人在"二战"中与死神擦肩而过的经历，这些都给予了他一种宿命的人生态度——

只有及时行乐才能让短暂的人生无限精彩。

肯尼迪的长期病痛也对他的行为模式颇有影响，他外表看上去很健壮，但他的胃一向不好，他还有背痛的老毛病，以及阿狄森氏病。他的运动方式仅限于散步、游泳和偶尔打打九洞高尔夫球，他几乎不能骑马，而肯尼迪家族的招牌运动——触身式橄榄球是从来不让他参加的。

于是，性爱也就成了肯尼迪放松的一种方式，他是个肾上腺素迷，而且他的心态需要不正当的刺激，正如他曾对家族的一个老朋友说的那样："追逐比享用更有趣。"

"祝你生日快乐，总统先生。"

与肯尼迪在棕榈泉共度周末两个月后，纽约，玛丽莲·梦露站在麦迪逊广场花园（Madison Square Garden）一大群痴迷的观众前，用她所能体现的最煽情的风格演唱了这首传统的生日快乐歌。虽然她亲昵的歌声唤起了观众无数个猜想，但她紧身的装束让她的前后曲线一览无余，没有给人留下多少想象的余地。此时，玛丽莲还在对肯尼迪毫不含蓄的评价——她"不是第一夫人的料"——耿耿于怀，因此她拼命要重新点燃总统在棕榈泉之夜展现的浪漫。

"祝你生日快乐。"她嗲声嗲气地通过麦克风说道。

这一天是 1962 年 5 月 19 日，距肯尼迪的生日还有 10 天。杰姬这一天又没在肯尼迪身边，但她对玛丽莲知道得一清二楚，后者与其说让第一夫人受伤，倒不如说是让她倒胃口，她觉得丈夫是在欺负这样一个精神不太正常的女人，而总统要得到她简直是太容易了。

虽然梦露此时颇为陶醉，但肯尼迪登上麦迪逊广场花园的舞台上时碰都没碰她。还好，他赐给她一束仿佛从狼的双眼中射出的目光，一位记者后来回忆道："那眼神很特别，如果我曾经看到过某个男人眼中露出的对女性美丽的嘉许，那绝对是约翰·肯尼迪那一刻对梦露流露出来的。"

棕榈泉之夜以后，梦露对肯尼迪非常着迷，于是她不断打电话到白宫，可是，这回她费力的演唱算是对牛弹琴，舞台上的总统接下来步入正题，同玛丽莲保持了他同弗兰克·西纳特拉一样远的距离。

正如西纳特拉一样，玛丽莲也是个陷阱，假如肯尼迪不经意陷进去无法自拔，那他的总统生涯可能就会到此终止了。于是，肯尼迪身上的现实主义成分回归了，战胜了他的欲望。他很愿意冒着巨大的个人风险满足他的生理需要，但如果这样的冒险会危及他的总统宝座，他还是会有所克制的。他宁愿把梦露、西纳特拉和黑帮人物们放在警戒线之外，也不愿把他们当朋友，否则，这些人有可能会把他拉下马。

面对台下忠实的纽约市观众，总统表现得像祭坛上的小男孩一样纯真。"听到唱给我的'生日快乐歌'是如此的甜美和健康，我想我都可以归隐了。"总统对着麦克风说，如此戏谑的口吻说明他此时已经完全超脱于自己的性欲之外。

但是，肯尼迪不会放弃婚外享乐，他刚刚开始了和一个 19 岁处女的长期艳情，这个少女的第一次发生在杰姬的床上。

总统的工作是繁重而孤独的，像麦迪逊广场花园那样的时刻是压力下难得的休息。肯尼迪沐浴在众人的生日祝福中，而这次集会只是为民主党筹集经费一系列活动中的一部分，这一系列活动筹集到了 100 多万美元。

总统根本想不到，这是他一生中倒数第二个生日。

在遥远的苏联城市明斯克，李·哈维·奥斯瓦尔德终于扫清了回家路上的一切障碍，可以动身了。

行程的第一步是他要带着玛丽娜和他们五周大的孩子琼·李坐火车去莫斯科的美国大使馆，领取他们的旅行文件。

5 月 18 日，奥斯瓦尔德从他工作的地平线电子工厂（Gorizont Electronics Factory）辞职了，几乎没人舍不得他走，工厂的厂长认为他这人粗心、过于敏感、缺乏主动性，连玛丽娜都觉得她丈夫太懒，而且不愿听从别人的指令。

1962 年 5 月 24 日，奥斯瓦尔德到达莫斯科，同一天，美国海军试飞员斯科特·卡彭特成了美国第二位环地球飞行的宇航员。肯尼迪虽然此时正在就可担负的全国性健康保障同国会角力，他仍是迅速赞扬了卡彭特的勇敢和技能。

6 月 1 日，奥斯瓦尔德登上了一列从莫斯科开往荷兰的火车，美国大使馆发给他一张 435.71 美元的期票单，用以资助他在美国开始新生活。6 月 2 日，当美国海军部长约翰·康纳利在迈向得克萨斯州州长宝座的路径中获得了关键性胜利——赢得了民主党竞选人资格，奥斯瓦尔德乘坐的火车在布列斯特（Brest）驶过了苏联边境。又过了两天，他们一家人登上了从荷兰开往美国的"玛斯丹号"（Maasdam）班轮。整个海上旅程中他们几乎没上过甲板，因为奥斯瓦尔德对玛丽娜穿的廉价衣服颇感羞耻，不想让她在众人面前露面。为了在他们狭小的舱室里打发时间，他胡乱地写着他对政府权力的幻想渐渐破灭后心中的咒骂。

1962 年 6 月 13 日，"玛斯丹号"在新泽西州的霍博肯（Hoboken）靠岸，这里恰是弗兰克·西纳特拉的家乡。奥斯瓦尔德一家顺利通过了海关，然后在纽约市的时代广场宾馆租下了一个小房间。他们的计划是在这里一直住到他们能负担得起飞往得克萨斯州的机票，奥斯瓦尔德的哥哥罗伯特在得克萨斯，奥斯瓦尔德准备在那里安家、找工作。

第二天早晨，在遥远的越南，美国直升机队载着南越士兵前去攻击一个越共的据点，这样的行动却让肯尼迪在美国介入东南亚的问题上打了退堂鼓，虽然他之前公开表明越南战争将是阻止共产主义在全球扩散的关键。

由于李·哈维·奥斯瓦尔德的哥哥为他提供了经济赞助，他们一家三口得以飞往达拉斯。达拉斯这个城市此时正弥漫着愤懑，恰与奥斯瓦尔德本人心中的种种抑郁不谋而合。这个深入美国南方的大州在上次大选时选择了肯尼迪，但此时，得州有人对这位美国历史上的第一位天主教总统非常敌视，也有人不愿意看到他推进种族平等，还有人觉得他有共产主义倾向。

这就是奥斯瓦尔德一家人将要开始新生活的环境，他们乘坐的飞机降落在了一个叫作"爱之地"（Love Field）的达拉斯地区机场，短短 17 个月后，总统和第一夫人乘坐的空军一号也将在这里降落。

奥斯瓦尔德很不满，因为他回归美国这件事并没有引起媒体的广泛注意，或者说根本没有媒体注意。但就在他因为得不到媒体青睐而发无名火的时候，他根本不知道自己正在被秘密注视着——被某种强大的势力。

6

1962 年 8 月 23 日

美国首都华盛顿 / 黎巴嫩贝鲁特

正午

美国总统有些乏力。或至少苏联领导人尼基塔·赫鲁晓夫这么认为，当然不是指体力上的，而是在激烈搏杀的国际政治舞台上。自从"猪湾事件"之后，赫鲁晓夫便密切关注肯尼迪，寻找这位美国总统在处理危机时表现出的软弱和犹豫，正如他在"猪湾事件"中表现的那样。赫鲁晓夫已经 68 岁了，他在斯大林去世后经过了残酷的政治斗争才得以上台，因此他深知如何评估对手的长处和短处。现在，他觉得肯尼迪根本不是他的对手。9 月份将是赫鲁晓夫上台十周年，他计划以苏联对世界更有力的掌控来纪念这个特别的日子，如果他能再让美国总统出一次丑，那就再好不过了。

俄国人——西方经常这样称呼苏联人——为了炫耀他们在外层空间的优势，刚刚发射了两艘宇宙飞船，让它们在同一时间环绕地球飞行。驾驶两艘飞船的苏联宇航员在飞行中通过无线电进行了对话，向全世界显示了他们优越的航天技术。

另外，赫鲁晓夫和他的政治局还相隔一周时间在北极爆炸了两颗 4 千万吨当量的核弹，表现了他们对国际禁止核试验条约的蔑视。

他们还在德国的柏林市中心建起了一座长达 87 英里的墙，这座墙将苏联控制区和西方盟国控制的西柏林分隔开来，不是为了阻止西柏林的人来东德，而是为了阻止社会主义制度下的东德公民逃往西德。柏林墙的效果是可怕的。1962 年 8 月 23 日，东德边境的士兵击毙了一名 19 岁的铁路警察，这位警察当时正试图跳过正在施工的柏林墙上的一处垛口，逃往西柏林。这个年轻人中枪后挣扎着想要爬过前往西柏林的最后几码距离，最终，东德士兵们眼睁睁地看着他停了下来，死在了那里。

一个星期前，东德士兵还枪击了另一位想要逃离东德的年轻人，后者中枪后，东德士兵和附近的平民被严令不得施以援手，这个可怜的年轻人在地上挣扎了一个小时，直到失血过多而死。为此，西柏林爆发了多起抗议苏联行径的示威，但他们没有赢得道歉，悲剧仍在继续。

尽管如此，肯尼迪总统并没有直接对苏联施加压力，甚至连对苏联的批评都没有。可是，多数美国人仍然支持肯尼迪，使他成了现代史上支持率最高的总统，他 70.1% 的平均支持率比艾森豪威尔高出近 6 个百分点，比哈里·杜鲁门竟然高出了 25 个百分点。但是，美国人民不会容忍下一个"猪湾"，因此，肯尼迪在对外政策舞台上变得愈发谨小慎微。

此时，林登·约翰逊在对外舞台上却没有一点谨小慎微的感觉，这位副总统——特工们为他起的代号是"志愿者"——正在黎巴嫩的贝鲁特访问，他发现这座被称作"中东的巴黎"的城市喜欢他，在前往腓尼基饭店（Phoenicia Hotel）的路上，他从敞篷车的前座站了起来，不断向涌到路边的人群挥手致意。

在副总统的这次旅程中，不论走到哪里他都会融入人群，并向人们分发刻有他名字缩写"LBJ"的圆珠笔和打火机，然后便开始一番激昂慷慨的讲话。不管是面对达喀尔的麻风病人还是卡拉奇光着上身的乞丐，副总统都真诚地同他们握手，告诉他们美国梦并不是神话——希望无处不在，甚至存在于贫困之中。

难得的是，约翰逊本人真心相信这一点，他出身贫寒，体验过被人轻视和生活穷困的滋味，从多个方面来说，相对于那些接待他的富有的各国外交官，副总统对路边那些许久没有洗过澡的穷人有着更深厚的感情。

约翰逊比常人高大得多，他的身形就像铁塔，而且充满了活力。他有着像巴吉度犬那样的眼袋，常常出汗，衬衫总是湿的。在华盛顿的时候，他显得很忧郁，由于丧失了权力而悲观，可一旦迈出国门，他一下子变成了一个摇滚明星，他在国外闹的种种笑话已经被传开了，特别是当他习惯性地随机叫停贵宾车队、跳出他乘坐的豪华敞篷车、去同拥挤的人群进行肢体接触的段子。

在贝鲁特也是如此，这是副总统19天行程中的第一次临时停留。之后约翰逊还将访问伊朗、希腊、土耳其、塞浦路斯和意大利，黎巴嫩在计划中只是为他的波音707专机加油而临时降落的一站。但是，当约翰逊听说他是访问"雪松之国"的美国最高官员时，他忍不住要下去看看，降落加油突然变成了正式访问，旋即，副总统的车队便从机场开进了贝鲁特的市中心。

当车队减速时，约翰逊看到一群孩子正挤在路边一个瓜摊前，他立即让司机停车，在大步跃向这些孩子的同时迅速摘下了自己的墨镜，以便和他们保持视线接触。孩子们似乎被吓傻了，于是，约翰逊和他们谈起了美国梦的力量。孩子们仍是不知所措，约翰逊干脆直接面对一个戴着"冠军牌火花塞"帽子的十几岁少年，告诉他美国支持黎巴嫩的"自由和统一"。

约翰逊的嗓音低沉而有力，他在讲话时总是辅以胳膊的舞动。特工处的特工们迅速站在了他的周围，再一次因副总统无视安全而烦躁。然而，只是一个闪动，约翰逊又回到了敞篷车的前座，车队又开动了，约翰逊笔直地站着，不断向人群挥动着双手。

约翰逊是个爱挑剔的旅行者，他出行不仅要带着他的豪华轿车，还要有一箱箱的卡蒂萨克苏格兰威士忌，以及一个特殊的出水很细的沐浴喷嘴，因为他喜欢浴水像针一样扎在自己身上。对每个下榻的宾馆，他都要求提供一张 7 英尺长的床，以对付他那高大的身躯，这并不是说他要睡很多个小时，实际上，当他的随从早已入眠，约翰逊还在工作，他要给华盛顿打电话，还要阅读外交电讯。

最初，约翰逊心里觉得像今天这样被用作飞行大使很不是滋味，他为此还同肯尼迪争执过，但现在他已经爱上了这种工作状态。在华盛顿，他因为渴望权力而被白宫的许多随员比作苏厄德，苏厄德是亚伯拉罕·林肯总统的国务卿，同样是对权力格外渴望。然而在国外，约翰逊的确有了权力，他本应代表总统讲话，但往往说着说着他就开始自说自话，约翰逊很喜欢这样的机会。

可是约翰和鲍比这对肯尼迪兄弟对约翰逊颇为反感，特别是当他说话不着边际的时候。在访问亚洲时，他对南越总统吴庭艳大加赞扬，而吴庭艳折磨和屠杀了大约 5 万被怀疑为共产党的政治犯，不可思议的是，约翰逊夸奖吴庭艳是"亚洲的温斯顿·丘吉尔"，这让许多人怀疑副总统是不是心智不健全。

在泰国，约翰逊凌晨 3 点穿着睡衣主持了一次记者招待会。同样是在泰国，他被提前告知，在泰文化中拍别人的脑袋被看作是挑衅——然而，他马上挤上一辆公共汽车，伸出他的大手去抚摸乘客们的脑袋。

还有更绝的，在西贡的时候，约翰逊在他潮湿的房间召开了一个记者招待会，他突然间自己脱光了衣服，用毛巾擦去身上的汗水，又穿上了一件新西装，整个过程他还同时回答着媒体的问题。

当然，在贝鲁特他不用急着宽衣解带，腓尼基饭店距离蓝色的地中海只有两条街，清凉的海风化解了8月的酷热。这是约翰逊有生以来行程最长的一次旅行，但他陶醉于旅程中的每一分钟，因为在远离美国的这19天中，他一向是房间中最有权威和最受尊敬的人。

与此同时，在华盛顿，鲍比·肯尼迪正致力于另一场完全不同的权力争斗，关于这场争斗的缘起，我们可以通过7年前的一个事件洞窥全豹。

1955年的密西西比州，14岁的美国黑人男孩"波波"——埃米特·路易斯·蒂尔正在密西西比河三角洲的小镇莫尼（Money）走亲戚。蒂尔是在芝加哥长大的，他这次来到美国的最南方是想看看妈妈成长的地方。他幼年时得过脊髓灰质炎，因此有些口吃。现在他有5英尺4英寸高，因此有时会被当成大人，但如果仔细看看他光滑的脸庞，人们会发现他还只是个孩子。

埃米特的妈妈已经警告过他，芝加哥和密西西比非常不一样，当然她不是指气候。就在埃米特动身去南方的一个星期前，一位黑人男子在离莫尼小镇不远的一家法院门前被人开枪打死，最终凶手被宣判无罪。

埃米特告诉妈妈，他知道南方的种族歧视有多糟，并且承诺他会多加小心。但以后我们会看到，这个承诺是多么的苍白。

1955年8月21日，埃米特来到了他的舅公摩西·赖特的家，赖特这一年64岁了，他的家只有两间狭小的卧室。三天之后是星期三，埃米特和一群十几岁的亲戚逛到了"布莱恩特杂货和肉品店"，这是一家很小的夫妻店，接待的顾客大都是本地的佃农。此时是晚上7点半，24岁的店主罗伊·布莱恩特去得克萨斯了，他是个退伍兵，这会儿他正从新奥尔良往圣安东尼奥运虾，他21岁的妻子卡罗琳正守着小店。卡罗琳是个娇小的女人，黑头发黑眼睛。

埃米特和八个同伴挤在一辆1946年的福特车里开到了布莱恩特的小店门口，他们的年龄都在13到19岁之间，这时，已经有一群黑人男孩在小店门廊的桌子上玩跳棋了。埃米特因为来自数百英里外，非常想尽快融入这群孩子，于是他从自己的钱包里拿出一张白人女孩的照片，对身边的伙伴吹牛说，他和她上过床。

埃米特所在的人群已经有将近二十个男孩和女孩了，但根本没人相信他的话，因为他讲到的这样一种种族融合在密西西比简直是闻所未闻。在这里，不论是公共厕所、饮水处、饭馆，白人和有色人种都是不能混用的。一个黑人做梦也想不到去同一个白人握手，除非白人主动伸出手来。当黑人同白人谈话时，黑人要垂下双眼以示尊敬，而且必须称对方为"先生""太太"或"小姐"，绝不能直呼他们的名字。因此，埃米特·蒂尔吹嘘说他不仅和一个白人女孩交谈，还脱光了她的衣服同她上床，这注定会遭到所有人的质疑。

于是，同伴们要埃米特证明给他们看，他们怂恿他走进小店去和卡罗琳·布莱恩特谈话。埃米特感受到了危险，他想退缩，但这更刺激了身边的伙伴，他们开始嘲笑他是胆小鬼。埃米特不得不改了主意，他拉开玻璃门进入小店，走到糖果柜台前，说要买两美分的泡泡糖。当卡罗琳把泡泡糖递给他时，埃米特竟然伸手拉住了她的手，提出要和她约会，而这时卡罗琳已是两个男孩的母亲了。

在埃米特熟悉的芝加哥，男人同女人拉拉手算不上什么大事，但在南方腹地，黑人与白人的肢体接触被看作是禁忌。当黑人需要在商店付钱时，他会把钱放在柜台上而不是递到白人店员的手中，同样，当白人找零时，零钱也会被放在柜台上。可是，埃米特不仅触碰了一个已婚白人女士，竟然还要同她约会。

卡罗琳迅速缩回了手，她惊呆了。埃米特再次抓住她，这回是抓住了她的手腕，说："你不用怕我，美女，"他安抚道，"我和白人女孩约会过。"

卡罗琳气愤地将他推到一边。埃米特最终退出了小店，但暴怒的卡罗琳也紧跟着出了门，她跑到她停在路边的车上，准备取出她丈夫的手枪，已经挺晚了，她很担心自己的安全。

当然，埃米特根本没想伤害她，每当他感觉要口吃的时候，他习惯于对人吹口哨，于是，他便对卡罗琳吹了个口哨。卡罗琳·布莱恩特再次惊呆了，在旁边观看事态发展的黑孩子们也惊呆了，他们"知道口哨会招来麻烦"，一份正式的联邦调查局报告写道，"他们匆匆跑掉了，拉着蒂尔一起。"

当回到家中的罗伊·布莱恩特得知发生了什么，他马上行动起来，开始了私人刑事调查。8月28日凌晨2点半，埃米特的舅公摩西·赖特听到有人在砸门，摩西赶来打开房门，看到来人是罗伊和他带来的朋友"大个子"米拉姆。

"大个子"米拉姆比罗伊大12岁，是个外向、大块头的密西西比人，他当年上完九年级就入伍参加了"二战"，曾在欧洲战场同德国人战斗过。罗伊和米拉姆各自带了一支柯尔特点45口径手枪，布莱恩特的是左轮枪，米拉姆的是自动手枪。两人强迫摩西带他们去找"那个出言不逊的黑人"。

吓傻了的摩西带着两人走进一间房子后面的小卧房，埃米特正和三个表兄弟挤在一张床上睡觉，"大个子"米拉姆用手电照了照埃米特的脸，问道："你就是那个胡说八道的黑小子？"

"是的。"埃米特回答说。

"不要对我说是的，我会敲掉你的脑袋，穿上衣服！"

摩西和妻子请求两个不速之客放孩子一马，他们甚至还拿出钱来想摆平这件事，但罗伊和"大个子"听都不听。他们把埃米特押到了"大个子"的皮卡车上，一踩油门便消失在夜色中。

他们原本的计划是把埃米特带到塔拉哈奇（Tallahatchie）河边的一处悬崖上，然后用手枪柄殴打埃米特，继而装作要把他推下悬崖，以此来吓唬他一下。然而在黑夜中，"大个子"找不到那处悬崖了，车开了三个小时，最后"大个子"把车停在自己家门口，他家后院有两间工具房。他们把埃米特带进了工具房，两个人轮番用枪柄狠狠击打埃米特的脸。可埃米特不但没有被吓倒，还不断用话语回击两人："你们这两个杂种，我不怕你们，我不比你们差。"埃米特说这话的时候，他的脸已经高高地肿了起来，但没有流血。

这让"大个子"米拉姆狂怒不已，"我不愿意欺负谁，"米拉姆之后对《观看》（Look）杂志解释说，"我原本没伤害过任何一个黑人，我喜欢黑人，而且能理解他们，我知道怎么让他们干活。但那一次我决定让某些人小心点，只要我还活着、还能管点事，那么黑人们就应该有自知之明。"

那一次，很明显埃米特没有"自知之明"，他不断告诉两个绑架者他同他们是平等的，甚至再次吹嘘说他和白人女子上过床。黑人与白人平等的信条在埃米特熟悉的芝加哥是相对通行的，但显然它进一步激怒了米拉姆和布莱恩特。"我站在工具房里听到那个黑小子对我喷毒，"米拉姆回忆说，"我终于下了决心，'芝加哥小子，'我说，'我烦透了他们把你们这些北方黑人派到我们这儿来找麻烦，你这个混蛋，我要拿你立个规矩——让所有人知道我和我的哥们是谁。'"

"大个子"和罗伊决定不再吓唬埃米特了，他们想要杀掉他。

"大个子"想起附近的一家棉花公司刚刚给一台轧棉机换了风扇，换下的旧风扇正好能派上用场。这台旧风扇很大——直径3英尺，重达75磅（约34千克）。他们开车到了"进步轧棉公司"，偷走了那台换下来的风扇，又开车来到了塔拉哈奇河边一个隐秘的地点，过去"大个子"常来这儿打松鼠。两人强迫埃米特背着大风扇走到河边，然后又强迫他脱掉衣服。

"你还说不比我差吗？""大个子"问道。

"是。"即使是赤身裸体站在两个比他大20岁的男人面前，埃米特·蒂尔仍是勇气十足。血从他的脸上如小溪般流下，他的颧骨被打断，一只眼珠已经被打出了眼眶。

"你还说睡过白女人？"

"是。"

"大个子"举起了他的点45口径手枪，直接冲着埃米特的头开了一枪，子弹从埃米特的右耳边射入，当场就把这个14岁的男孩打死了。"大个子"和罗伊用一根铁丝把那台大风扇捆在埃米特的脖子上，接着把他的身躯插在风扇里投入河中，然后他们开车回家，把蓄在车斗里的血用水冲掉了。

尽管同沉重的风扇绑在一起，埃米特的尸体仍被激流带走了。三天后，渔民在8英里远的下游发现他的尸体正在水中一起一伏，尸体已经胀大，他的头几乎被之前的枪柄和最后一颗子弹打烂了。

当埃米特的尸体被运回芝加哥，他的母亲坚持在葬礼上敞开棺盖，她要让全世界都看看他的儿子遭受了怎样的暴行。埃米特·蒂尔被打烂的头颅的照片被全美的杂志刊载，公众对凶手的义愤如汹涌的大潮。

但密西西比州却颇为平静，虽然警察之后逮捕了罗伊·布莱恩特和"大个子"米拉姆，三个月之后，他们被全部由白人组成的陪审团宣判无罪。两人利用了法律上的"一事不再理"概念，也就是说不能对同一人就同一罪名审判两次，于是在被宣告无罪后，他们对《观看》杂志的一位撰稿人夸耀了他们谋杀埃米特·蒂尔的全部过程。

在1962年以前，约翰·肯尼迪并没有迫切地想要领导民权运动，因为他知道，假如他倾向于黑人的话，他在民主党内的影响会受到损害。实际上，肯尼迪在做参议员时，他在种族问题上的立场最多也就是不左不右。1954年，美国最高法院判决了"布朗诉教育委员会案"，下令学校必须接收不同种族的孩子，这一判决成为美国民权运动中的里程碑，然而从那以后，美国南方白人与黑人之间的对立达到了一个前所未有的程度，埃米特·蒂尔谋杀案当然也绝非个案。"缘于这一宣判，人们的鲜血将会洒在南方的许多块土地上。""布朗诉教育委员会案"的判决公布后不久，密西西比州的一家报纸在它的社论中颇为准确地预言道。

但是，鲍比·肯尼迪自1961年5月在佐治亚大学法学院发表演讲之日起，他就公开表示要以他的司法部为"天字第一号讲坛"在全美国推进民权，尤其是在南方腹地。他投入的这场战斗不仅要求他竭尽全力，而且，自从1619年第一个非洲人作为奴隶被带上美洲大陆的那一天开始，这场战斗便是没有尽头的。肯尼迪兄弟在投入战斗的那一天就明白，残酷的战斗会为他们树立许多新的、非常危险的敌人。

鲍比·肯尼迪关键时刻及时出手帮助了那些被称为"自由骑士"

民权活动家，1961 年，"自由骑士"们坐着长途车深入南方，去同种族隔离现象作斗争。运营长途车的灰狗公司担心他们的汽车会因为搭载了自由骑士而被南方人破坏，因此最初拒绝搭载这些北方的民权活动家，鲍比于是对灰狗公司施加了压力，灰狗不得不软了下来。

可是，鲍比·肯尼迪却阻止不了下面的一幕：有时民权活动家刚一下车，愤怒的暴民便群起而攻，用管子和木棍殴打他们，而当地的执法机关大都对此视而不见。

尽管——也许正是因为——面对暴力，民权运动一时间如火如荼，鲍比·肯尼迪特别注意到了运动领导人中非常杰出的一位——33 岁的浸礼会牧师、颇有领导魅力的小马丁·路德·金博士。

金牧师如同肯尼迪总统那样热情且充满活力，他对宗教虔诚，却也同婚外的女人上床。他讲话的语调和词句铿锵有力、激情四射，但为了实现他的目标，他推行的是非暴力手段，同甘地当年在非暴力不合作运动中使用的手段一样。金还表现出对共产主义的同情，这一点让鲍比有些为难，他一方面让人监视金，以便查明他到底是不是一个共产党员，一方面鲍比还下令保护金，使他不仅不会受到伤害，还要能够自由发表演讲，因为金的所说和所做都是与鲍比竭力推进的民权运动合拍的。金已经经历过一次行刺了，1958 年，一个精神错乱的黑人妇女将一把刀子捅进了金的胸膛，而此时人们愈加担心的是，有一天在南方旅行的金牧师会被人用私刑处死。

事实上，民权运动对鲍比·肯尼迪来说是个巨大的难题，他手下主要的强力机构联邦调查局对民权并不怎么在意，对鲍比的另一个主要敌人——有组织犯罪——也没太当回事。J.埃德加·胡佛的主要精力都用在了阻止共产主义的传播上，他非常乐意对共产党人扮演刽子手的角色，而把种族问题抛在一边。实际上，1962年，整个联邦调查局只有少数几个黑人特工。

然而，胡佛对马丁·路德·金却是有兴趣的，这是缘于在联邦调查局内部传播很广的理念：民权运动是共产主义国家反美阴谋的一部分。联邦调查局一个分局的头子威廉·C.沙利文曾这样定性金牧师："从共产主义、黑人和国家安全各个角度来看，金是未来美国最危险的黑人。"

问题是——鲍比·肯尼迪很清楚这一点——在美国南方的大多数地方，美国黑人公民在种族歧视和暴力之下几乎没有任何保护措施。虽然肯尼迪兄弟的习惯是政治高于社会关注，但因为两兄弟成长于北方开明、富裕的生活环境中，所以两人非常热心于铲除时下的种族主义顽疾。

J.埃德加·胡佛认为肯尼迪兄弟的这种想法是愚蠢的，而马丁·路德·金的愿望终有一天会被遗忘。对于胡佛来说，民权运动只会是昙花一现，因此，他会持续玩他的政治游戏，这种游戏他从第一次世界大战时期加入司法部的那一天就开始玩了。他会继续忍受鲍比·肯尼迪过于热切的期望，正如他会继续将某些事情记入他的秘密档案一样，同时他仍旧会对总统的拈花惹草保持沉默。他的第一和最终要务，是要保住他的职位。

鲍比知道，他哥哥1964年赢得总统连任后很快要做的一件事便是撤掉J.埃德加·胡佛，因此鲍比一向艰苦奋战，在调查侵犯民权的案件时撇开了那位联邦调查局的局长。但是，战斗进行得很艰难，有些看起来非常简单的工作也遭到了刁难。在联邦法院的一位大法官职位出缺时，被送到参议院报批的一位新法官提名竟然被负责参院相关委员会的参议员无限期叫停了。也许这并不奇怪，因为被提名的新法官瑟古德·马歇尔是位黑人，同样不奇怪的是，叫停程序的参议员是位白人。

但是，罗伯特·肯尼迪是美国司法部部长，他发誓要捍卫国家法律。只要仍旧有埃米特·蒂尔这样的年轻人因为他的肤色而被私刑处死，别无选择的鲍比便会继续他的战斗。

1962年8月16日，得克萨斯州沃斯堡（Fort Worth）酷热难忍，联邦调查局的特别探员约翰·费恩和阿诺德·J.布朗作为J.埃德加·胡佛反共战争中的斗士，候见李·哈维·奥斯瓦尔德已经有一整天了。奥斯瓦尔德刚刚在梅赛德斯大街租了一套复式公寓，此时，两个特工坐在一辆没有牌照的轿车里，轿车停在大街尽头蒙哥马利区百货商店的拐角处。

特别探员费恩还有两个月就要从他工作了20年的联邦调查局退休了，他退休后打算去休斯敦，在休斯敦他可以一边拿养老金，一边给他兄弟帮些忙，他兄弟是位骨科医生。费恩现年50多岁，人生经历挺复杂，他在学校教过书、竞选过公共职位，1942年他应聘联邦调查局在得克萨斯州的分支机构，跨过层层考核成为一名特工。奥斯瓦尔德的案子对费恩来说不是什么新鲜事，奥斯瓦尔德叛逃苏联的那一年，正是费恩领命完成了一项对奥斯瓦尔德母亲的简短调查，因为她向苏联汇了25美元给儿子。当事关共产主义时，没有任何蛛丝马迹会被胡佛领导的联邦调查局放过。

同样，在8周前，也就是1962年6月26日，约翰·费恩面对面与奥斯瓦尔德进行了交谈。奥斯瓦尔德一案被归入"国内安全"

调查，因为联邦调查局认为他的叛逃经历使他构成了对国家安全的威胁。费恩的任务是查清俄国人是否训练和装备过奥斯瓦尔德，从而让他完成不利于美国的行动。联邦调查局的国内安全调查规定要有两名特工在场，这样，所有谈话他们都可以相互做证。

费恩还记得，他对奥斯瓦尔德的第一次询问持续了两个小时，整个过程并不愉快。费恩很不喜欢奥斯瓦尔德的态度，觉得他"傲慢、自大和张狂"，而且当时他对大多数问题的回答似乎都不完整。费恩很清楚奥斯瓦尔德回归美国的艰辛过程，最初，俄国人不允许玛丽娜和孩子随他一起走，但奥斯瓦尔德拒绝独自离开，最后苏联政府也就放他们全家离境了。奥斯瓦尔德始终含糊其词的一个问题是，对于允许他们去美国，俄国人是否向他提出了什么交换条件。

约翰·费恩需要奥斯瓦尔德正面回答这个问题，费恩是个很认真的人，因此他主动请缨再次询问奥斯瓦尔德一回。

下午 5 点 30 分，两位探员看到奥斯瓦尔德悠闲地从远处走来。他刚刚在莱斯利机器厂（Leslie Machine Shop）找了份电焊工的工作。在求职时，奥斯瓦尔德说了谎，声称他是从海军陆战队光荣退役的，而实际上，他是因不断违犯陆战队的纪律而被陆战队踢出来的，他当然也没有告诉老板他在苏联待过。这份工作奥斯瓦尔德刚刚干了一个月，他已经因工作的繁重无趣而不耐烦了，打算辞去这个差事，去达拉斯找个好一点的工作。

费恩开车慢慢赶上步行的奥斯瓦尔德，"嘿，李，你好吗？"费恩探出车窗问道，"你介意进来和我们谈几分钟吗？"

"你们不去我家坐坐吗？"奥斯瓦尔德礼貌地回答，他还记得费恩是上次访问过他的探员，而探员布朗是个新面孔，因为布朗从6 月份才开始搭档费恩。

"我看咱们还是在这儿聊吧，"费恩答道，"就咱们几个，不用太正式，这里就好。"

布朗迈出车门把奥斯瓦尔德请进后座，待后者刚一坐稳，布朗便迅速钻进车子坐在他的旁边，费恩从驾驶席转过身来向奥斯瓦尔德解释说，他们不去奥斯瓦尔德的工厂找他是因为不想让他在新老板面前尴尬，而且他们不想进他的家是怕他们吓到玛丽娜，所以他们选择了车里。

三个人在车里的谈话超过了一个小时，车窗大开着，但大家仍是感到湿热难耐，三个人都在不断流汗，尤其是两位穿正装打领带的探员。奥斯瓦尔德已经干了一天体力活，因此他的体味很快便弥漫了全车。尽管很不舒服，但奥斯瓦尔德比上次友善得多，已经不太抵触了。他解释说，他已经去过苏联大使馆，那只是因为像玛丽娜这样的苏联公民通常的确需要告知使馆他们的住址。当被问及在大使馆有没有接触过苏联情报官员时，奥斯瓦尔德有些忸怩，说像他这样一个人怎么会有人来找他当间谍呢？"他觉得他在苏联人眼中微不足道，"费恩后来做证说，"他还说，他今后会同我们合作，如果他注意到什么有价值的情报会向我们汇报的。"

然而费恩仍旧不满意，他一次又一次地追问奥斯瓦尔德当初为什么要去苏联。对费恩来说，一个前海军陆战队队员叛逃苏联实在是不可理喻的事情，因为美国海军陆战队的座右铭闻名于世——"永远忠诚"。那么，为什么会有一个海军陆战队队员竟然要背弃美国，去一个对美国构成了极大威胁的国家定居呢？

恰恰是这个问题奥斯瓦尔德没有正面回答，他总是顾左右而言他，说什么这事出自他"个人的一些原因"，而且"我做了也就做了"。

6点45分，奥斯瓦尔德被允许离开探员们的轿车，他走进了自己的家。对奥斯瓦尔德来说，与探员们的谈话倒是个休息，因为他的家里一向气氛紧张。奥斯瓦尔德和妻子已经打了 6 个多月的架了，有时打得很激烈，而且他们的争斗在一家人来到美国后明显升级，因为，刚到美国的时候，不会讲英语的玛丽娜只能同奥斯瓦尔德交流，现在，她终于认识了几个在达拉斯的俄罗斯人。在这个讲俄语的小群体中，有一个名叫乔治·德·莫赫兰斯蒂尔特的人，他不仅同中央情报局有联系，而且在杰姬·肯尼迪小的时候认识她，他还曾经是杰姬的表姐伊迪斯·布维尔·比尔的好朋友。玛丽娜的新朋友们觉得她丈夫很粗鲁，夫妻俩打起架来他们都愿意站在玛丽娜的一边。

这对夫妻打得没完没了，奥斯瓦尔德喜欢在婚姻中做"总司令"，他要决定生活中的一切细节，而且他不允许玛丽娜学英语，因为他担心她学会了英语他就掌控不了她了。她很以自己的牙齿而自卑，想去做矫正手术，但他却在无限期拖延。最糟糕的是，他经常通过打老婆来彰显他的权威。

然而玛丽娜也不是个逆来顺受的角色，她会因丈夫挣钱少而对他大喊大叫，还常常抱怨他不关心她。他们很少亲热，于是她骂他不是男人。她总是不断唠叨，他喜欢读著名历史人物的传记，当他将自己与历史上的伟人相提并论时，她便尖刻地嘲笑他。玛丽娜甚至给她在苏联的前男友写了封信，信中说她嫁给奥斯瓦尔德是个可怕的错误。不走运的是，这封信因为邮资不足而被退回，奥斯瓦尔德撕开信看了一遍，然后便又打了她一顿。看上去有些奇怪的是，玛丽娜对丈夫的暴力采取了容忍的态度，因为她觉得，尽管他的激情没能用对地方，可是能有一点激情的话总比他性格中冷漠的那一面要强，他的冷漠才真正让她崩溃。

婚姻里的冲突加上联邦调查局探员意外的来访通常会让奥斯瓦尔德习惯性地怒吼——他最喜欢咒骂的对象是他所谓的压迫他的政府机构，往日一开骂他便会骂个不停，然而这天晚上他订的新一期《工人》（Worker）杂志到了，《工人》是美国社会主义工人党（the American Socialist Workers Party）的期刊，于是奥斯瓦尔德坐下来开始阅读。

关于三个人在汽车中谈话的最终报告要由特别探员阿诺德·J.布朗而不是约翰·费恩写就，这份报告于 1962 年 8 月 30 日上交；作为有 20 年工作经验的老探员，费恩的工作则是要判断：是否有理由相信，李·哈维·奥斯瓦尔德是苏联以危害美国安全为目的植入美国的秘密特工。

毕竟，费恩对奥斯瓦尔德的回答比较满意，而且费恩期待顺利退休，因此，他申请有关李·哈维·奥斯瓦尔德的安全调查准予结案。不管怎么说，奥斯瓦尔德不拥有枪支，他也没有对谁构成威胁。

费恩的申请获准，对奥斯瓦尔德的调查结案了。

但是，李·哈维·奥斯瓦尔德和联邦调查局的缘分还没有断。

7

1962 年 10 月 16 日
白宫
上午 8 点 45 分

美国总统正在和他的两个孩子在卧室的地上滚来滚去，电视上播放着杰克·拉兰内（1914—2011，美国著名的健身、营养专家）的健身节目，于是，肯尼迪、卡罗琳和小约翰也学着电视上拉兰内的样子用手努力够自己的脚趾，此时肯尼迪只穿着 T 恤和短裤。他们脚下的地毯和身旁的一把小椅子是奶油色的，同肯尼迪的四柱华盖床上蓝色的床单形成了鲜明的对比。

电视节目的名字是拉兰内起的，叫作《绝对大爆炸》，肯尼迪和他的一对儿女滚来滚去，笑声和叫声大到杰姬不得不从她的卧室跑过来看个究竟。杰姬喜欢丈夫这种忘我的状态，她非常欣赏他能对种种局面应付自如，她可以看出，早晨同孩子们在一起的时光是约翰·肯尼迪最放松的时段。肯尼迪宠爱两个孩子，他让杰姬充当教育者的角色，自己则是享受同他们在一起的无尽的欢乐。杰姬多少有些担心这种喧闹的情形，但肯尼迪觉得这是一种幸福。他的一大遗憾是他的背痛没法让他把小约翰抛在空中再接住他，而小约翰偏偏喜欢这样玩，于是，肯尼迪就请他的随员或是来访的名流替他为儿子做这种抛接的游戏。

作为美国总统，肯尼迪不再需要竞选或是像过去那样去参议院办公室办公，他相当于在家里工作，于是少了很多上班下班的麻烦，因此，他比以往任何时候都离他的孩子们更近了。他非常喜欢同孩子们在一起，这种快乐的时刻每天早上他从卧室一醒来便开始了，甚至在他沐浴、刮胡子、做伸展运动和吃饭的时候仍在继续。

刚刚结束沐浴的总统要穿衣了，在他的身旁，两个孩子正在看动画片，这时候杰姬一般会回到自己的卧室，或者她会坐下来帮他把背部的支架在身上绑好。衬衣是穿在支架外面的，肯尼迪的衬衣都是定制的，每天由他长年的男用人乔治·托马斯为他准备好。下面该穿皮鞋了，肯尼迪左脚的鞋比右脚的那只高出四分之一英寸，这个差距可以起到治疗效果。全部穿戴好了以后，肯尼迪会快速地照一下卧室里梳妆台上的大镜子，看看自己的仪表有没有什么问题。

大镜子周边一圈杂乱地插着明信片、全家人的照片和其他一些小东西，比如在圣史蒂芬和圣马太大教堂做主日弥撒的时间表。肯尼迪总是按时参加弥撒、吃圣餐，但如果他在忏悔的时候发现有摄影师拍照，他会很生气，这当然可以理解，忏悔原来就应当是谦卑和私密的时刻。

有时，小约翰和卡罗琳会在工作时间走进椭圆办公室玩耍，甚至会钻到总统的办公桌下面。杰姬总是坚决地不让两个孩子暴露在公众的注视之下，但肯尼迪看得更宽一些，他知道全美国对这个年轻的第一家庭非常着迷，乐于品味任何一点点有关他们日常生活的新闻，两个孩子小小年纪就已经是美国名人了，虽然他们自己并不知道。即使是第一家庭最平常不过的日常琐事，也会有摄影师、作家、新闻期刊和各种日报抢着报道。

小约翰快要2岁了，他每次在前往椭圆办公室的路上，总喜欢在伊芙琳·林肯的桌前停一下，然后煞有介事地在她的打字机上打一个字母。卡罗琳将近6岁，她来看望父亲的时候喜欢把家里的三条爱犬全带上。实际上，肯尼迪的两个孩子已经将白宫变成了一个名副其实的动物园，这里有狗、仓鼠、猫、好几只长尾巴鹦鹉，甚至还有一匹名叫马卡罗尼的小马。肯尼迪对犬毛过敏，但从不阻止孩子们养狗。

有时，总统会突然回访卡罗琳和她同学们的学校，这所小小的独一无二的私立学校位于白宫三层，是杰姬·肯尼迪为保护她的两个孩子和鲍比·肯尼迪的孩子们而专门打造的，这所学校只有两位老师，都是杰姬请来的，她要尽可能给孩子们最好的教育。

到了晚上，总统就变成了一个讲故事的高手，他专为孩子们编造了假想的巨人"路宝波波"（Bobo the Lobo），还有"白鲨鱼和黑鲨鱼"故事里的在深海中吃袜子的小动物。

对小学校的突然造访和孩子们临睡前讲的故事都是随机的，但早晨同孩子们在地毯上打滚却是每天的快乐必修课。1800 年，约翰·亚当斯成为第一个入住白宫的美国总统，之后直至肯尼迪的每一位总统都体会到白宫生涯的艰辛，然而对于肯尼迪来说，早晨是一天中唯一可以放松心情的时候，他的所作所为不需要提前排练，而且最重要的是，这一切不会被好奇的公众看到。

但是，这个 10 月份的星期二早晨，一阵叩门声惊破了总统卧室里肯尼迪与孩子们的天伦之乐，而且，这阵叩门声将改变一切。

来人是国家安全事务助理麦乔治·邦迪，他裤线笔直、皮鞋锃亮，整洁的仪表让这位清瘦、戴眼镜的官员显得镇定自若，但实际上，他的内心此时异常烦乱。

邦迪带来的是一个非常糟糕的消息，他是昨夜得到这个消息的，但他有意等到今天早晨再报告总统。约翰·肯尼迪昨天在纽约做了一个演讲，很晚才回到白宫，因此，邦迪希望确保他在走进总统卧室之前，总统能睡个安稳觉。国家安全事务助理知道，从这一刻起到问题得到解决，总统能有一点休息的时间就不错了，因为麦乔治·邦迪将要向他汇报的消息将改变历史进程。

"总统先生，"43 岁的邦迪镇定地告知肯尼迪，"我们拿到了确凿的照片证据，俄国人在古巴部署了攻击性导弹，照片您马上可以看到。"

飞越古巴上空的美国 U-2 间谍飞机已经确认了 6 个苏联中程弹道导弹发射场和 21 架伊尔 -28 中程轰炸机，它们距美国海岸线只有 90 英里。每架伊尔 -28 轰炸机都能在空中发射核武器，而每一枚中程弹道导弹都可以直接飞到美国西北边境上的蒙大拿州。

这些核弹头可以在几分钟内杀死 8000 万美国人，还有数百万人将会在之后死于核辐射。

自 21 个月前就任总统，肯尼迪处理了一个又一个危机，但之前没有哪一个危机能够与这一次的导弹危机同日而语，现在看来，"猪湾"、民权运动和柏林墙都太微不足道了。

之前，作为重大教训的"猪湾事件"已经深深地影响了肯尼迪总统的决策风格，此时他听着国家安全事务助理邦迪的报告，并没有像"猪湾事件"期间那般紧张，他也没有感到如山的压力，他一举一动都符合一位杰出的美国总统的标准——一位早已忘记了他的党派归属的美国总统。

肯尼迪知道他必须小心翼翼、稳扎稳打，"猪湾"的伤痛永远警示着他。如果在古巴问题上再错一步，结果就将是毁灭性的——不仅是对他的总统宝座而言，对他的孩子们也是一样。想到一颗原子弹会夺走卡罗琳和约翰，肯尼迪不禁感到一阵恐惧，在他处理苏联与核战争的问题时，他总是会想到自己的两个孩子。在这前后，肯尼迪呼吁在国际范围内禁止核试验，为此，他将自己定位为"尚未出生的数代人的总统——而不是当前的美国人民的总统"。

有一回，当肯尼迪参观新墨西哥州的核试验场，他被刚刚进行的一次地下核试验留下的巨大弹坑所震惊，接下来更加令他不快的是在场两位物理学家对他的回答，物理学家面带笑容对总统解释说，他们正在设计的一种核弹威力更大，但爆炸留下的弹坑却会小得多。

"他们谈到这样一件事情的时候怎么竟然还挺高兴？"后来总统对一位作家抱怨道。肯尼迪很少直接流露对某人的不满，他的行为方式通常是表面友好、内心防范，很少表露心迹，因此，对物理学家的抱怨可以证明他的焦虑。"他们一直在对我说，如果他们能进行更多的核试验，他们可以制造出更清洁的核弹。可是，如果你要杀掉1亿人，那么清洁与否难道还值得一提吗？"

肯尼迪总统命令麦乔治·邦迪马上安排一个最高保密级别的国家安全会议，之后他给鲍比打电话，告诉他"我们有大麻烦了，我需要你来一下"。肯尼迪决定不打乱原先的日程，他不想有太多人过早知道这个有关古巴的坏消息，原因之一便是他不想让美国人民惊慌，目前他对局势还知之甚少，也没有切实的应对方案，假如过早把消息透露出去，进而媒体会提出很多问题而他还不知如何回答，那么他势必会显得软弱且优柔寡断。

肯尼迪希望在一定程度上保密的第二个原因关乎他的核心政治利益。很久以前，肯尼迪向美国人民保证，他不会允许苏联在古巴植入进攻性武器。赫鲁晓夫向肯尼迪挑战的时机把握得非常好，因为美国的议会中期选举还有几个星期就要进行了。肯尼迪现在不可能知道苏联是否有发射这些导弹的计划，但它们在古巴的出现可以证明，赫鲁晓夫在美苏关系中仍在努力保持主动权。

但这是绝对不能允许的，在中期选举中，全美范围内的选票对肯尼迪今后的政策和施政都会有重要影响。目前，他所在的民主党在众院和参院都占据着多数席位，这让肯尼迪在推进他的政策时相对轻松了不少，如果在两院失去多数席位的话，他的工作就难办多了，甚至他1964年竞选连任都会输掉。

还有一个更加私人的原因让肯尼迪谨小慎微：他最小的弟弟泰迪正在竞选马萨诸塞州的国会参议员，如果肯尼迪对古巴局势处置不当的话，其灾难性的后果可以毁掉泰迪所有的获胜希望。

肯尼迪颇以他这个 30 岁的小弟弟自豪，但他本人并没有试图介入选战，他针对泰迪的竞选发表的官方声明非常简练："总统的弟弟希望选战的最终结果由马萨诸塞州的人民决定，因此总统不会介入其中。"媒体对泰迪竞选的报道铺天盖地，《纽约时报》的一个专栏用讽刺的口吻说，肯尼迪家最小的兄弟相对经验不足，还有报刊文章甚至警告说美国可能会出现肯尼迪王朝，对此肯尼迪非常愤怒。

实际上这些报道并不是肯尼迪真正的麻烦，但肯尼迪知道，如果泰迪丢掉了肯尼迪的故乡州，那将折射出肯尼迪本人政治影响力的缺失。

肯尼迪不想泄露古巴导弹情报的最后也是最重要的一个原因是，他不想让苏联领导人知道他已经在着手应对这次危机，这样，通过暗中的排兵布阵，他可以获得下一个回合的主动权。

10 月 16 日早晨，当肯尼迪离开他的卧室走向椭圆办公室的时候，一个事实已经非常清楚：如果苏联发射了在古巴的导弹，那么中期选举、泰迪的参议员竞选，甚至美国人民的态度都会不再重要，因为蘑菇云之后可能将不再有首都华盛顿，美利坚合众国也会支离破碎。

下一步将要发生的事与总统是民主党还是共和党无关，却与美国人民的福祉休戚相关，如果说肯尼迪在就职典礼后能够有所成长的话，他的成长就表现在他的决心，此刻的决心。

上午 10 点钟之前，总统在椭圆办公室短暂接见了"水星计划"七位宇航员之一沃利·斯基拉，两个星期前，斯基拉在外层空间逗留了9个小时。10点整，肯尼迪走进隔壁肯尼·奥唐奈的办公室，奥唐奈是肯尼迪的日程安排秘书，他之前曾对总统说过，美国选举人已经不在意古巴了。

"你仍旧认为我们太拿古巴当回事了吗？"肯尼迪直来直去地问道。

"当然，选举人根本看不上古巴。"

于是，总统镇定地将有关导弹危机的新闻告诉了奥唐奈。

"我不信。"

"你最好还是信吧。"肯尼迪说道，然后他走回了椭圆办公室。

两个小时以后，肯尼迪再次起身离开了他的办公桌，他在内阁室遇见了卡罗琳，于是总统让他女儿回生活区找妈妈。接下来，有关苏联导弹的最高机密会议就在内阁室召开了，总统坐在会议桌一侧的中间而不是桌子的一端，鲍比和林登·约翰逊坐在会议桌的另一侧，参加会议的还有11个人，都是肯尼迪亲手选出的既有能力又忠于总统的人。

U-2间谍飞机拍摄到的照片显示，苏联的导弹仍处于装配阶段，照片拍摄时可能还没有装上核弹头，因此并不致命。讨论接下来转换到军事选择，在听取了不同的意见后，总统提出了自己的一系列方案：第一方案是有限空中打击，第二方案是针对更多的目标进行更有力的空中打击，第三方案是海军封锁古巴水域，从而阻止运输核弹头的苏联船只抵达古巴。

在70分钟的会议上，鲍比绝大部分时间都在静静地听别人发言，最后他提出了自己的建议，他认为对古巴的全面入侵是必要的，这也是一劳永逸地避免俄国导弹植入古巴的唯一办法。

尽管与会的将军们都赞成鲍比的主意，但肯尼迪仍是搞不懂苏联的意图，为什么尼基塔·赫鲁晓夫要向美国挑战呢？

总统想不出这个问题的答案，但有两件事是明确的：那些导弹必须清除；更重要的是，那些核弹头绝不允许到达古巴。

永远。

10月20日是个星期日，这天下午，约翰·肯尼迪正在芝加哥的市中心，为民主党的一个募捐大会呐喊助威。

两天前他非正式地会见了苏联外长安德烈·葛罗米柯，这次会见是应葛罗米柯的要求举行的，葛罗米柯还不知道美国人已经发现了苏联在古巴安置的进攻型导弹。两人会谈的主题是柏林局势和赫鲁晓夫即将对美国的访问。肯尼迪巧妙地将话题转换到了核武器上面，葛罗米柯于是当面向肯尼迪撒了谎，他信誓旦旦地说："苏联永远不会向古巴提供进攻性武器。"

基于葛罗米柯的这次撒谎，肯尼迪从此称他为"那个撒谎的杂种"。

芝加哥之行对总统来说是暂时逃离了华盛顿的紧张气氛，空军一号专机在奥黑尔机场（O'Hare Airport）降落后，一群风笛手和当地政客便热情地迎上前来，还有大约50万人聚集在西北高速公路（the Northwest Expressway）的两侧要看一看总统车队。星期五晚上，肯尼迪在100美元一个席位的筹款晚宴上发表了演讲，演讲刚一结束，密歇根湖上升起的焰火便照亮了天空。非常神奇的一幕是，天空的焰火图案就好似总统的侧脸。

然而，公众的赞美与肯尼迪此时内心不为人知的煎熬形成了强烈的对比，他甚至没有告诉妻子古巴发生了什么。截至此时，美国高层获知苏联在古巴部署导弹已有四天了，总统的国家安全委员会执委会即将完成对苏联核攻击的反击战略的制定，180艘海军舰船正在被派往加勒比海，陆军第一装甲师从得克萨斯州开到了佐治亚州，空军战术司令部已经将500多架喷气战机和加油机调到了佛罗里达州，此时，他们正在紧张地为这些战机调运补给。

　　强大的战略空军司令部下属的多个B-47和B-52轰炸机队随时等待起飞的命令，机组成员24小时待命。美国的大多数远程轰炸机基地都位于美国的北部，包括缅因州、新罕布什尔州和密歇根州的北部，当初把这些基地建在北部的主要原因是，这里距苏联最近，而苏联一直以来被认为是一旦战争爆发的首要打击目标，因此这些远程轰炸机的飞行员和领航员对相关的路径和坐标非常熟悉，而且已经训练了多年。美国下方的古巴，对他们来说是崭新的课题。

　　在芝加哥，总统从他住的酒店套房把电话打给了第一夫人，此时杰姬和两个孩子正在弗吉尼亚的格伦邑度周末。

　　"今天下午我就回华盛顿，你为何不带着孩子一同回来？"他问道，杰姬觉得肯尼迪的话语里有些"可笑的意味"。

　　"那你为什么不来我们这儿？"她轻松地调笑道，实际上，杰姬和孩子们才刚到格伦邑，那里的秋日非常温暖，杰姬接丈夫的电话时正躺在室外的阳光下。

　　但是，杰姬马上觉得丈夫说话的声调有些不对劲，他明白在弗吉尼亚的周末对她有多重要，也知道她多么需要离开白宫的紧张氛围好好舒展一下自己。而且，他过去从来没要她早些回来。

　　"为什么呢？"第一夫人再次发问。后来，她回忆起她当时感觉到的一丝不祥，意识到"如果你嫁给了一个大人物，而他要求你做什么——是的，那就是你嫁给他的全部意义所在——你必须从他们的讲话中听出端倪，而且绝不能问他们为什么"。

但是她还是问了为什么。

"呵，别在意。"肯尼迪回答说，他并没有告诉她原因，"为什么你不能现在回到华盛顿来呢？"

这时，突然之间，总统改了主意。在这样一个时刻，他最想要的不过是卸下他肩头的担子和家人们在一起，于是，肯尼迪告诉了杰姬可能要到来的一场核战争。

"请不要把我送到戴维营，也不要把我送到任何地方。"杰姬回答道，此时她已经忘记了自己的安全，几乎是在恳求她的丈夫。她知道在外敌进攻的情况下，第一家庭会被疏散到那个位于马里兰州的总统度假地，那么她和孩子们就要和肯尼迪分开了——也许是永远的。"即便白宫的避弹所不够用，那我宁愿待在草坪上，我只想和你在一起，我愿意和你死在一起，孩子们和我一样。"

于是，总统向妻子保证不会把她送走。放下电话，他让皮埃尔·塞林格向媒体解释总统着凉了，然后他飞回了华盛顿。《纽约时报》之后解释说，"轻微的上呼吸道感染"使总统缩短了原定在芝加哥的三天访问，这家报纸不可能知道，总统飞回华盛顿是为了阻止一场全球性的热核战争。

当肯尼迪走进白宫的时候，杰姬和孩子们已经在等着他了。

接下来的日子里，随着紧张局势的升级，白宫里已经没有白天和黑夜的区别了。肯尼迪背痛难忍，必须架着双拐行走，这进一步加剧了白宫里紧张的气氛。他每次只能睡一两个小时，之后便要起身去椭圆办公室打好几个小时的电话，然后再回卧室休息短短的一会儿。这些天杰姬和他睡在一起，不管是黑夜还是白天，有时他们睡在总统卧室的小床上，有时他们会在杰姬的卧室里休息，杰姬卧室中的两张床已经被拼成了一张大床，两人经常在夜里聊到很晚。

有一次，杰姬醒来时发现麦乔治·邦迪正站在床脚唤醒她的丈夫，肯尼迪迅速起身，好几个小时没有回来，杰姬知道，丈夫一定又是在打绝密电话。

杰姬日后回忆起这些个日日夜夜，觉得这段危机中的日子是她同丈夫最亲密的日子。她经常走过椭圆办公室，有时会带上孩子们给他一个惊喜；她还安排从他们喜欢的一家迈阿密海鲜餐馆订餐，并空运到华盛顿当晚饭；有时，总统和第一夫人还静静地在玫瑰园走一走，这时，他也会对她吐露一些局势的最新进展。

当总统再次投入工作，他并不孤独，杰姬也不孤独。鲍比·肯尼迪在同他哥哥并肩战斗的时候，鲍比的妻子埃塞尔和他们的三个孩子也经常待在白宫。埃塞尔给白宫保姆莫德·肖一本小册子，小册子讲的是如何帮助孩子们应对核战争，这本小册子莫德刚拿到手里没一会儿便被杰姬一把抢了过去。"你不知道恐惧会传染吗？你不知道孩子们很脆弱？"第一夫人对莫德吼道。

这绝不是公众能看到的娴静的杰姬，这是一个坚决护犊的母亲、一个在家说一不二的主妇。

两天来，总统和他的白宫小圈子一直在讨论这个对美国的巨大威胁。U–2飞机拍摄到的最新照片显示，苏联人正在为建成古巴导弹基地24小时工作，这意味着，短短几天之后携带着核弹头的导弹就能够飞向美国了。用肯尼迪的话说，没人"捅娄子"，也就是没有人把信息泄露给媒体，连国会都不知道，虽然显而易见有些记者已经了解到内情。

10月22日是星期一，当晚，新的一幕开始了。约翰·菲茨杰拉德·肯尼迪总统出现在全美的电视屏幕上，他将要告诉美国人民在古巴出现的潜在致命的导弹，以及美国政府的应对手段。假如世界末日来临，不应该让美国人民蒙在鼓里。

"晚上好，我的同胞们。"约翰·菲茨杰拉德·肯尼迪在他的书房里向全美国表示了问候。他灰绿色的双眼已经深陷，看上去颇为憔悴，同美国人熟悉的充满活力的年轻面容相去甚远。

由于他的慢性甲状腺功能减退症，他的脸有些浮肿，此时他穿着一件笔挺的蓝西装，打着蓝领带，白衬衫同样挺括，尽管电视观众只能看到黑白两色。现在是华盛顿时间晚上7点整。

这一次从白宫发出的电视直播与10个月前杰姬主持的轻松游白宫节目大相径庭，约翰·肯尼迪必须要做出他一生中最强有力的演讲。他没有微笑，脸上非常严肃，两眼中显露着威慑。他并不乐观，甚至并非充满希望，他的词句带着愤慨，语调中的怒火甚至让许多观众吃惊。肯尼迪要说的是一个已经被逼到墙角、忍无可忍的男人要说的话，此时，他要开始反击了。

"在刚刚过去的一个星期，强有力的证据证明，在那个被奴役的岛屿上，一系列进攻型导弹的发射场正在建设之中。这些发射场不可能有别的企图，唯一的目的是针对西半球进行核打击。"

在这里总统停了一下，他要让听众充分理解上述词句的含义。接下来他回顾了上周四苏联外长安德烈·葛罗米柯对他办公室的造访，转述了葛罗米柯对不将导弹植入古巴的承诺，然后，他当着全世界的面将葛罗米柯称作"说谎者"。

"20世纪30年代的教训清楚地告诉我们，如果我们对挑衅性的行动默许和绥靖，那么这种挑衅最终一定会导致战争。我们的国家反对战争，我们也一定说到做到，因此，我们毫不动摇的目的是必须阻止对我们的国家或任何其他国家使用这些导弹，同时，我们必须确保这些导弹从西半球撤走或销毁。"

总统的语速在逐渐加快，他流露出的愤怒也越来越强烈，"古巴"一词听上去变成了"古伯"（Cuber）。

演讲结束后，总统将会加入杰姬、埃塞尔、鲍比和一些邀请来的客人，共进平静的晚餐。看着直播的演讲，总统的客人们——包括设计师奥列格·卡西尼和杰姬的妹妹李·拉齐维尔——都非常震惊，他们知道，这次晚餐将不再会是往常那种轻松的白宫聚会了，虽然他们照例还是会品饮法国葡萄酒。聚餐将在刚刚装修好的位于白宫二楼的椭圆大房间里进行，约翰·肯尼迪本人将照例扮演低调的、善解人意的男主人，但晚餐上无处不在的紧张气氛将使来宾们至死都无法忘记。

在 1300 英里外的得克萨斯州达拉斯市，李·哈维·奥斯瓦尔德也在认真收看肯尼迪的演讲。与大多数同龄人不同的是，奥斯瓦尔德认为苏联完全有权利在古巴植入导弹，从他的视角来看，俄国人必须保护卡斯特罗领导下的人民不受美国恐怖行为的侵害，他坚信，肯尼迪总统采取如此进攻性的姿态面对苏联，是将世界推向了核战争的边缘。对他来说，约翰·肯尼迪是坏人。

这个月早些时候，奥斯瓦尔德终于从沃斯堡搬到了达拉斯，他在布莱恩街和北埃尔维街（Bryan and North Ervay Street）十字路口的邮局租了一个邮箱，号码是 2915。一两个星期前，奥斯瓦尔德在杰格尔—奇利斯—斯托瓦尔（Jaggars-Chiles-Stovall）公司找到了一份新工作，做处理照片的学徒。令人惊叹的是，这家公司同美国陆军地图社有合作，参与处理 U-2 间谍飞机在古巴上空拍到的照片，这本是非常高等级的机密，而奥斯瓦尔德能在这里工作得益于玛丽娜的好友乔治·德·莫赫兰斯蒂尔特的安排。如果联邦调查局真的是在以其最大的热情阻止共产主义的传播，它却没能注意到一个曾经叛逃苏联的人、在最激烈的冷战对峙时期、竟然能接触到U-2飞机拍摄到的最高机密资料，实在是不可思议。

在电视屏幕上，肯尼迪总统即将掷下他的骑士手套（向对手挑战之意）。"因此，为了保护我们和整个西半球的安全，我们必须采取行动，基于宪法和国会决议案赋予我的权力，我已经命令立即采取以下几个行动步骤。"

就这样，在连续多个月保持外交姿态并在苏联人眼中示弱以后，肯尼迪展露了他真正的气概。他发誓要隔离古巴，以美国强大的海军阻止任何苏联船只进入古巴水域，他还宣称，如果需要的话，他准备使用武力入侵古巴。他明确表示，任何古巴人或苏联人发射的导弹将被认为是战争行为，美国将用自己的导弹进行反击。之后，总统将矛头直接指向他的对手，整个演说至此进入高潮："最后，我呼吁赫鲁晓夫主席停止并消除对世界和平秘密、鲁莽和挑衅性的威胁，致力于稳定我们两国之间的关系，我进一步呼吁他摒弃统治世界的企图，加入我们历史性的努力，从而结束危险的军备竞赛、改变人类的历史。"

肯尼迪有力的演讲以及他在演讲中告知公众的可怕消息，使每一个收看了电视直播的人永远不能忘怀。肯尼迪本人曾说过："大多数美国人只记得两个历史时刻他们各自在哪里，一个是日本袭击珍珠港那一天，一个是罗斯福总统逝世那一天。"

现在，他的古巴导弹危机演讲成了第三个这样的日子，因为当时所有的美国人都会记起听到这个可怕的消息时他们在哪里，以及他们在做什么，他们还会描述当时他们的身边有谁，大家各自的反应怎样。第二天他们会讨论报纸的头条新闻，也会讨论这个可怕的消息怎样改变了他们的世界，他们会突然意识到每一次日出、每一次日落都是那么美好，感觉到孩子发出的每一声欢笑都是那么悦耳。

悲剧性的是，在肯尼迪短暂的一生中，还有一个重大事件不久后也会加入这个难忘时刻的序列中，那个事件引发的震惊和恐惧会让这次古巴导弹危机相形见绌，当然，约翰·肯尼迪本人将永远不会知道这一点。

那次事件距离现在还有整整 13 个月，但眼下，古巴导弹危机已经足够让人震惊了。

以他本人的人格魅力，肯尼迪不可能在结束演讲时没有一个激励人心的结尾，过去，他第一次竞选国会议员时对金星母亲的演讲让人回味悠长，1961 年他做总统就职演说也是如此，当前这次对全美的电视演讲自然也不会例外。约翰·肯尼迪知道怎样抓住受众的心，进而获得他们精神上的支持。

"我们的目标不是武力的胜利，而是正义的伸张；不是以自由为代价的和平，而和平与自由俱在——不仅在我们的西半球，而且我们希望在整个世界。上帝保佑，我们的目标一定会实现。"

屏幕渐渐隐黑。

驻扎在世界各地的美军立即开始备战。所有海军和海军陆战队官兵准备随时前往指定海域，美军战舰和潜艇正在古巴外围构成一个包围圈，准备叫停和搜查 25 艘此时正向古巴驶来的苏联船只。

在西班牙的托雷洪（Torrejón）空军基地，第 509 轰炸机队的官兵在他们各自的宿舍通过有线广播喇叭收听了总统的演讲，总统的演讲也是对美军全体人员的动员令。第 509 轰炸机队的机型是 B-47 战略轰炸机，机队的艾伦·杜加尔德上尉是一位年轻的飞行员，他之前已经请假要去德国度假一个星期，行李都打包好了。听过了总统的广播讲话，他发现基地的防卫预警级别已经上升到二级，仅次于一级，一级是指核战争已迫在眉睫，杜加尔德上尉立即意识到度假是不可能的了。

美军轰炸机 24 小时在空中待命，如同绕着跑道奔跑的赛马一般，这些轰炸机在欧洲和美国的天空游弋着，它们只等一声"攻击"的命令，便可以去打击苏联的心脏。它们在天空中划出的白色轨迹为不安的局势又增加了几分紧张。

处在紧急战备状态下的美国空军只意味着一个含义：美国已准备好复仇并消灭苏联。

在距华盛顿几千英里外的莫斯科，暴怒的尼基塔·赫鲁晓夫正准备应对肯尼迪的电视讲话。

这位苏联领导人是锐气十足的约翰·肯尼迪的终极对手。他只有 5 英尺 3 英寸高，但体重有将近 200 磅，谢顶，右眼下面有很大的一颗痣，缺一颗门牙。赫鲁晓夫喜欢在镜头前做鬼脸，这一点实在不像一个政治家。1959 年当他访问美国走下飞机时，人群中的一位女士看到他第一眼后就喊叫道："一个多么可笑的小男人。"

然而，赫鲁晓夫实际上没什么可笑的，他笃信用"恐惧的平衡"支配外交政策。他将导弹植入古巴是精心盘算过的，也是冷酷无情的。"我的结论是，如果我们将一切保持在秘密状态，等美国人发现一切的时候我们的导弹已安装就位并且随时可以发射，那么他们在冒险决定用武力清除我们的导弹时就要停下来好好想一想了。"

赫鲁晓夫事后写道。

然而现在，当他不得不回应肯尼迪的演讲，他显露出了高超的技巧和审慎的用词。"您，总统先生，并不是宣布封锁古巴，"赫鲁晓夫对秘书口述道，"您所说的意思是提出了最后通牒，如果我们不遵从您的要求，你们就要使用武力。"

"苏联政府认为，破坏国际海域的航行自由和国际空域的飞行自由是一种侵略行径，势必将人类推向核导弹大战的深渊，"赫鲁晓夫教训肯尼迪说，"自然，我们对美国舰船在公海上的海盗行为不会袖手旁观，我们将被迫采取必要和有效的行动保卫我们的权利。我们拥有一切所需的手段。"

正是赫鲁晓夫本人策划了将导弹植入古巴的计划，之后他将这一计划递交给苏共中央，最后，也就是3个月前，他才告知了菲德尔·卡斯特罗。赫鲁晓夫认为，这些导弹可以逃过美国人的眼睛，即便被发现，肯尼迪也不会采取行动。

赫鲁晓夫还宣称，将导弹运进古巴是对古巴人民的友好姿态，是防备美国再来一次"猪湾"那样的侵略。赫鲁晓夫参加过第二次世界大战，他清楚，如果在另外一个半球发动一场战争的话，苏联的战略后勤几乎不可能承担。因此，他希望把军火库建在美国附近，古巴恰恰提供了这样一个机会。他劝说卡斯特罗接受的武器是苏联制造的、苏联士兵和技术人员操纵的、装配着苏联的核弹头、也是通过苏联舰只运送到古巴的。

赫鲁晓夫曾在红军中做过政委，因此他熟知语言的力量。他借此机会告诉全世界，苏联将导弹植入古巴有着"道德和法律上的合理性"。苏联船只完全有理由进入古巴领海并卸载任何他们想要卸载的货物，美国海军对古巴的"隔离"——苏联认为肯尼迪用"隔离"这个词来表示"封锁"是很滑稽的，但这实际上是战争行为——是应当谴责的。赫鲁晓夫觉得他受到了美国人的迫害，令他愤愤不平的是，苏联在自己的领土上遭受了两次世界大战，而美国本土在世界大战中遭受的破坏很小。赫鲁晓夫还清楚地知道，美国投到广岛的原子弹的爆炸威力相当于 2 万吨 TNT 炸药，而今天他的核弹头的威力相当于 100 万吨 TNT 炸药，想到这里，赫鲁晓夫不禁露出了微笑。

尼基塔·赫鲁晓夫对大规模杀伤并不陌生，他参加了二战中的斯大林格勒战役，前后有超过一百万人死于那场战役，这其中就包括很多赫鲁晓夫亲自提审过的德军官兵。然而，与 20 世纪 30 年代赫鲁晓夫参与过的疯狂的"大清洗"相比，斯大林格勒战役的死伤便显得苍白多了，赫鲁晓夫是苏联内部政治斗争的受益者，他正是借着历次政治斗争越爬越高。

当约瑟夫·斯大林于 1934 年下令对他的国内敌人进行"大清洗"时，赫鲁晓夫是这一运动的积极参与者。数以百万计被怀疑不忠诚的共产党员被杀或被送往西伯利亚的监牢，赫鲁晓夫本人便下令处死了数千人，其中有不少是他的朋友和同事。他曾在 1936 年发表演讲：反对派妄图破坏苏联的伟大成就，杀戮是清除他们的唯一办法。第二年，斯大林任命赫鲁晓夫担任乌克兰党中央第一书记，并担任这一职务直到 1939 年二战爆发。在两年的时间里，赫鲁晓夫在他的任上监督执行了对几乎每一位乌克兰中央领导的逮捕和处决，被处决的乌克兰人有数百人，几乎没有政治犯能活下来。

现在，赫鲁晓夫对霸权的不息追求已经将世界推到了核战争的边缘。

但是赫鲁晓夫此时也不轻松，他的对手约翰·肯尼迪表现出了不惜一切誓死保卫美国的姿态，这让赫鲁晓夫很惊讶，然而赫鲁晓夫告诉同事们他不会退缩，他坚信一句俄国谚语："一旦投入战斗，势必竭尽所能。"

显然，在 18 个月前的"猪湾事件"中，约翰·肯尼迪并没有表现出那句俄国谚语倡导的精神，现在，赫鲁晓夫豪赌美国总统还会再犯上次的错误。

10 月 24 日晚上，赫鲁晓夫下令将他的信发给肯尼迪，在信中，这位苏联领袖平静且明确地表示，美国总统提出的用海军封锁古巴是"海盗行径"，苏联舰船受命无视这一封锁。

肯尼迪总统于 10 月 24 日晚上 11 点收到了赫鲁晓夫的这封信，肯尼迪不到三个小时便回复了这封信，在信中肯尼迪冷酷地表示，封锁是必须的，赫鲁晓夫和苏联要为危机的后果承担一切责任。

显然，肯尼迪将不再退缩，很快，美国海军登上一艘前往古巴的货船检查，非常巧合的是，执行这次任务的是美国驱逐舰"小约瑟夫·肯尼迪号"，正是以肯尼迪总统在二战中牺牲的哥哥命名的。

"是你派这艘军舰去的吗？"杰姬知道这个巧合后不禁向丈夫问道。

"没有，"总统回答说，"是不是很奇怪？"

苏联领导人等待着肯尼迪的崩溃，然而实际上他却在奋起反击。10 月 26 日是星期五，肯尼迪全天都用来计划登陆古巴。他认为，没有任何细节是可以忽略的，他要求拿到一份在迈阿密的所有古巴裔医生的名单，以便在需要时将他们用飞机送到古巴救治伤员；他还命令一艘搭载高精度雷达的美国海军舰只驶离古巴海岸稍远一些，以防其开战后被炮火击中。肯尼迪清楚每一艘参与登陆的舰船的预定攻击位置，甚至还对即将撒给古巴民众的传单字斟句酌。从始至终，肯尼迪一直在担心，"一旦进入战争状态，那些导弹便会向我们发射"。

约翰·肯尼迪还私下对助手们说，现在是他和赫鲁晓夫之间的摊牌，"两个分别坐在世界两极的男人"决定着"文明的终结"。

这就好似两个人在玩对视的游戏，谁先眨眼算谁输。

然而约翰·肯尼迪之前看到过尼基塔·赫鲁晓夫眨眼，在肯尼迪担任总统的第一年，也就是"猪湾事件"后不久，两人在维也纳举行了峰会，赫鲁晓夫试图在西柏林问题上欺侮一下他的年轻对手，当时，苏联控制着东柏林，西柏林则由美国及其二战盟国控制，越来越多的东柏林市民正在以自由的名义冒着生命危险逃往西柏林，于是赫鲁晓夫提出，苏联要控制整个柏林，但肯尼迪拒绝退让，结果，老羞成怒的赫鲁晓夫开始通过筑建柏林墙来维护脸面。

但是，在古巴导弹危机中，赫鲁晓夫毕竟抢占了先机，此时，苏联在古巴修建的导弹发射架已经接近完工。

因此，正当世界上的其他国家在防患即将到来的厄运时，10月26日傍晚，赫鲁晓夫前往莫斯科大剧院去欣赏芭蕾。"我们的人民和外国人都会知道我去看芭蕾，于是他们会安定下来，"他劝勉其他苏联领导人道，"如果在这样一个时刻赫鲁晓夫和其他国家领导人还能够去看演出，那么民众也可以安心睡觉了。"

实际上，赫鲁晓夫现在是莫斯科最焦虑的人，他本人是无论如何也睡不着觉的。已有至少十多艘苏联船只或是被美国军舰阻截，或是自动向后转，只配备了轻武器的苏联船只根本不是美国军舰的对手。

看过芭蕾之后，赫鲁晓夫回到克里姆林宫度过了一整夜——只是为了防范突发事件，这期间，他少有地陷入了沉思，他心中总有些事情放不下。午夜刚过，他坐了下来，口述了发给肯尼迪总统的又一封信。

这封信发出的时间是华盛顿时间下午6点，也就是莫斯科时间凌晨2点。此时，肯尼迪已经用了整个白天细化即将开始的美军对古巴的登陆。他感觉已经累到了骨髓里，是他身体里残存的最后一丝精力在支撑着他。他疼痛的身体已处于紊乱的状态。肯尼迪长年忍受着第二类自身免疫性多内分泌腺病综合征（APS-2）的折磨，这不仅导致了他的甲状腺功能减退症，还导致了他的阿狄森氏病，这几种病症都需要随时密切监控。阿狄森氏病致使他的身体无法产生需要的激素，例如控制血压、心血管功能和血糖的皮质醇。如果没能及时监控的话，阿狄森氏病会使人疲惫、体重减轻、最终虚弱不堪甚至死亡。1946年，肯尼迪的病症还没有得到确诊，他在一次游行中突然倒在地上，脸色发灰发黄，周围的人以为他突发了心脏病。

然而，在如此紧急的时刻，总统绝不能再次倒地。

因此，肯尼迪接受着氢化可的松和睾丸激素注射，用以抗击他的阿狄森氏病，他还要通过服用解痉药抵御慢性结肠炎和腹泻，与此同时，总统还忍受着痛苦的尿道感染，这需要抗生素来解决。除上述这些麻烦之外，肯尼迪还在忍受着无休止的背痛的折磨。一个意志稍稍薄弱的人早就会卧床不起了，但约翰·肯尼迪拒绝让这些长期的病痛妨碍他行使总统的职责。

杰姬原本可以不为丈夫的病痛和辛劳过分担心，因为她已经多次见过他在选战中是怎样地夜以继日了，有时，他参加一个筹款晚宴直到深夜才回家，第二天黎明之前他又要站在一家钢铁厂外同前来上早班的工人们握手。但这次危机毕竟不同，她不知道他究竟还能坚持多久，她看到，为了减轻背部的痛楚，他已经不得不坐在一把他喜欢的安乐椅上主持会议。

更令杰姬痛苦的是，她知道十五年前肯尼迪因阿狄森氏病倒地的那一回；而且她还记得，1954 年，为了对抗肯尼迪脊柱功能的退化，医生通过手术将一块金属板插入他的脊柱，手术后的感染使他陷入了昏迷，因为那次事故，罗马天主教堂为他进行了他一生中的第二次临终祈祷，但肯尼迪再一次活过来了。

因此，肯尼迪一生中已经有过三次死里逃生的经历，分别是109 号鱼雷艇的遭遇、阿狄森氏病导致的昏厥和那一次背部手术后的感染。杰姬·肯尼迪深知她的丈夫、美国总统有着非凡的韧性，他一定会坚持到胜利，就像以往那样。

也许，第一夫人更担心国家安全委员会执委会的那些人，她曾经在他们开会的时候将耳朵贴在会议室门上偷听，她感受到了会议的紧张气氛，她相信这些人为了拯救世界已经工作到了"人类耐力的极限"。

麦乔治·邦迪也觉得国家安全委员会执委会的这些先生们马上就要累倒了，他们已经昼夜连续工作近两周了，由于极度疲劳，这些绅士们变得极易激动，而且他们在此时表现出的意见不合与不快将在今后的几年里影响他们之间的关系。他们中的最强音之一是空军四星上将柯蒂斯·E.李梅，李梅觉得，将古巴从地图上抹去没有什么不对。

就在这时，赫鲁晓夫的信到了。从措辞看这是封私人信件，似乎一位领导人在呼吁另一位领导人要做正确的事情。苏联领导人坚持说他并不想挑起核战争："只有那些自己想死并且在死前想要毁灭整个世界的疯子或是自杀者才会挑起核战争。"接下来，这位苏联领导人仍似在漫不经心地询问肯尼迪当前的动机。

赫鲁晓夫在信的结尾处试图用一种让人疑惑的方式同肯尼迪交涉。整封信最引人注目的一段写道："如果您还没有失去自控力，而且您能够敏感地意识到你的行为将导致什么，那么，总统先生，我们和你们就不应该再向相反的方向拉这条绳子了，因为绳子中间的结是您打下的，这个绳结便是战争。假如我们仍旧用力向两边拉这条绳子，绳结就会越来越紧，终有一刻绳结紧得连最初打结的人都没有力气解开，那么就只有砍断绳结这一个办法了。"

国家安全委员会执委会的成员们并不认为赫鲁晓夫的这封信是直接投降的信号，但大家都认为这是投降的开端。

一个多星期以来，约翰·肯尼迪第一次感受到了希望，但他并没有解除对古巴的封锁，目前，仍有十多艘苏联船只在向封锁线驶来，而且这些船只没有调头的迹象。

第二天下午，紧张再度升级，肯尼迪接到报告，古巴地空导弹击落了一架美国 U–2 间谍飞机，飞行员鲁道夫·安德森少校阵亡。

为了报复古巴，参谋长联席会议请示总统批准美军轰炸机在 48 小时内对古巴实施全面空中打击，空中打击之后将是直接登陆。

最糟糕的是，间谍飞机拍到的照片确认，有些苏联导弹发射架已经建好了，总共有 24 座中程弹道导弹发射台，42 枚中程弹道导弹，一旦它们装上核弹头，这些导弹就可以发射了，它们的射程是 1020 英里，打到华盛顿是足够的。此时，在华盛顿，苏联驻美国大使馆的苏联外交官已确信战争迫在眉睫，因此他们开始焚烧机密文件。

核战争的阴云从未如此接近美国，美军对登陆古巴已准备就绪，在几乎从未休会的白宫安全会议上，有人开玩笑说鲍比·肯尼迪很快就要去当哈瓦那的市长了。

白宫日程安排秘书肯尼·奥唐奈在所有人中最准确地概括了大家的心情，他说 10 月 27 日星期六晚上的国家安全委员会执委会的会议是"总统任期内我们所有人在白宫度过的最压抑的时刻"。

肯尼迪总统秘密派遣鲍比去会见了苏联在华盛顿的外交官，提出如果苏联从古巴撤走导弹，美军将不会入侵古巴，不仅如此，美国还会应赫鲁晓夫要求从土耳其撤出美国的导弹，这些美国导弹是可以打到苏联的。土耳其人当然不愿意失去这些导弹，而且这些导弹名义上是在北约的控制之下，但为了避免战争，肯尼迪愿意做出这样的让步。

战争似乎几个小时后就要爆发。

最终，赫鲁晓夫眨眼了。

赫鲁晓夫认为，肯尼迪欺负他没有让苏军进入一级战备状态，而赫鲁晓夫拿到的情报表明，美军入侵古巴已是箭在弦上。假如美军真的入侵古巴，俄国人就不得不发射核导弹了，如果不发射核导弹的话，赫鲁晓夫和苏联都会被当作国际笑柄，更糟的是，全世界都会认为约翰·肯尼迪比尼基塔·赫鲁晓夫更强大。

接下来，苏联领导层和苏联人民绝不会接受屈辱，赫鲁晓夫会被推翻。

除去这个可能性以外，赫鲁晓夫实际上已经变得不那么好战了，当涉及战争这个主题时，这个小个子男人也在不断自省。赫鲁晓夫的第一位妻子在第一次世界大战中死于伤寒，他形容战争时曾说过，

"它碾过城市和乡村，所到之处留下死亡和废墟。"当他说这番话的时候，他可能也想到了他深爱的第一位妻子耶弗罗西尼娅。苏联领导人看出，如果将美国总统逼到墙角，后者将不得不使用核武器应对，这样的话，美国自然会永远消失，这个世界也不会再有苏联了。

星期日上午9时整，莫斯科广播电台告诉苏联人民，赫鲁晓夫主席拯救了濒于毁灭的世界。这一广播配发的述评同时也是说给肯尼迪听的，述评说，苏联选择"拆除你们所谓进攻性的武器，并将把它们装箱运回苏联"。

在13个漫长的日夜后，古巴导弹危机结束了。

在达拉斯，李·哈维·奥斯瓦尔德一直在密切关注着事态的发展，其间他加入了美国社会主义工人党以示对苏联和古巴的坚定支持。

现在，奥斯瓦尔德一个人待在他刚刚在埃尔斯贝斯街（Elsbeth Street）租下的两层砖房，渴望玛丽娜能前来同他一起生活，她和他们的孩子琼还住在沃斯堡朋友家，因此，尽管夫妻俩过去经常打架，但寂寞的奥斯瓦尔德仍盼望玛丽娜能搬过来。可是，当11月3日玛丽娜带着孩子最终来到达拉斯，他们随即又在家里开战了。她把他们肮脏的新家叫作"猪圈"，然后他们大吵大闹了两天，这一回奥斯瓦尔德发誓要"彻底收拾她"，然后又进一步威胁说要打死她。

玛丽娜受够了，她又一次离家出走，住进了她的一位俄裔朋友家，他们两人断得如此决绝，以至于她甚至没有给奥斯瓦尔德留下她的新地址。达拉斯的俄裔居民们从未喜欢过奥斯瓦尔德，因此当后者找上门来时，他们都不愿告诉他玛丽娜的下落。

李·哈维·奥斯瓦尔德一向自认为是一个伟大的人物，命中会成就一番伟业，但如今他被妻子抛弃，又不被旁人理解，他无比孤独，不禁感到有一股无名火无处发泄。

绝望的他很想孤注一掷。

1962年11月6日，泰迪·肯尼迪成为古巴导弹危机解除后最早的受益者之一，他在马萨诸塞州顺利当选了国会参议员，现在，华盛顿有三个肯尼迪家的亲兄弟了。

虽然，古巴导弹危机使肯尼迪的支持率上升到79%，并不是每个人都愿意看到肯尼迪影响力的增强。参谋长联席会议对肯尼迪拒绝登陆古巴非常愤怒，而占领古巴的机会以后恐怕不会再有了。菲德尔·卡斯特罗感觉被苏联出卖了，而且他看到自己在拉丁美洲的影响急剧下降，因为这次危机暴露出他只是苏联的一个傀儡，怒火中的卡斯特罗同样恼恨肯尼迪。

可以想象的是，古巴导弹危机的结束并不意味着美国试图推翻卡斯特罗的努力也结束了，尽管肯尼迪向赫鲁晓夫承诺他不会插手古巴事务，但他并不是说中央情报局的"猫鼬行动"（Operation Mongoose）便到此为止了。"猫鼬行动"一词是肯尼迪本人想出来的，它包括将流亡者派回古巴，煽动反对卡斯特罗的叛乱。另外，中央情报局还在秘密招募黑帮，意图杀掉卡斯特罗。肯尼迪从不用"刺杀"一词来描述"猫鼬行动"的最终使命，而中情局招募的黑帮也并不是一个军事组织，这个黑帮组织作为"猫鼬行动"的一部分，准备在流亡者煽动古巴人民推翻现政府之外，专门策划对卡斯特罗的政治谋杀。

在古巴导弹危机期间，肯尼迪总统和弟弟鲍比之间的纽带比以往更加紧密了，而林登·约翰逊却再一次摔了跟头。约翰逊没能同总统站在同一立场上，他最初支持鹰派将军们对古巴的全面占领，这对他来说是个严重的错误。与此同时，鲍比则坚持与约翰逊相反的观点，他认为对古巴的进攻会让全世界想起珍珠港，这与肯尼迪总统的想法完全一致。

现在，危机成功地解除了，约翰·菲茨杰拉德·肯尼迪兴高采烈，他觉得古巴导弹危机的成功解决可以同亚伯拉罕·林肯领导联邦取得南北战争的胜利相比。"也许今晚我可以去剧院看场戏。"肯尼迪对弟弟开玩笑说，他想起林肯在战争结束时去看了一场戏——结果是林肯被刺杀。

以戏谑的口吻谈及一位前总统的遇刺，这个玩笑开得太大胆了，而且简直就是对命运的嘲弄。由肯尼迪来开这个玩笑尤其不合适，因为他一生中已经有如此多的细节与林肯有关：他就职后的第一天夜里睡在了"林肯卧室"，他有一个秘书的姓氏是林肯，他出行时坐过玻璃顶的林肯豪华轿车。然而，无比紧张的危机时刻一旦成为过去，肯尼迪觉得他现在可以来一段黑色幽默，因为在 13 个黑色的日日夜夜之后，原本如此恐怖的笑话也会让人倍感轻松。

总统和司法部部长大笑起来。

"如果你去剧院，"鲍比答道，"我想和你一同去。"

此时，他们根本不知道，这段对话是多么令人毛骨悚然。

第二章　大幕落下

8

1963 年 1 月 8 日

首都华盛顿

晚上 9 点 30 分

杰姬·肯尼迪裸露的、被阳光晒成了棕红色的肩膀将她穿着的粉红色奥列格·卡西尼无吊带晚礼服映衬得更加艳丽，她的一副钻石耳坠是由著名珠宝商哈利·温斯顿设计的，白色的长手套盖过了她的肘部。她不时与一位她喜欢的男人交谈几句，这个男人是 61 岁的法国文化部长、作家安德烈·马尔罗。第一家庭前不久刚刚在佛罗里达州的棕榈滩度过了圣诞节，因此，杰姬看上去神采飞扬。

今晚，第一夫人成了一道美景，而在国家美术馆西方雕塑馆的上千观众中仅有她本人和她丈夫知道，她怀孕了。

总统距杰姬不到 3 英尺远，但他对妻子没有留意。他正全神贯注于一位只有他一半年龄大的黑发美女，这位美女名叫丽莎·格拉迪尼，她双唇饱满而鲜红、颇具诱惑，同她橄榄色的细腻皮肤形成了鲜明对比。她的笑容带着腼腆，低胸的装束在一定程度上显露出丰满的胸部，她与第一夫人几乎没有什么相像的地方。

现场有许多电视摄像机、报刊记者和一千位来宾，总统的一举一动都在众人的注视之中，但他毫无忌惮地继续留神于眼前这位美艳撩人的年轻女郎。他是美国总统，刚刚使世界免于一场热核战争，因此，眼下顺风顺水的肯尼迪自然可以稍稍放纵一下，欣赏欣赏这位可爱的妙龄美女。

为了做给那些可能注意他的人们看，肯尼迪甚至冲着年轻的丽莎微笑了。但毕竟，在古巴导弹危机之后，他已经变了，他对杰姬比对别的女人要倾心得多——至少现在是这样。这场近乎灾难的经历让他意识到他是多么地爱他的妻子和孩子们。

新一届国会明天就要开始工作了，总统的国情咨文不到一周就要发表，肯尼迪将努力推进"对联邦所得税的全面削减和修订"，通过"关键的一步"使美国在世界经济中更有竞争力。但这次减税已经引发了争议，尽管在新国会中民主党仍占据着多数，但这项议案推进起来并不轻松。现在，肯尼迪感觉同丽莎·格拉迪尼一起打发时间要比行使美国总统职权轻松得多。

但总统终归要向前走。

但是，杰姬原地未动，她将目光从马尔罗身上移开，盯住了刚才丈夫关注过的这位魅力无穷的女孩。实际上，丽莎·格拉迪尼并不是一位真人，而是一幅挂在展厅墙上的名画中的主人公。她还被称作拉·乔康达，或蒙娜丽莎，是16世纪早期一位有夫之妇和5个孩子的母亲，当年，她坐着让画家画下了她的肖像。

此时，站在《蒙娜丽莎》面前的杰姬有着巨大的成就感，正是她持之以恒的梦想与努力使这幅世界最著名的画作来到了华盛顿的国家美术馆。一年前，她小心翼翼地向马尔罗表达了请求，马尔罗于是安排了这次在美国的巡展，然而大部分巴黎人却对此表示愤怒，因为他们认为美国是文化荒漠。

当然，这并不是《蒙娜丽莎》的首次旅行，拿破仑曾将她挂在了卧室的墙上，每天早上盯着她看。1911年，这幅名画竟然被盗，两年后才回到了卢浮宫。第二次世界大战中，为防止《蒙娜丽莎》落入纳粹手中，她曾几经转移。现在，杰姬又将这幅达·芬奇的代表作请到了美国，在《蒙娜丽莎》3月份回归法国之前，将有数百万美国人排队前来一睹为快，这都要归功于杰姬·肯尼迪。

国家美术馆的馆长约翰·沃克曾反对这次巡展，他担心的是，让这幅460岁的娇贵名画在严冬时节漂洋过海，假如它在这期间被盗或受损，那么他这个馆长也就当不成了。事实上，10月17日，当肯尼迪和他的下属刚刚开始对付苏联在古巴的导弹，沃克便给第一夫人打电话，委婉地告诉她将《蒙娜丽莎》送到美国是一个可怕的主意，哪怕是仅仅想一想便让沃克的心中充满恐惧。

之后，同其他美国人一样，沃克的注意力很快就被广播和电视对古巴导弹危机连篇累牍的报道所占据，他为杰姬身上体现出的母性和她坚持留在白宫陪伴丈夫的行为深深感动。沃克意识到，杰姬并不仅仅是一个追逐法国文化的年轻富有的女人，她是一位现实、认真的第一夫人。

于是沃克改变了主意，不待古巴导弹危机结束，他就开始为《蒙娜丽莎》到美国的巡展做安排了。

接下来，肯尼迪命令全世界最精英的保安前来保卫这件价值连城的艺术珍宝，这大大减轻了沃克的担忧，这些保安便是那些愿意舍身为肯尼迪挡子弹的男人们：白宫的特工处特工。

总统在特工处的代号是"枪骑兵"，第一夫人的代号是"花边"，卡罗琳和小约翰的代号分别是"抒情诗"和"云雀"。几乎与第一家庭相关的任何事和任何人都有一个代号，林登·约翰逊的代号是"志愿者"，总统的林肯座车是SS-100-X，迪安·拉斯克的代号是"自由"，白宫的代号是"城堡"。即使是临时性的东西也会有代号，总统离开白宫的临时住所被称作"木炭"。同一类的人物和地名会用同一个字母开头，比如第一家庭用L，白宫随员用W，特工处的特工们用D，诸如此类。

特工处对肯尼迪总统的护卫是不间断的，这与100年前林肯受到的保护截然不同。在林肯任期内特工处还不存在，这个机构在林肯遇刺3个月后才诞生，而且当时特工处的首要任务是阻止货币欺诈而不是保卫总统。

在林肯时代，如果美国老百姓愿意的话他们就可以直接走进白宫。那时，对白宫物品的破坏可以说非常猖獗，因为许多狂热的参观者会从白宫偷盗一些小物件带走做纪念。为了应对这样的破坏和偷盗，内政部雇用了一些警官来保卫白宫，这些警官是从华盛顿大区警察局挑选的。随着南北战争接近尾声，对林肯总统的死亡威胁甚嚣尘上，这些警官的主要精力才转移到保卫总统。当时，两名警官早上8时到下午4时会守在林肯身旁，接下来一名警官会守到半夜，第四名警官从半夜值班到清晨。每名警官都携带一支点38口径的手枪。

然而，林肯的遇刺证明，他得到的保护是完全不够的。在林肯被凶手击中头部的那天晚上，当班的那个警官约翰·派克去附近的酒馆喝啤酒了。纵使美国总统在派克擅离职守后被刺身亡，派克竟然没有因为渎职而被起诉，更加不可思议的是，他仍旧被允许继续在警察局工作。

在林肯遇刺前，许多人（包括林肯本人）都相信，美国人不是那种会刺杀他们政治领袖的人，凶手约翰·威尔克斯·布斯用一声枪响和林肯总统的鲜血将这个信条打得粉碎。然而，之后仍有许多人相信总统安全的神话，他们觉得林肯的遇刺只是个特例，甚至16年后，当詹姆斯·加菲尔德成为第二位遇刺身亡的美国总统，仍有人坚持认为总统是安全的。对副总统的强制性保卫直到1962年才开始，这一点再次表明了某些人的观点：副总统是个无关紧要的工作。

约翰·肯尼迪的贴身特工都别着一支点38口径的左轮手枪，致使西装外套微微隆起，除此之外，他们的一切保护措施从不显山露水。特工处的座右铭是"值得依赖和信任"，而特工们无时无刻不在用他们的姿态与专业强化着这句座右铭。他们有运动员的体魄，其中很多人拥有大学学位和服役经历，值班时喝啤酒是绝对不能允许的。特工们分为三个班次，每个班次有八位特工值班，每位特工都会使用一系列致命武器。特工处的总部位于西翼北面的入口处，是一间没有窗户的小办公室，这里有一个小型的军火库，里面有防暴枪和汤普森轻型机关枪，需要的时候可以为特工们提供火力支援。假如一个杀手妄图冲进白宫行刺，那么他从白宫大门冲向椭圆办公室外铺着黑白相间地砖的走廊时，会遭遇几道封锁线。只要总统在椭圆办公室工作，一位特工便会在门外警卫，如果总统需要召唤这位特工，他只需按动办公桌下的一个特殊的紧急按钮，特工就能立即出现。

一旦总统离开白宫，他就成为了脆弱的攻击目标，这一点特工们只要参照一下刚刚在法国发生的事件便可以明白。法国总统夏尔·戴高乐在他居住和办公的爱丽舍宫实际上是很安全的，但是，1962年8月22日，当他的车队途经巴黎郊区佩蒂特克拉玛（Petit Clamart）时，几个恐怖分子突然向车队开火，恐怖分子共打出了157发子弹，其中14发子弹击中了总统座车，致使这辆雪铁龙车的两个轮胎被击穿，多亏驾驶技术高超的司机将车安全地驶离了危险地域。就在《蒙娜丽莎》在美国巡展期间，这次刺杀法国总统的主谋让·巴斯蒂安－瑟瑞在巴黎受审，他是一个心怀不满的退役空军中校，之后，他将被宣判有罪，并将成为法国历史上最后一个被行刑队枪决的人。

为了防止美国版的让·巴斯蒂安－瑟瑞接近肯尼迪总统，每当肯尼迪出行前，会有八名特工处的特工去打前站，清除可能存在的安全隐患，一旦总统离开白宫，在他行进的时候会有八名特工在他周围组成人体盾牌。

对于保卫总统的特工们来说，肯尼迪几近过分的举动使保卫工作异常艰难。

约翰·肯尼迪喜欢在公众中显得生气勃勃，他经常冒着生命危险挤入人群中同大家握手，这样的突袭总是让特工们心惊胆战，在这样的情景下，一个预先得知了总统时间表的疯子可以轻而易举地掏枪干掉总统。当然，如果出现这样的险情，每个特工都会奋不顾身地冲到枪手和总统之间，为国家的利益牺牲自己。

特工们情愿这样做的一个重要原因是他们的确喜欢肯尼迪。他能叫出他们每个人的姓名，而且喜欢和他们打趣。尽管有这层熟悉，而且特工们还洞悉肯尼迪的私生活，但他们从未忘记肯尼迪是美国的总统，他们对总统的尊敬从他们的谈话中就可以明显看出来。同他面对面时，他们称他为"总统先生"；当两个特工谈到他时，他被称为"老板";如果需要向参观者和宾客提及,他就是"肯尼迪总统"。

特工们对杰姬的喜欢一点也不次于总统,专职负责保护杰姬的特工是 6 英尺高的克林特·希尔,他的代号是"耀眼",他很快成了杰姬的好朋友,杰姬甚至可以对他吐露心声。

因此,特工处的特工们被调来保护《蒙娜丽莎》也几乎是顺理成章的了,因为赶来观看这幅达·芬奇名作的热情的参观者正类似于肯尼迪和杰姬在世界各地旅行时那些为他们的到来而尖叫的围观者。

《蒙娜丽莎》是乘着法兰西号邮轮来美国的,当时她在一等舱独占了一个套间,而法国特工们为她提供了全天候的保卫。她乘船而不是坐飞机来美国是为了防范万一——假如飞机坠毁,这幅名画就万劫不复了,而即使豪华邮轮沉没,经过特殊设计的装载《蒙娜丽莎》的保险箱也会浮在海面上。最初,只有法兰西号的船长被告知《蒙娜丽莎》在船上,但一路上法国特工对她的保护极其严密,有些旅客猜测那只保险箱里装的是神秘的核武器。当秘密渐渐泄露,大家得知保险箱里藏着的真正物品时,不禁将整个旅程变成了一个无休止的《蒙娜丽莎》派对,各式以这幅名作为主题的蛋糕和饮品也被写进了菜单。

法兰西号到达纽约后,《蒙娜丽莎》由特工处护卫的车队送到华盛顿,四个小时的车程一刻不停。同样,选择车队而不是飞机来完成这段行程也是出于安全考虑——防范飞机的坠毁。在重要路段,特工处的狙击手在建筑物的楼顶持枪戒备;在一辆国家美术馆的黑色公务车中,特工约翰·坎皮恩坐在《蒙娜丽莎》的旁边;这辆车提前加装了减震器,以防路面颠簸致使画面上的颜料脱落。

到达华盛顿后，《蒙娜丽莎》被送进了一间恒温地下室，温度控制在 62 华氏度，地下室的大门是钢制的。假如突然停电，备用的发电机可以自动提供电力。即使是放置在地下室中，特工处也通过闭路电视对这幅名作进行严密监控。

特工处对《蒙娜丽莎》的全程保护可谓登峰造极，但毕竟保护总统与保护这幅珍贵的名画仍有着巨大的差别，因为《蒙娜丽莎》只是一幅画作。在 400 多年中，至少三次有人试图破坏它：有人曾向它喷洒颜料，还有人曾对它挥刀相向，第三个人对它投掷了一只陶瓷杯。另外，它还曾被盗过。然而，画作的主人公已经入土将近 5 个世纪了，她不可能再次被开枪打死。

现任美国总统则完全有可能。

这就是为什么特工处从不敢掉以轻心的原因。

至少此时他们尚未掉以轻心。

"政治与艺术、行动的生命与思想的生命、真实的世界与想象中的世界融为了一体。"在《蒙娜丽莎》美国巡展华盛顿站的揭幕仪式上，肯尼迪对一群尊贵的来宾这样讲道，在他的波士顿口音中，《蒙娜丽莎》被说成了"蒙娜丽瑟"。

此时，总统和第一夫人比以往任何时候更受欢迎，也比以往任何时候愈加被看作美国的化身，而他们两人也比以往任何时候更加亲密了。特工们注意到，似乎肯尼迪对其他女人的兴致减弱了。朋友们也发现，在总统任期的前两年，这对夫妇看上去像一对职业组合，现在，从他们在一起的时光和彼此交谈的方式中可以看到一种过去所没有过的温柔，这样的变化让他们成了历史上最有影响力的一对。美国是"世界上最强大的国家"，时装设计师奥列格·卡西尼说道，"美国的代表就是这对我们能够想象到的最有魅力的夫妇。"

只要看一眼此时人头攒动的展览大厅，就会意识到卡西尼的话没什么错。从高等法院的大法官到参议员再到富有的外交官和石油大亨，他们都赶来参加揭幕仪式。纵使总统的出色演讲巧妙地将《蒙娜丽莎》和冷战时期的政治联系在了一起，但这并没有让精心策划了美国巡展的杰姬黯然失色。尽管被放置在防弹玻璃后面，《蒙娜丽莎》仍然光彩夺目，然而每个参观者平均只花费了 15 秒钟的时间注视这幅名作，同时却有许多人愿意整晚盯着杰姬看。第一夫人的美貌、自信、优雅和魅力是无与伦比的。

这个晚上，是杰姬·肯尼迪而不是《蒙娜丽莎》征服了观众。

杰姬渐渐认为，肯尼迪的白宫是一个神秘的地方，之后她将这个地方形容为"美国的卡米洛特"。《卡米洛特》是一出百老汇的歌舞剧，理查德·伯顿扮演传说中的亚瑟王，可爱的朱莉·安德鲁斯扮演吉尼薇尔王后，罗伯特·顾雷特扮演兰斯洛特骑士。在这部歌舞剧中，卡米洛特代表冰冷和苦涩的世界中一片有着田园诗般欢乐的绿洲，不仅仅是杰姬，越来越多的美国人认为肯尼迪的白宫就是冷战中类似卡米洛特的神话之地和护佑理想的堡垒。

甚至肯尼迪本人也为卡米洛特而感动，许多个夜晚，杰姬后来回忆说，总统在临睡前都要播放这出百老汇歌舞剧的唱片。

然而，《卡米洛特》却有一个悲剧性的结局，这一点肯尼迪的特工们一清二楚。

事物都有两面性，此时，肯尼迪的支持率是 70%，全美国 70% 的人喜爱肯尼迪，但另外 30% 的人痛恨他的大胆。卡斯特罗无疑想让肯尼迪去死。在迈阿密，许多古巴流亡者对猪湾的惨败仍旧耿耿于怀，他们期待报仇。在南方腹地，对总统推动种族平等的愤怒广为传播，以至于南方的民主党人认为，他们唯一聪明的政治选择——如果他们还能继续在位的话——就是对肯尼迪的各项国内政策采取坚决反对的态度。

即使是在咫尺之内的华盛顿，因为有传言说总统准备将中央情报局置于鲍比·肯尼迪的直接管辖之下以便更有效地监控，中央情报局当然不会太高兴。另外，五角大楼颇有一些将军不太相信肯尼迪的判断力，而且总统公开对旁人说，他认为有些将军有能力把他这个总统赶下台。

最后，美国的黑帮曾与肯尼迪如此亲近，甚至黑帮大佬山姆·吉安卡纳亲切地称他为"杰克"而不是"总统先生"，现在，肯尼迪通过准许鲍比和他的司法部进行反黑帮调查来回报他们多年来的友谊，黑帮自然非常生气。"我们为了他把命都差点搭上，"吉安卡纳抱怨说，"可他现在让他弟弟快把我们逼死了。"

肯尼迪知道他的这些敌人正虎视眈眈，尽管他常常在夜色中轻轻将唱针放下，随着《卡米洛特》乐曲的飘出，仿佛外面的世界都已被隔绝，但他知道，这些威胁不会远去。

总统的特工处是否知道李·哈维·奥斯瓦尔德呢？现在已经无据可查。

他们对他的忽略没有什么异乎寻常之处，为什么强大的特工处会留意一个远在得克萨斯州达拉斯生活的前海军陆战队士兵呢？

奥斯瓦尔德和玛丽娜又住在一起了，小别后的重聚总会是火热的，这一次也没什么两样，玛丽娜·奥斯瓦尔德很快又怀孕了。

纵使杰姬·肯尼迪和玛丽娜·奥斯瓦尔德的生活环境天差地别，

她们两人仍有一丝相同之处，这两位年轻的女人此时都在享受怀孕初期的生活变化。杰姬的预产期是9月，玛丽娜则是10月。她们还有一点共同之处，同杰姬一样，玛丽娜也觉得肯尼迪非常英俊，这让喜怒无常的奥斯瓦尔德对他的总统更加嫉恨。

李·哈维·奥斯瓦尔德的生活总是在热情与愤怒之间游走。1963年1月27日，正当人们在华盛顿排着长队等待观看《蒙娜丽莎》时，奥斯瓦尔德邮购了一支点38口径的左轮手枪。这支手枪的价格是29.95美元，他将一张10美元的支票邮寄给卖家，其余的钱要等收到枪后再支付。他让卖家把枪寄到他在邮局的邮箱，还给自己起了个假名字A. J. 希德尔，因为他不想让玛丽娜知道他买枪这回事。

奥斯瓦尔德买枪并没有明确的目的，毕竟没有人对他的生命构成威胁，此时他也没想杀掉谁，他只是喜欢有枪的感觉——也许将来用得着呢。

1月结束了，这个月《蒙娜丽莎》留在了华盛顿。2月4日，一列高度警戒的车队将这幅世界名画送到了纽约，在纽约掀起了更加火爆的一轮"蒙娜丽莎热"。

1963年的1月对肯尼迪和第一夫人来说是难忘的一个月，《蒙娜丽莎》的光环暂时逼退了人们内心对冷战的恐惧。肯尼迪当选总统已经整整两年了，全世界都已经看出，这位年轻的总统已经掌握了美国的命运。

也许，杰姬·肯尼迪是对的，我们正处在卡米洛特的时代，或至少一定程度上处在这样的时代里，对她来说，卡米洛特的故事没有阴暗面——虽然它的阴暗面注定是存在的。

当杰姬想到《卡米洛特》这出戏的时候，她总喜欢陶醉于最后一场，在最后一场中，亚瑟王重新获得了力量与希望，之后的情节杰姬就不去管它了。实际上，整出《卡米洛特》充满了悲剧、内讧和背叛，还有危险和死亡。在大幕最后一次落下前，一半以上的圆桌骑士都被杀死了。

而对于杰姬经常用来自比的吉尼薇尔王后，她的结局将是孤独地留在这个世界上。

9

1963 年 3 月 11 日
佛罗里达州圣奥古斯丁
晚上 8 点

卡米洛特中最孤独的男人想成为美国总统。

林登·贝恩斯·约翰逊站在聚光灯下，从打字机打出的讲稿放在他面前的讲台上，但此时他并没有在意讲稿，他更在意台下观众中两桌特殊的选举人，也许有一天，这两桌选举人会让他看似不大可能的总统梦成为现实。

林登·约翰逊内心最强烈的愿望是要重新拥有权力。他热爱权力，为了重新赢得那种让他兴奋的掌控权力的感觉，他愿意付出任何代价。

任何。

约翰逊环顾大厅，寻找着那两桌"黑人贵宾"，他非常想知道他的政治赌博能否成功。

罗伯特·弗朗西斯·肯尼迪也想当美国总统。

此时距1968年的总统大选还有5年，但《时尚先生》（Esquire）杂志3月的这一期已经发表了一篇戈尔·维达尔的文章，预测是鲍比而不是林登·约翰逊将赢得那一届的民主党候选人提名。

鲍比·肯尼迪的风头太盛了，以至于约翰逊担心自己阻止不了鲍比赢得1968年的大选。

似乎显而易见，肯尼迪在总统宝座上坐到1968年，然后鲍比替代他成为白宫的主人，接下来鲍比还会赢得1972年的连任，最后也许泰迪会赢得1976年和1980年的大选。下一个20年，美国看起来都要由肯尼迪王朝来统治，这几乎是确定的了。

但政治上却没有什么事情是可以确定的，林登·约翰逊知之甚少的是，某些暗中的力量可能已经将目标对准了鲍比——这些力量不仅在预谋将这位司法部部长拉下马，而且要推翻整个肯尼迪家族的政治王朝。

1962年8月5日，玛丽莲·梦露脸朝下赤身裸体倒在她的床上，她死了。洛杉矶警察局的警探在她身上没有发现外伤，而验尸官之后得出结论，说这位女明星之前服用了过量的巴比妥类药物。然而，她的胃几乎是空的，没有任何药剂的残留。

公众立即将梦露的死归结于嗜药，而那些街边小报则言之凿凿地说梦露生前吸毒。这样一来，几乎没有什么人呼吁要对这位艳星的死做进一步的调查。

但是，有人认为梦露的死与有组织犯罪相关。黑帮中传说，大佬山姆·吉安卡纳让他的手下杀死了梦露。吉安卡纳在"猫鼬行动"策划时期与中央情报局有联系，"猫鼬行动"停止后，吉安卡纳一直不甘寂寞。黑帮中的说法是，吉安卡纳经过周密策划，令四个打手潜入梦露的家，将她的嘴封上，继而向她的肛门里注射了致命剂量的巴比妥类药物和水合氯醛栓剂。这样做是为了防止口服过量药物后常常会出现的呕吐。确认梦露已死，打手们移去她嘴上的封条，然后把尸体擦净。

吉安卡纳杀掉梦露的动机是想报复鲍比·肯尼迪的司法部对有组织犯罪的调查，而杀手通过缜密的手法杀死梦露，按照黑帮的说法，是为了嫁祸于鲍比，但是，他们的阴谋没能实现，因为有匿名的消息源随即通知了鲍比：玛丽莲·梦露突然死于非命。鲍比于是命令彼得·劳福德安排一位名叫弗雷德·奥塔什的私家侦探进入现场，细细梳理以确保没有任何证明梦露与总统或整个肯尼迪家族相关的物证留下。劳福德和奥塔什遵命干得很漂亮，连梦露的日记本都带走了。

然而，梦露的电话录音也是个大问题，这份录音显示了她在生命最后 48 小时内同谁通了话。据传鲍比·肯尼迪请 J.埃德加·胡佛和联邦调查局协助毁掉这份录音。传说，洛杉矶警察局局长威廉·帕克很想将梦露的死当作自己的政治资本，他复制了一份梦露的电话录音，多年来一直将它藏在自己的车库里，以备借此敲诈。帕克后来说，这份录音就是"鲍比·肯尼迪当上总统后我来做联邦调查局局长的凭证"。

彼得·劳福德之后说，那个晚上，鲍比本人就在梦露的房间里，他原本带着妻子和四个孩子在旧金山度假，接到消息后他马上飞到了洛杉矶。劳福德讲的这个故事说，梦露将要把她和肯尼迪的关系捅给报界，于是鲍比立即来到现场处理危机，当然，这个故事没有旁证。

后人对劳福德和黑帮成员的讲述分别进行了认真分析，但两个版本都无法确认其真实性。还有传言说鲍比和梦露也上过床，但这种说法也有待证实。

能够确认的事实是，玛丽莲·梦露在 1962 年的整个夏天给鲍比打了好几次电话，她因为肯尼迪不再理会她而郁闷不堪，甚至开始在好莱坞喋喋不休地讲述她和总统的风流事。有些报刊已经在追问她和肯尼迪的关系，而且，这个话题可能在 1964 年大选期间被重新提起。然而，梦露去世的当晚，鲍比和家人正在北加利福尼亚的一个大牧场上，那里离最近的机场有一个小时的车程，如果直接开车到洛杉矶需要 5 个小时。因此，鲍比若要立即赶到现场而不被公众注意到的话，那几乎是不可能的。

以今天的视点来看，不论玛丽莲·梦露是死于自杀还是他杀，鲍比·肯尼迪对这一事件的介入——尽管看起来是一个阴谋——却是无法证实的。

但是，毫无疑问，假如梦露对公众吐露了她和肯尼迪的艳遇，这足以让肯尼迪在下一次总统大选中败北，肯尼迪一直以来被公众看作是一个尽职的好丈夫和好父亲，如果美国人民知道他还和性感女星梦露有染，那么卡米洛特的幻影也就破灭了。

家族给鲍比·肯尼迪添加了如此沉重的包袱，这也让他明白了，他在未来能否当上总统还根本没有把握，这就意味着，为了战胜他的主要对手林登·约翰逊，鲍比必须格外勤奋地工作，否则约翰逊就会打败他。

与此同时，鲍比·肯尼迪悄悄叫停了司法部的反黑帮调查。

毕竟，毫无必要地得罪老朋友是没有意义的。

林登·约翰逊正在结交新朋友，他在圣奥古斯丁发表晚宴讲话时，颇为到场的非裔选举人而兴奋。这是个星期一的晚上，今天的活动是为了纪念这座城市建城 500 周年，当然，约翰逊对城市本身没多大兴趣。让他不远千里飞到这座佛罗里达州小城的主要原因是，他要借此讨好黑人选民。

林登·约翰逊褐色的眼睛扫视着举办宴会的庞塞德莱昂饭店（Ponce de Léon Hotel）舞厅，最终，他找到了那两桌黑人选民。不久前，当约翰逊副总统接到前来发表演说的邀请时，他坚持主办方邀请黑人出席宴会，以达到融合。

约翰逊看到，两桌黑人的位置比较靠前，十几个黑色的面孔在南方白人的海洋中很是显眼。随着副总统的演说，在座黑人们频频庄重地点头，似乎在对受到邀请表示感谢。今晚，黑人被第一次允许进入这座传说中的大饭店，这都要归功于约翰逊副总统。两桌人并不多，而变化只在今夜，但至少约翰逊可以回华盛顿夸口说，他本人站在了种族平等斗争的最前线。

在外地享受权威的感觉真好，在华盛顿，约翰逊几乎快要忘了掌权是什么感觉了。在这座小城，约翰逊绝对是个大人物，人们将他奉为上宾，他会见的都是一方领导人，地区报纸不惜版面引用他的讲话，人们都想同他握手，或是想来见识一下副总统那独特的用力与人握手的方式。约翰逊总是用他肉乎乎的大手握紧对方的手，只要两人的交谈不结束，他的手就不会松开，友谊就在这样的时刻里建立起来了，在约翰逊当参议员的时候，对方的赞成票也就这样赢得了。

然而约翰逊在华盛顿太无足轻重了，对他来说，肯尼迪的白宫根本不是什么卡米洛特，对照自己的境遇，约翰逊想到了另一个以字母 C 开头的单词"阉割"（castration），他觉得自己就如同阉牛或者阉狗。总统总是有意将他排除于重要会议之外，在背后开他的玩笑，还在白宫晚宴上冷落他——如果总统还有兴致请他来参加晚宴的话。

看不上约翰逊的远不止总统一个人，鲍比·肯尼迪觉得约翰逊是个政治骗子，第一夫人则一向同他保持距离，而白宫随员们几乎掩藏不住他们对他的讨厌。这些被约翰逊称作"哈佛帮"的年轻一代会拿他不合身的西装、顺滑的大背头和带鼻音的得克萨斯山区口音打趣。有一次约翰逊将"开胃小菜"（hors d'oeuvres）的发音发成了"婊子鸽子"（whore doves），于是他的乡下口音马上成了华盛顿的笑柄。

有人给约翰逊起了一个很贬损的绰号："南方大叔"（Uncle Cornpone），就好像他是一个不相干的乡下人，而不是那位 1960 年帮助肯尼迪赢得了南方多个州选票的副总统。还有人称他"克雷德法官"（Judge Crater），这位法官确有其人，他是 20 世纪初纽约市的法官，1930 年突然失踪后再也没有人找到他。还有人听到一位白宫随员在一次晚宴上开玩笑说："林登？谁是林登？"

但约翰逊根本不会消失，他也绝不是乡下人。在做参议院多数党领袖的时候，他对推动参院通过一些难以通过的法案可谓得心应手，他在《圣经》中最喜欢的一句话是《以赛亚书》中的："来吧，让我们一起想办法。"他觉得这句话最能体现他在议员中建立联合阵线的热情。

实际上，副总统是个复杂的人物，他的兴趣非常广泛，从辣鹿肉香肠到卡蒂萨克苏格兰威士忌再到维也纳华尔兹他都喜欢，而且在拈花惹草方面他直追总统，只不过他比肯尼迪小心多了。

这种小心翼翼也被约翰逊带入了政治生活中，他原本是喜欢热闹的，但他强压自己的个性，在开会时要求自己从始至终保持沉默，以防因自己的失言而得罪总统。当他在经受无休止的责难时，感觉几乎是生不如死。约翰逊渐渐变得焦躁、抑郁并且非常渴望欢乐。他吃得很少，因此瘦了很多，他原本就大一号的西装现在穿在身上显得肥大无比，甚至他的鼻子和耳朵也显得不合比例的肥大——像极了政治漫画中他被夸张了的形象。

林登·约翰逊几乎无事可做，很少有人打他桌上的电话，从他工作的行政办公楼，他可以通过窗户看到匆匆进出白宫的人们。有时，副总统会离开他的办公室溜达到白宫西翼的走廊上，希望能参加一个会议或做出一个决定。有时，他会在椭圆办公室外找个地方坐下，希望肯尼迪能看到他，进而请他到办公室里面去坐。

可是，他的这种希望越来越难实现了，实际上，1963年总统与副总统两个人单独相处的时间加在一起还不到两个小时。

然而，约翰逊还是吞下了一切羞辱，因为，除了副总统的职务，他什么也没有了。得克萨斯州现在不缺国会参议员，而且就在4个月前，肯尼迪的前下属约翰·康纳利刚刚坐上了得州州长的位子。

但是，再等4年多，约翰逊就可以竞选美国最有权力的工作了。

为什么林登·约翰逊不能当总统呢？他担任国会众议员12年，之后又当了12年参议员，其中有6年是多数党领袖，不论是对外政策还是对内立法，他都非常熟悉，熟悉到他可以就如何不择手段进行各种内幕交易开一堂讲座了。整个美国都找不出一个比约翰逊更合格的政客了。

当林登·约翰逊在这座圣奥古斯丁的大饭店用目光寻找那两桌黑人选民时，他仍在为自己的政治目标而努力奋斗，尽管这一系列的活动是为了纪念这座城市的建立，但约翰逊在这里的所作所为标志着他正式开始公开支持美国的民权运动。

肯尼迪兄弟在他们日益升级的争取种族平等的斗争中有意要将约翰逊排除在外，他们知道，如果约翰逊参与了这场斗争的话，他作为一个南方政客具有先天优势，因此他可以借此获取政治得分。

约翰逊无疑也明白这一点，因此他尽他所能一定要站在肯尼迪发起的民权战役的最前线。

对于约翰逊来说，民权与对或错无关，但亮出自己的立场具有重要的政治意义。

因此，林登·约翰逊等待着，尽管被阉割而且衣带渐宽，他希望他的忍耐与等待有一天能收到回报。

3月4日，也就是林登·约翰逊前往圣奥古斯丁发表演讲前一周，司法部部长罗伯特·肯尼迪在接受《时尚先生》杂志采访时表示，"我现在还没有竞选总统的计划"——这句话被媒体解读为"我正在准备竞选"。

可是他够格吗？鲍比·肯尼迪是个律师，但他从未做过法庭辩论，他现在是司法部部长，可这个职位得益于他的父亲和哥哥。自从当上司法部部长后，他经常放下自己在司法部的本职工作，充当他哥哥的喉舌和吹鼓手。中央情报局当然不喜欢他的工作表现，弗吉尼亚州兰利（Langley）是中情局总部所在地，有一张车贴在兰利非常流行，上面写的是："先是埃塞尔（鲍比的妻子），然后是我们。"

可是，世界正在飞速变化，鲍比·肯尼迪恰恰反映了卡米洛特时代的青春与活力，林登·约翰逊则是古板的冷战价值观的代名词，美国文化正在经历新思想的冲击。

此时，一个名叫"甲壳虫"的英国摇滚组合正在发行他们的第一张唱片。

一本以"钢铁侠"为主人公的新书正在进行首发。

作家贝蒂·弗里丹用她的新书《女性的奥秘》（*The Feminine Mystique*）掀起了新一轮妇女运动的热潮。

条件严酷的美国联邦监狱"恶魔岛"（Alcatraz Island）关闭了，与此同时，中央情报局增设了一个国内行动部，将它的触角伸进了联邦调查局局长胡佛的地盘。

鲍比·肯尼迪知道自己的文化影响力，他也理解卡米洛特的诱惑，但他很反感同林登·约翰逊的竞争，事实上，他痛恨约翰逊。鲍比一向不擅长隐藏自己的好恶，以至于他的朋友们有一回送了他一个林登·约翰逊的巫毒娃娃，还有一把用来刺这个娃娃的别针。

鲍比不能忍受说谎的人，他认为约翰逊永远在说谎。

可是，约翰逊身上有些东西也让鲍比感到可怕，他曾经对一位白宫随员说："我不能忍受那个杂种，但他也是我认识的最可怕的人。"

于是，两个跃跃欲试、冷酷无情的政客形成了对峙，然而，他们两人对 8 个月后将要发生的那场灾难全都没有一点预感。

李·哈维·奥斯瓦尔德越来越孤独了。他将家里的一间小贮藏室改成了书房，常常在里面写一些痛骂他周围世界的文字，而且他待人越来越凶，社区的人们开始惧怕他。

3 月 12 日，也就是林登·约翰逊在圣奥古斯丁演讲的第二天，奥斯瓦尔德决定购买他的第二支枪，他前不久买到的手枪还一直藏在家里。奥斯瓦尔德买的第二支枪是支步枪，是按照 1963 年 2 月份的《美国来福枪手》（*American Rifleman*）杂志上的广告线索购买的。这支枪由意大利曼利切尔—卡尔卡诺（Mannlicher–Carcano）公司制造，型号是91/38，最初是在二战中装备意大利陆军的。这支枪不是用来打猎的，而是用来杀人的。当过美国海军陆战队狙击手的奥斯瓦尔德当然知道这一点，他也很清楚如何对这支枪进行清洁、保养，以及怎样上子弹、瞄准，进而准确地击中目标。

既然1963年3月世界上发生了这样多的大事，那么，某个人通过邮购获得一支枪似乎不值一提。但事实上，当月没有什么东西能比这支19美元买来的意大利产来福枪对世界造成的影响更大了。

奥斯瓦尔德3月25日收到了这支步枪，玛丽娜抱怨说买枪的钱还不如拿来买食品，但奥斯瓦尔德很喜欢这支枪，他经常背着枪坐公交车前往一处干涸的河滩，向着大堤上的某一个点练习瞄准。

3月31日，玛丽娜正在后院往晾衣绳上挂尿布，奥斯瓦尔德大步走了进来，他黑衣黑裤，新买的手枪别在腰带上，他一手挥动着那支步枪，一手举着两份报纸。玛丽娜被逗乐了，奥斯瓦尔德让玛丽娜给他拍几张照片，他打算将照片寄给《工人》和《斗士》（*Militant*）杂志，以表明他正准备义无反顾地投入阶级斗争。

1963年4月6日，李·哈维·奥斯瓦尔德被杰格尔—奇利斯—斯托瓦尔公司解雇了，他经常在公司发表共产主义言论，把他的工友惹火了，于是他的老板宣称，他已经靠不住了。

1963年4月10日，奥斯瓦尔德认定，到了杀人的时候了。

10

1963 年 4 月 9 日

首都华盛顿

正午

　　我们的生命倒计时 7 个月的主人公正在同温斯顿·丘吉尔交谈。

　　约翰·菲茨杰拉德·肯尼迪此时站在白宫玫瑰园里，面对着一大群热情洋溢的与会者，而 89 岁的英国前首相丘吉尔通过卫星传输在他伦敦的家中正在观看这场仪式的直播。这场在玫瑰园举行的仪式旨在授予丘吉尔美国公民荣誉身份，这也是自拉法叶（美国独立战争中华盛顿麾下的法国将军）之后美国第一次将这一荣誉授予外国领导人。众所周知，丘吉尔在二战中以其特有的勇气激励了整个英国。

　　"作为美国的儿子和英国的臣民，"肯尼迪以这样的句子作为他开场白，因为丘吉尔的母亲珍妮·杰罗姆是美国公民，"他终生都是美国人民坚定不移的朋友。"

　　丘吉尔 51 岁的儿子兰多夫站在肯尼迪旁边，杰姬·肯尼迪站在丈夫的身后，玫瑰园站满了来自美国和英国的外交官和丘吉尔的亲朋故旧。总统的父亲约瑟夫在二战前担任过美国驻大英帝国大使，此时他正在白宫里坐在轮椅上观看直播，老肯尼迪两年前刚经历了一次中风。

　　但即使约翰·肯尼迪此时主持着这样一个美好的仪式，看着贵宾们为这位杰出的传说中的世界级政治家倾注着热情与微笑，肯尼迪本人的思绪并未远离另一个"丘吉尔"和另一场正在升级的战争。

最先派遣美军士兵前往越南阻止共产主义在东南亚蔓延的是德怀特·艾森豪威尔，之后是约翰·肯尼迪在就职总统后下令逐步向越南增派美军部队，他希望美军的存在能确保越南不会演变成共产主义国家，否则越南可能会触发多米诺效应，越来越多的亚洲国家将与西方为敌。

然而肯尼迪的愿望却跑偏了，原本屈指可数的美国"顾问"现在已经膨胀到了近1.6万名美军飞行员和士兵。美军飞行员在空中投下的凝固汽油弹消灭了大量的越共军队，而这些越共军队的敌人是美国支持的西贡政权。成千上万越共官兵死于美国人之手，还有成千上万朴实的越南农民也遭受到相同的厄运。"烧焦的孩子和婴儿的尸体堆积在一片狼藉的市场中间，让人心碎。"美联社在一次轰炸后发出了这样的报道。

美军飞行员每个月要在越南飞行数百架次。目前，美军飞机开始向越南丛林大规模播撒一种叫作"落叶剂"的化学物质，以期杀死可能藏匿越共士兵的所有植被。当然，许多农民的庄稼也因此颗粒无收。这种所谓的"焦土政策"将最终以多种方式转而成为美国的噩梦。

中央情报局也加入了在越南的战斗，许多特工被派往越南北方秘密进行侦察和破坏活动。美军直升机上的机枪手如果看到稻田里的农民吓得四散逃跑，他们可以肆意开火屠杀这些农民，美军认为，既然这些越南农民一看到树梢高度的休伊（Huey）直升机就逃跑，那么他们一定是敌人，实际上，这些农民往往是因为美军直升机突然侵入他们宁静的村子而惊慌失措。

约翰·肯尼迪认为，美国必须终结在越南的武装冲突，虽然他还没有准备好在公开场合表述这一观点。"我们在越南是不受欢迎的，"他不久后私下对获得普利策奖的美国记者查尔斯·巴特利特说道，"越南人仇恨我们，他们无论如何都要把我们赶出去。可是，我如果把那块地方让给共产党，美国人民可能就不会选我连任总统了。"

为了保证他能连任，肯尼迪不能也不会在 1964 年的大选之前将美军撤出越南，因为许多美国选民仍支持越战。肯尼迪希望现阶段能将美国的介入控制在一定程度。每天早晨，当他读取新闻简报时，总是在祈祷南越总统吴庭艳不要做蠢事或不负责任的事，否则越南局势可能会进一步恶化。

同肯尼迪家族一样，吴庭艳也是一个天主教徒，但他对天主教几趋狂热，这让他难以集中精力对付共产主义。此时，他正在两条战线上同时开战，第一条战线是打击越共，第二条战线是对越南人口中占大多数的佛教徒展开圣战。

可是，美国副总统林登·约翰逊竟然将吴庭艳吹捧为"亚洲的温斯顿·丘吉尔"，而且这个赞誉广为传播，肯尼迪兄弟对这个荒唐的吹捧非常生气。与丘吉尔本人完全不同，吴庭艳根本不是美国和美国人民坚定不移的朋友，他只关心自己的荣耀，是大屠杀的刽子手。

要不了多久，他的自恋会要了他的命。

在玫瑰园，肯尼迪结束了他的讲话，接下来讲话的是兰多夫·丘吉尔，他宣读了一份他父亲拟好的讲稿。"我们的过去是我们走向未来的钥匙，"丘吉尔这样说道，这样的演说词听上去让人觉得这位英国偶像与肯尼迪是非常相像的领导人，"不要让任何人低估我们的能量、我们的潜质，以及我们追求美好事物的不懈动力。"

但是，并不是每一个人都相信追求美好事物的不懈动力。

约翰·肯尼迪几乎没有任何暴力倾向，他不喜欢枪支，甚至痛恨打猎。李·哈维·奥斯瓦尔德则恰恰相反，此时，在达拉斯4月酷热的夜晚，奥斯瓦尔德躲在一条小巷的阴影里，他手中的新步枪瞄准了特德·沃克少将。沃克少将是个旗帜鲜明的反共人士。

此时，沃克少将坐在他达拉斯家中的书房里，正全神贯注于他1962年的报税单。沃克53岁，毕业于西点军校，私下里是同性恋者，公开场合以坚决反共而闻名。这一天是4月10日星期三，他刚刚结束了一次颇受诟病的全美旅行，此时独自在家。桌上的台灯是房间里唯一的光源，从一扇小窗子可以看到外面漆黑的夜色。通常沃克都会推开窗子让春天新鲜的空气进入房间，但今天的最高气温达到了创纪录的99华氏度，晚上9点仍旧很热，因此沃克关上窗子打开了空调。

李·哈维·奥斯瓦尔德的藏身之处距沃克只有40码远，他从他的意大利步枪瞄准镜中可以清晰地看到沃克的一举一动。空调发出的嗡嗡声掩盖了奥斯瓦尔德小心翼翼的动作发出的轻微声响，此时他就躲在沃克后院的篱笆墙外，但他的枪管已经伸进了篱笆墙。沃克家附近有一座教堂，周三晚上，邻居们恰好都在教堂里做周中期礼拜。

被压抑的工人运动的激情在奥斯瓦尔德的血管中荡漾，回到美国一年后，他更加为资本主义制度下的不公正而愤慨，这种愤慨足以让他杀掉任何公开叫嚣反对共产主义的人。

于是，他把这支崭新的来福枪的枪口对准了特德·沃克的脑袋。

这位前美军将军是奥斯瓦尔德最痛恨的人之一，18个月前，沃克对一位报社记者说，哈里·杜鲁门和埃莉诺·罗斯福（二战时期美国总统富兰克林·罗斯福的夫人）最像共产党，为此他被勒令离开美军，沃克选择了辞职而不是退休，这个举动表明了他的抗议，却使他丧失了养老金。从那以后，这位二战和朝鲜战争的老兵便投身于政治，他作为民主党人竞选了得克萨斯州州长，这本身看上去不免怪异，因为沃克在政治上表现极右，而且他的竞选在达拉斯人看来就更怪异了，因为达拉斯当时暴力事件频发，民主党人很少，他们大都也不愿公开自己的民主党身份。

结果，约翰·康纳利赢得了州长宝座，沃克在竞选人中排名垫底。接下来沃克去了密西西比，妄图阻止密西西比大学接收黑人学生，之后这所大学发生了骚乱，两人被杀，6名警察被枪击，沃克因其在骚乱中的表现被暂时送进了精神病院，还被联邦指控煽动骚乱。下令指控沃克侵害美国公民民权的正是鲍比·肯尼迪本人。

但奥斯瓦尔德关心的并不是民权，他想杀掉沃克是因为他订阅的共产党报纸《工人》将沃克定为了对事业的威胁，而且，沃克刚刚参加了一次名为"午夜行进"的行动（Operation Midnight Ride），旨在对普通美国人宣扬共产主义的可怕。沃克觉得，这次行动就如同独立战争爆发前保罗·列维尔所做的让美国人警惕英军的巡回宣传一样。在密西西比大学煽动骚乱后，虽然有鲍比·肯尼迪的干预，沃克竟然被密西西比的大陪审团宣布不起诉，这让奥斯瓦尔德下决心买了一支步枪。这支意大利来福枪到货后，奥斯瓦尔德经常坐着公交车去沃克家的周边踩点，他走过附近的每一条大街小巷，观察、记录和分析这里的地形，记下逃生的路线和教堂做礼拜的时间。奥斯瓦尔德还拍摄了几张这个街区的照片，在他4月6

日被解雇前在公司洗印了出来，他收集的所有情报都夹在了一本蓝色活页笔记本里。

奥斯瓦尔德知道沃克每天晚上大部分时间都会待在他的书房，而他家篱笆外的小巷距书房很近，想打偏都难。

晚上出门时奥斯瓦尔德并没有告诉玛丽娜他要去哪里，但在离家前他匆匆写下了一张便条，告诉她如果他被拘捕她应当怎么办。便条上还写了他近期都付过什么账，他给她留下多少钱，还有达拉斯拘留所的地址。为了确保玛丽娜能读懂上面的每一个字，这张便条是用俄语写的。奥斯瓦尔德把便条留在了他改装的小小书房的桌上，他告诫过玛丽娜不要进他的书房，但他知道如果他长时间不回家，她一定会进去看看的。

在那条小巷里，奥斯瓦尔德静静地瞄准了目标，沃克的左脸完整地出现在瞄准镜里，他黑色的头发紧贴头皮，因为瞄准镜具有望远功能，所以奥斯瓦尔德把沃克的每一绺头发都看得清清楚楚。奥斯瓦尔德过去从没有对真人开过枪，甚至没有在愤怒中开过枪，但在海军陆战队训练时，他每次练习瞄准都会练几个小时，而且这样的训练会持续几周。前不久，他刚刚在特里尼蒂河（Trinity River）的河床上勤奋地练习射击，大堤被当作了子弹的拦阻墙。然而可笑的是，一个密谋暗杀的人竟然会坐着公交车往返于练习场，实施暗杀时也要坐着公交车往返暗杀现场。但是，李·哈维·奥斯瓦尔德别无选择，因为他自己没有车。

坐在桌前的沃克专心地填写着报税单，奥斯瓦尔德深吸了一口气，然后慢慢将气呼出。他知道必须先吐气再击发，击发的时刻要控制在胸中的气恰好被吐尽的那一瞬，他还知道击发时要缓缓在扳机上加力直至临界，而不是突然扣动扳机。

奥斯瓦尔德在海军陆战队服役的时候极少认真地用来福枪打远靶，当他把子弹打飞后报靶人举起红旗，他还曾觉得很好笑。但如果他想认真打，他会打得非常好，因此他在陆战队曾被评定为神枪手。

　　此刻他想认真打一枪。

　　扣在扳机上的右手食指逐渐发力，一枪打出，仅仅一枪，他迅速转身飞跑，跑出了他最快的速度。

　　"我开枪打了沃克。"奥斯瓦尔德气喘吁吁地告诉玛丽娜，他迈进家门的时候是半夜 11 点半，玛丽娜之前已经读到便条了，她急坏了。

　　"你杀死他了吗？"她问道。

　　"我不知道。"他用俄语答道。

　　"上帝呀，警察随时会闯进来。"她大叫道。可是，她的担心没有道理，因为警察根本搞不清到底谁开的枪。"那你的枪怎么办？"她问道。

　　"埋起来。"

　　奥斯瓦尔德打开了收音机，想听听枪击沃克有没有成为新闻，与此同时，玛丽娜又害怕又焦虑，急得在房间里不住地踱步。筋疲力尽的奥斯瓦尔德终于倒在床上，一闭眼就酣睡过去了。

　　枪击沃克的事件成了第二天早上报纸和广播的大新闻。奥斯瓦尔德认真读了相关报道的每一个字，惊讶地得知他根本没有打中沃克。有目击者称他们看到两个男人开车逃离了现场，而达拉斯警方认定凶手使用的武器竟然是与奥斯瓦尔德的来福枪截然不同的另一种枪支。奥斯瓦尔德感觉自己一败涂地。他去杀沃克原本是想当英雄的，他希望自己与众不同，但是，不仅他把他一生中最好打的一枪打飞了，而且警察正在缉拿的是另外一个男人。警方之后估计，沃克书房厚厚的玻璃窗使奥斯瓦尔德的子弹偏离了预定弹道，子弹从距离沃克头部 3 英寸的空间飞过。奥斯瓦尔德来福枪上的瞄准镜具有望远效果，因此近距离的玻璃窗反而难以显现，也就是说，奥斯瓦尔德在瞄准和射击沃克的时候，他完全不知道在来福枪和目标之间还有一块玻璃。

但奥斯瓦尔德不在乎这些细节，他觉得比失败更可怕的是默默无闻。

3 天后，李·哈维·奥斯瓦尔德烧掉了他用来策划枪击沃克的活页笔记本。

沃克的住宅现在被 24 小时保护着，因此想要再次行刺的话几乎是不可能的。然而，玛丽娜知道她丈夫仍旧不稳定且存心要惹事，他对某些人的仇恨是真实而强烈的。

担惊受怕的玛丽娜提出了一个大胆的建议，她希望全家人都搬到新奥尔良去，她觉得警察随时可能来敲她家的门，在苏联长大的玛丽娜尤其惧怕警察，她想象警察会在半夜把他们全家拖走，然后一家人便永远消失了。

4 月 21 日是星期天，玛丽娜看到奥斯瓦尔德正准备出门，他把手枪别在腰带上，然后穿上西装。暴怒的玛丽娜质问她丈夫要去干什么。"尼克松来了，"奥斯瓦尔德说道，"我要去看看。"

作为前副总统，尼克松曾因叫嚣消灭所有的古巴共产党人而成为报刊的头条，同沃克少将一样，理查德·尼克松也是靠咒骂共产党来哗众取宠的。

"我知道你是怎么'看看'的。"玛丽娜说道，她丈夫说的去看看就意味着要去开枪杀人，显然奥斯瓦尔德需要自我救赎。

于是，玛丽娜展现了一个被逼到墙角的女人蕴藏的巨大能量，她将丈夫推进了家里狭小的卫生间，强迫他待在里面不让出来。接下来的整整一天奥斯瓦尔德成了妻子的囚徒。等他被妻子放出来的时候，夫妻两人都明白了，即便是为了奥斯瓦尔德着想，全家人也必须离开达拉斯。

在约翰·肯尼迪发表玫瑰园演说五天后，他和第一夫人正式对外宣布她怀孕了。自格罗弗·克利夫兰总统的夫人于1893年生育后，这将是70年来首次有在任总统的夫人生育。

美国人民对这一新闻的反应是热情和激动的，不仅仅是有些惊讶，因为虽然杰姬已经怀孕4个月了，但从她的身材上一点也看不出来。新生的婴儿将使用小约翰用过的婴儿床，白宫生活区将选一间小房间作为育儿室，并换上新的窗帘和地毯。

在时钟嘀嗒走过的每一秒，总统一家人都似乎沉浸于田园牧歌似的生活中，每件事都很顺心，每一天的阳光都比前一天更加明媚。想当年，亚伯拉罕·林肯的感觉则完全不同，由于承受着巨大的压力，林肯的双肩日渐下垂，他的脸庞也日渐瘦削和憔悴。今天，约翰·肯尼迪很享受他的工作，朋友们看出，他在总统职位上逐步成长，他在处理日常事务时总能展现出无尽的活力。

但是，美国在飞速变化，约翰·肯尼迪之后将不得不运用他艰难赢得的所有领导艺术和技能去对付很快就要到来的动荡时刻。自就任总统以来一直对他构成巨大挑战的那些麻烦——包括古巴局势、越南局势、黑社会、民权运动问题甚至还有他的私生活——都没有得到解决。

现在，这些麻烦仍蓄势待发，当1963年的夏天来临时，它们将被一一引爆。

11

1963年5月3日
亚拉巴马州伯明翰市
中午1点

"我们要前进，前进，前进。自由，自由，自由。"抗议者高唱着歌曲走出了十六街浸礼会教堂巨大的橡木大门。这一天是星期五，年轻的黑人学生们本应在学校上课的，但他们聚集在一起开始为民权而游行。他们中有些孩子还不到10岁，大多数人10来岁，他们有的是橄榄球选手、返校节皇后，有的是田径小明星和啦啦队员。大部分孩子穿戴漂亮，男孩子穿着衬衫和干净的裤子，女孩子穿着正装、扎着蝴蝶结。

游行的孩子们有一千多人，他们都是逃课出来的，其中有些孩子甚至爬过了紧锁的大门。他们的目标是体验一种他们的父母一生中从未体验过的东西——种族融合的伯明翰，也就是说，午餐柜台、百货商店、公共卫生间和饮水处都不再区分是白人使用还是有色人种使用。

《新闻周刊》将这样的游行队伍称为"少年十字军"，他们斗志昂扬，走过了一英亩大小的凯利·英格拉姆公园（Kelly Ingram Park）继续唱着"我们要前进，前进，前进"，他们是和平的，几乎仅仅是一次心灵上的游行，但队伍中的孩子们也传递着一丝悸动，因为他们此时的所作所为在当地是完全不合法的，可是他们仍旧在唱着，"自由，自由，自由"。

这些年轻示威者的计划是游行到白人商业区，然后和平地进入那里的商店和餐馆。前一天，有 600 多个黑人孩子因为这样做而遭到拘捕，其中最小的孩子只有 8 岁，但他们因此在全美赢得了"少年十字军"的称谓。然而，在一千英里远的华盛顿，司法部部长鲍比·肯尼迪公开抨击了组织孩子们游行的黑人民权运动领袖们，他说，"让在校的孩子们上街示威是非常危险的，我们不愿付出任何一个孩子受伤、致残或致死的代价。"

甚至美国最激进的黑人领袖之一马尔科姆·X 也对少年十字军颇不以为然，他认为："真正的男人是不会让他们的孩子上前线的。"

但这些孩子们愿意上前线，许多人是不顾家长的反对前来的，没有什么能阻止得了他们。他们知道，如果他们的妈妈和爸爸上街游行抗议的话，他们会被拘捕，继而他们可能失去工作，家里至少要失去几天或几星期的生活来源。

孩子们知道这次游行不仅仅是为了共用厕所，这次游行意味着挑战。4 个月前，亚拉巴马州新州长乔治·华莱士在就职前几天已经将态度挑明："我将把种族问题当作亚拉巴马州政治的基础，我还将把种族问题当作全美政治的基础。"之后，在他的就职演说中，他宣称："我站在杰斐逊·戴维斯（美国南北战争时期南方邦联的总统）的讲台前对我的人民宣誓。今天，在这个南方邦联的摇篮、在伟大的盎格鲁-撒克逊人的南方的心脏，我们敲响了自由的战鼓……让我们迎接我们身体中热爱自由的血液的召唤……以那些来到过我们这片土地上的伟大人物的名义，我郑重地向暴政写下战书，我的战书是：今天种族隔离，明天种族隔离，种族隔离直到永远！"

这个演讲是对黑人和呼吁种族平等的白人的一份战书。于是，小马丁·路德·金牧师早春时节来到伯明翰参加民权斗争，伯明翰的黑人领袖们由于担心引来白人政府的报复，告诉金牧师他们不希望他进城。金牧师公开嘲笑了他们的担忧，并暗示他们是胆小鬼，希望以此刺激他们加入斗争。

但是，尽管金牧师和他的挚友拉尔夫·阿伯内西尽了最大努力，伯明翰的斗争在一周前渐趋停顿。在连续几个月的示威和拘捕之后，美国媒体逐步对此失去了兴趣，也再没有钱来支付几百个被拘押者的保释金，示威的规模日渐减少。以伯明翰公共安全专员"公牛"尤金·康纳为头子的隔离主义者已接近胜利。65岁的康纳曾是三K党成员，他非常享受这样的种族斗争，而且他一想到将要黑人们限制在"他们该待的地方"就异常兴奋。

5月2日孩子们的第一次游行改变了康纳的计划，2日的游行结束后，数千个孩子聚集在第六街浸礼会教堂聆听小马丁·路德·金牧师的演讲，金牧师赞扬了孩子们的勇气，并且发誓示威要继续。"我们做好了谈判的准备，"他对媒体说，"但我们的谈判将以实力做后盾。"

但是，公牛康纳还有别的手段。

"我们要前进，前进，前进。自由，自由，自由。"

少年十字军走到了凯利·英格拉姆公园的榆树下，此时的气温是80华氏度，孩子们感觉湿热。在前方，他们忽然看到了障碍物和几排消防车，被警察训练来攻击嫌犯的多条德国牧羊犬正向着越走越近的孩子们狂吠或是低吼，在公园东头还有巨大的人群，有白人也有黑人，他们想看看究竟会发生什么。当孩子们唱起《我们将战胜一切》（*We Shall Overcome*）这首歌时，一些成年黑人在对警察发出嘲笑。

在游行队伍出发前，小马丁·路德·金在教堂前对孩子们讲了话，告诉他们拘留只是为正义事业付出的微小代价。孩子们知道不能对警察还手，否则会引发对抗，如果游行转变成一场骚乱，他们的努力也就白费了。

"公牛"康纳不愿让眼前的这些孩子们进入白人商业区，他已经命令伯明翰的消防队员们将水管接上消防车，随时准备对准游行的人群将水枪开到最大。开到最大的消防水枪威力是可怕的，用它可以揭去大树的树皮，也可以冲掉建筑物上的石灰。假如游行队伍走到商业区再弹压的话，消防水枪可能会破坏昂贵的商店门面，因此，必须马上叫停他们。

走在队伍最前面的孩子们突然遭遇了一半强度的消防水柱，但这样的强度已经足以阻止他们前进了，有的孩子于是就地坐下，忍受着水柱击打在他们身上的痛苦，因为他们接到的指令是不要反抗，也不要退却。

意识到半强度的水柱无法阻挡这些坚决的孩子们，康纳下令将水枪开到最大，孩子们顷刻间被水柱弹了起来，许多孩子被冲到了街道尽头或人行道上，一个个未成年的身体在草坪和水泥地上翻滚着，衣服被从他们身上一片片地撕去。那些试图靠在墙上以防被水柱击倒的孩子们旋即成了最脆弱的目标。"溅在身上的水就像鞭子一样，如果被水柱直接射中的话就像是挨了炮弹，"一个亲历的孩子之后回忆说，"水柱碰到你的时候就好像你只有 20 磅重，人群都变成了玩具娃娃被冲得七零八落，我们都想扒住建筑物，但根本没用。"

这时，康纳下令放出了警犬。

一只德国牧羊犬的双颚有 320 磅的咬合力——相当于大白鲨或狮子咬合力的一半，但德国牧羊犬的个头比这些捕食者小得多，因此，如果计算单位体重的咬合力，伯明翰的这些警犬是无与伦比的。

"公牛"康纳满心欢喜地看着这群德国牧羊犬冲向孩子们，扯掉他们残存的衣服，进而大口撕咬着他们的皮肉。康纳是个大腹便便的秃头男子，戴着眼镜，看上去挺温和，但实际上他内心邪恶，种族思想比州长华莱士更有甚之。此时，康纳觉得还有些不过瘾，他命令警察将障碍物移开，好让伯明翰的白人市民们将警犬咬孩子这一幕看得更清楚些。

到下午 3 点，一切似乎都结束了。那些没有被拘捕的孩子们一瘸一拐地回了家，他们的身上挂着湿透的残破的衣服，皮肤上现出一块块被水柱击打出的青肿。此刻，他们已不再像中午那样雄心勃勃了，他们只是一群面对生气的父母的无辜孩子，需要对他们身上残破的衣服和旷课的一天做出解释。

这一回，"公牛"康纳又赢了。

或至少看上去他又赢了。

但是，这天下午在伯明翰围观的人群中有一位美联社摄影师，他叫比尔·哈德森。作为美国最优秀的摄影师之一，他不顾一切危险希望能拍到一张出色的照片。他曾在朝鲜战争的战场上冒着弹雨拍摄，也曾多次在民权运动中躲避着纷飞的砖头拍摄。

这一天在伯明翰，比尔·哈德森拍下了他一生中最有影响的一张照片。当然，这张照片是黑白的，他拍摄时距照片中的主人公只有 5 英尺远，照片的正中是一个伯明翰警察——看起来是个警官，穿着浆挺的衬衣，打着领带、戴着墨镜——他正指挥他的德国牧羊犬向着黑人高中学生沃尔特·加兹登的胃部狂咬。

第二天早上，这张照片出现在了《纽约时报》头版上半部，占据了三个专栏的宽度。

这张照片激怒了约翰·肯尼迪，那天早上他刚一起床就看到了《纽约时报》上这张醒目的照片，肯尼迪非常厌恶这张照片，他之后对记者们表示，这张照片是"恶心"和"可耻"的。

仅仅看了这张照片一眼，约翰·肯尼迪便从直觉上意识到，美国和全世界都将被哈德森的这张照片激怒，民权问题将成为1964年总统大选中的一个主题，肯尼迪明白，他再也不能对民权运动袖手旁观了，他必须表明立场——不管这将让他在大选中丧失多少南方的选票。

与此同时，小马丁·路德·金的威望日渐高涨，不久后，得益于"少年十字军"的巨大付出，伯明翰的对峙将像他期望的那样得到解决。在"公牛"康纳最初的"胜利"后，公众的压力使亚拉巴马州政府难以承受，因此变革也就成了大势所趋。

尽管小马丁·路德·金获得了胜利，但他的目的与约翰·肯尼迪的所思所想并不一致，甚至他们是意见相左的。

民间抗议此时并不仅仅局限于美国民权运动。

在伯明翰的少年十字军以和平方式游行到水枪与警犬面前5天之后，同时也是一位美国陆军中尉在西贡郊外被越共杀死两天之后，一大群佛教徒会聚在了南越城市顺化，这一天是1963年5月8日，佛祖2527岁诞辰。

示威者们来顺化是为了抗议南越总统吴庭艳刚刚推出的一项法

律，这项法律规定在南越悬挂佛教旗帜为非法。吴庭艳非常渴望将他的国度变为一个天主教国家，而他实施这一愿望的重要手段便是系统化地对国内占大多数的佛教徒进行压制。吴庭艳的政府不允许信佛教的官员升迁，同时默许天主教牧师组织教派武装抢劫和破坏佛教徒们膜拜的佛塔。肯尼迪总统一直支持吴庭艳政权，但后者反佛教的立场是与美国的外交政策背道而驰的。为了让美国政府支持他的宗教圣战，吴庭艳坚称佛教和共产主义是一回事——这个论调同联邦调查局局长胡佛认定的所谓"民权是共产主义的代名词"具有异曲同工之妙。

这一天，当3000多手无寸铁的佛教示威者刚刚聚集在香江附近，警察和军队就向人群开了枪，枪弹和手榴弹驱散了人群，致使1位妇女和8名儿童死亡。

为了平息公众的愤怒，吴庭艳指责越共制造了这场屠杀，尽管人们都看到凶手是南越的警察和军队。然而，吴庭艳拒绝惩办凶手，这使南越的"佛教危机"进一步升级。

整个5月，南越局势的动荡都在加剧。正如伯明翰的"公牛"康纳一样，吴庭艳暂时掌握着主动权，民众一时间对他的恐怖统治无可奈何。6月3日，政府军再次在顺化镇压了示威的佛教徒，催泪弹和警犬被用来驱散人群，但不愿离去的人群又一次次地聚集起来，示威演变成一场骚乱，佛教徒们对政府军大骂粗口，最后南越军队对那些坐在街头祈祷的佛教徒泼洒一种不知名的红色液体，结果，17位男女教众因烧伤头皮和肩膀被送往医院。

之后，为了更严密地控制佛教徒，吴庭艳的政府军宣布在整个顺化市实施戒严。

正如伯明翰的民权运动在少年十字军出现之前渐感乏力，南越的宗教危机也让驻当地的外国记者逐步失去了兴趣，吴庭艳对佛教徒的迫害几乎成了旧闻。

但是，1963 年 6 月 11 日，一位 66 岁的僧人将成为这些外国记者报道的中心人物。

将近上午 10 点钟的时候，释广德在熙熙攘攘的西贡大街上坐了下来，他的身上披着一件飘逸的藏红花袈裟。释广德是一位受戒的佛教僧人，平日恪守佛教清规，这天上午，他选择用自焚的方式抗议政府对他信仰的镇压。

释广德的决定并非一时冲动，之前，南越的佛教界一直在寻找一位能够以自焚来吸引世界注意的僧人，这样一种惊人的举动势必会让全球的媒体争相报道。实际上，一天前，外国记者就被告知，如果他们第二天想看到一些非同寻常的事情，请在柬埔寨使馆门前等候。

但接受邀请的记者不多，因此，第二天上午当一辆灰色的奥斯汀轿车缓缓开到潘廷逢大道和黎文悦街的十字路口，几乎还没有外国记者到场。跟随灰色轿车行进的是 350 位佛教示威者，他们举着小旗子，旗子上用越南文和英文写着抗议吴庭艳政府的词句。

奥斯汀轿车停在了十字路口，释广德迈出车门，一边整理了一下他的袈裟，一只蒲团已经放置在街口了，这位高僧从容地坐了下去，两腿相盘，口中开始一遍遍地吟诵"南无阿弥陀佛"。

释广德是自愿走入这个境界的，一个同行的示威者将 5 加仑的汽油倒在了他的头顶，汽油淋湿了他的袈裟，继而流到了他身下的蒲团上，直至蒲团被完全浸透。

示威者聚在释广德的周围围成了一个圈子，以防警察的干预。

释广德一手握着一串橡木念珠，一手拿着火柴。

释广德点燃了火柴。

已经无须将点燃的火柴贴近身体了，因为挥发的汽油已足够让释广德的身体陷入烈焰之中。透过火焰，人们可以看到他的脸因剧痛而扭曲，但他没有叫喊，甚至连呻吟都没有。他的皮肤渐渐变黑，双眼紧闭，但时间一分钟一分钟地过去了，他仍然没有死去。

警察无法上前，因为他们被围成一圈的示威者挡住了，当一辆救火车试图开上前去，一些僧人迅速躺倒在车轮下阻止救火车的前行。

终于，经历了10分钟的巨大痛苦后，释广德的身体向前倒下，他死了。

与释广德同行的僧众将他烧焦的遗体放进了带到现场的棺材中，但由于他的遗体已经僵硬，竟难以放入其中，在僧众们抬着棺材前往舍利塔的路上，释广德的一条胳膊一直伸在棺材外面。之后，僧众们发现，虽然历经烈火焚烧，但释广德的心脏却基本完好，于是，僧众们将这颗心脏移出了他的胸腔，放入了一只玻璃圣杯中保存。

在以后的几个月中，又有数位僧人以同样的方式牺牲，然而一位南越官员竟然对记者说："让他们去自焚吧，我们鼓掌好了。"

如同在伯明翰的形势发展一样，释广德自焚的那一刻标志着西贡政权开始走向他们的末日，而且，这一回同样是一张美联社的照片改变了事态进程。

马尔科姆·布朗当时是美联社驻西贡分社的社长，也是见证了释广德自焚的少数几位记者之一，他拍摄到的这张僧人自焚照片让全世界的人感到了恐怖。而且，同比尔·哈德森拍到的那张警犬撕咬无辜示威者的照片一样，这张照片也成了20世纪60年代影响最持久和最经典的照片之一。

而且同样，约翰·肯尼迪在清晨看报纸的时候被这张照片吓了一跳，他立即意识到越南局势升级了，他不能再支持吴庭艳了，在这样一张可怕的照片面前，全世界愤怒的目光都会转向吴庭艳。

吴庭艳必须下台。

现在约翰·肯尼迪面临的问题是，怎样让他的这位天主教教友下台。

5月29日下午5点45分，在华盛顿，肯尼迪总统刚刚在椭圆办公室结束了一连串的会议，可是他的勃艮第领带仍是紧紧地贴在胸前，他那身定制的深蓝色西装看上去仍像中午午睡后刚穿上时那样一尘不染。现在，肯尼迪需要前往"海军会所"，海军会所需要从椭圆办公室下一层楼梯，他缓缓地从书桌旁站了起来，同时舒展了一下背部，然后开始出门下楼梯。

总统对即将出现的情景没有什么悬念，今天是他46岁生日，刚才他的随员们突然消失了，这让他猜到他们肯定已经在海军会所为他准备了惊喜派对。

即使是在欢庆的时刻，对世界局势的种种担心也从未远离肯尼迪的双肩。就在他走向自己的生日派对时，第三种危险似乎正缓缓向他逼近。这种危险同种族、信仰或战争无关，但它却关乎人们最初级的欲望：性。然而，这种危险却比伯明翰和越南更有可能提前终结他的总统任期。

肯尼迪早就知道，他的风流韵事一旦被披露，不仅会毁掉他精心打造的顾家男人的形象，而且还会掀翻他的宝座，现在，并不遥远的大英帝国为他提供了这样一个生动的范例。约翰·普罗富莫，

162

一位精悍的英国战斗英雄和政治家，被发现同一个 21 岁的应召女郎克里斯蒂娜·基勒有染。普罗富莫是位已婚男士，而他的妻子、前电影明星瓦莱莉娅·霍布森选择宽恕他。如果普罗富莫是别的什么人，那么这个不愉快的故事便可以结束了。然而约翰·普罗富莫是英国的国防部长，哈罗德·麦克米伦首相麾下的重臣，而且，克里斯蒂娜·基勒不仅上过这位国防部长的床，还同苏联驻英国的一位海军武官不清不楚。当普罗富莫首次在英国下院就婚外恋情接受质询时，他矢口否认同基勒有不正当的关系，但到了 6 月 5 日，他不得不承认上一次他说了谎。普罗富莫最终颜面尽失，曾经的同事与他形同路人，他也不得不辞去部长一职。

普罗富莫从政府和上流社会消失了，但他的羞辱并没有结束，他将选择一种极端的手段完成自己的救赎。之后，他一直自愿在伦敦的一家贫民救助站清扫厕所，这种苦役式的修道他持续了几十年，即使是在 1975 年伊丽莎白女王恢复了他的社会地位，任命他为英帝国指挥官之后，他仍没有停下他的清洁工作。

麦克米伦首相完全没有理由为他的国防部长的丑闻负责，但假如普罗富莫不经意间向他的情人吐露了任何国家机密，首相将承担最终的责任。此时，有 71% 的英国公众支持麦克米伦辞职或是立即举行大选选出一位新首相。

约翰·肯尼迪对普罗富莫丑闻格外关注，他本人与普罗富莫有太多的相似之处：两人年龄相近，都有一位魅力过人的妻子，还都是立过功的二战老兵，甚至两人的昵称都是杰克。

然而，肯尼迪在拈花惹草方面远非普罗富莫可以望其项背，也就是说，肯尼迪比那位英帝国的国防部长滥情得多，到目前为止，肯尼迪一直非常幸运，因为还没有哪个女人站出来吹嘘她和总统睡过觉，也没有证据说明与他在白宫共度良宵的哪个女人是间谍。但正如他弟弟鲍比提醒的那样，只要有一个女人向小报记者爆料便可以产生无法想象的后果，其危害将比玛丽莲·梦露临死前在好莱坞散布小道消息可怕得多。

然而，杰姬这次怀孕已经让约翰·肯尼迪比以往任何时期都更加钟情于他的妻子和孩子们，随员们经常可以看到总统和第一夫人手拉着手，他们在一起的时间比过去要多得多，而杰姬则知道，总统每晚会跪在地上虔诚地祈祷。在3月份，特工处的特工们还无比惊讶地看到，肯尼迪本人竟然来机场迎接旅行归来的杰姬、卡罗琳和小约翰。"总统的确很想念他的家人，非常渴望见到他们。"特工克林特·希尔后来写道。

随着杰姬因怀孕而体形渐变，肯尼迪一家越来越多地前往戴维营过周末。戴维营位于马里兰州，是总统专用的度假地，德怀特·艾森豪威尔以他孙子的名字将其命名为戴维营。戴维营地处凯托克廷山脉（the Catoctin Mountains）中，森林茂密，营地中有数英里长的小路可以用来散步，总统住的宽大别墅名叫"阿斯彭小屋"（Aspen Lodge），戴维营中还有一块巨大的草坪、一条行车道、一套双向飞碟射击设施、一个马厩和一个能够加热的室外游泳池。整个戴维营以铁丝网封闭，由海军陆战队负责警卫。戴维营对肯尼迪一家最难得的好处是，它是世界上仅有的几处无须特工们提供昼夜贴身守护的地方，毕竟，海军陆战队已经足够保护第一家庭了。

肯尼迪走进海军会所的那一刻，是杰姬带头唱起了"生日快乐"歌，肯尼迪装出一副惊讶的表情，接过了递上来的一杯香槟，随后，他的随员们围过来送上了一件件搞笑的礼物。

杰姬为丈夫的生日还做了更新奇的安排，生日派对很快从海军会所移到了总统游艇"红杉号"（*Sequoia*）上，当然，只有家人和少数几位亲友受邀上艇。游艇在波托马克河（the Potomac River）上游弋着，静静的生日派对变成了一次热闹的欢聚。1955年的唐培里侬香槟流淌着，船尾沙龙的一个三人小乐队演奏着欢快的音乐。扭扭舞已经过时了，但这是总统的最爱，因此小乐队演奏了一支接一支恰比·却克的曲子。特工克林特·希尔后来回忆说，他之前从未看到过约翰和杰姬·肯尼迪有这么快乐，"他们跳扭扭舞、恰恰舞，以及所有他们会跳的舞"。

红杉号上的派对原定是10点30分结束的，但约翰·肯尼迪太高兴了，他命令游艇再开一个小时，然后又是一小时，接着又一个小时，其间，河面上已是雷雨交加，鲍比、埃塞尔、泰迪和其他亲友都躲进了舱内。

红杉号最终靠岸时已是凌晨1点20分，华盛顿已经在沉睡了。约翰和杰姬·肯尼迪沐浴在属于这个非凡夜晚的浪漫之中。伯明翰、越南和普罗富莫在接下来的早晨仍会困扰总统，但此时它们似乎很遥远。

我们的仅有6个月生命的主人公也许对这个夜晚并没有细细品味，但他最亲近的人们都觉得，他最后一个生日是他最快乐的一次。

12

1963年6月22日

首都华盛顿

接近中午

"你知道普罗富莫的事情了吗？"约翰·肯尼迪向他的客人

165

问道。

肯尼迪总统与小马丁·路德·金并肩走在白宫玫瑰园中，这是他们两人第一次见面，肯尼迪比身边这位 5 英尺 6 英寸高的民权领袖高出很多。这一天是星期六，从这一天开始，白宫将同一些大型商业集团探讨如何资助民权运动，因此，双方有一系列的会议要开。几个小时后，总统将登上空军一号飞往欧洲，从而暂时把种族炼狱抛在身后。白宫事务将留给林登·约翰逊和鲍比·肯尼迪掌管，而他们两人的仇怨已达到了历史最高点。

在肯尼迪离开美国之前，他有句重要的话要对金牧师讲。联邦调查局胡佛局长已向总统提供了充分证据，证明眼前这位民权领导人与刚刚闹出丑闻的英国政客约翰·普罗富莫有着一样的毛病。

用短短几句话，总统提醒金牧师要聪明一些，控制好自己的性冲动。

其实这话对总统本人也同样重要。

约翰·肯尼迪已经决定运用总统职权支持民权运动，但他这样做多少有些不情愿。肯尼迪没有黑人朋友，和他最相关的黑人是恰比·却克，因为他很喜欢这位黑人的舞蹈。在约翰·肯尼迪的世界里，黑人首先是男仆、厨子、侍者和保姆。他的先辈是来自爱尔兰的穷移民，但他们迅速利用美国自由的市场为自己积累了财富。现在，约翰·肯尼迪觉得享有各种特权是理所当然的，尽管一代又一代黑人的孩子们根本无法获得平等的机会。

鲍比·肯尼迪是他哥哥采取新立场的主要推动者，鲍比在推动民权运动时如此热心而不遗余力，以至于他的名字在南方已经被一些人诅咒。约翰·肯尼迪最终明确支持黑人，这也是鲍比的胜利。

1963 年 5 月是个考验民权运动的月份，亚拉巴马州的种族主义州长乔治·华莱士不断挑起事端，结果在伯明翰发生了一次接一次的对峙，斗争正日趋激烈。6月11日，在成功确保了亚拉巴马大学接收黑人学生之后，肯尼迪总统就民权运动对全美发表了一次主旨电视讲话，这次演讲的稿子是匆匆写就的，有些部分还是肯尼迪在摄像机前临场发挥的，但之后他将这次演讲认定为他最出色的演讲之一。在演讲中，他承诺他的政府将尽其全力结束种族隔离，同时他还呼吁国会"通过立法，使所有美国人都有权享用任何公共设施"。

就在第二天，民权活动家梅加·埃弗斯在密西西比州他自家门前的车道上被枪击身亡。

然而，种族融合此时在美国并不仅仅意味着要做正确的事情。约翰·肯尼迪对公众的承诺有着深远的双重含义。例如，一些美国人将民权等同于共产主义，而在东西方如此激烈对峙的冷战中，肯尼迪最不愿被当成共产党或黑人的同情者，但他知道，在南方腹地，许多人恐怕已经给他这样定性了。

况且，目前还有小马丁·路德·金的滥情问题，这在民权运动中几乎已是公开的秘密了。金牧师一个月中的大部分时间不在家过夜，他的妻子科丽塔知道不应该过问丈夫的行踪。根据联邦调查局的监控和金牧师的好朋友拉尔夫·阿伯内西的旁证，同金牧师上床的有妓女、随从甚至有夫之妇。当被朋友问及时，金牧师并不否认他不检点，他解释说，在斗争激烈的时段，他每每会感觉非常孤独，因此他需要用性来解压。1968年，金牧师遇刺身亡，又过了将近十年，联邦调查局封存了关于金牧师私生活的档案，解封的日期为2027年。

因为联邦调查局的局长胡佛认为金牧师是共产党，所以联邦调查局在过去一年半的时间里一直监听他的电话，并在他入住的汽车旅馆房间中放置窃听器。胡佛非常渴望让金牧师身败名裂，他将金牧师形容为"一只具有返祖特征的性饥渴的公猫"。胡佛对金牧师成为《时代周刊》1963年新闻人物非常愤怒，而之前肯尼迪是该周刊1961年新闻人物，约翰逊将是1964年新闻人物。胡佛局长花了几个小时的时间亲自收听金牧师的窃听录音，之后他向总统和司法部部长汇报了录音的主要内容。杰姬·肯尼迪本人认为金牧师是个骗子，她之后回忆说，总统曾向她吐露过那些录音的内容，金牧师"招来所有的女孩，为他的男女手下和朋友们安排派对，我是指那种在宾馆可以做任何事的狂欢派对"。

金牧师最伤风败俗的一段录音是1964年1月6日被收录于首都华盛顿的威拉德（Willard）饭店，泰勒·布兰奇在他的《火柱》（ *Pillar of Fire* ）一书中记述道，金牧师在录音中说道："我是为了上帝而上床，今夜我不是黑人！"

约翰·肯尼迪根本不在乎金牧师搞的这些把戏，这位名人的私生活只关乎他自己，但是，肯尼迪已参与了民权运动，不管他愿意不愿意，他与小马丁·路德·金已经被绑在了一辆战车上。

实际上总统是勉为其难的，他与金牧师的联盟有悖于他自身谨小慎微的政治基因，两个人在许多方面是不能相融的。肯尼迪在他生活中的某些方面有时不免冲动，但面对大选他肯定是审慎和小心的。金牧师对婚姻的不忠、他可能存在的对共产主义的同情以及对民权不顾一切的追求都将构成肯尼迪与金牧师政治联盟的巨大风险。即使此刻两人在相对私密的玫瑰园散步时，金牧师也让肯尼迪冒汗。"他真是炙手可热，"无可奈何的肯尼迪在金牧师到来前对鲍比说，"让人感觉就像卡尔·马克思要来访问白宫一样。"

小马丁·路德·金当然不会对总统的焦虑掉以轻心，实际上，他还想再烧上一把火。金牧师此时正计划 8 月份在首都的中心位置组织一场声势浩大的游行示威，把民权斗争从南方腹地带到椭圆办公室的视野之内。"那么如果他们在华盛顿纪念碑前撒尿怎么办？"听到金牧师透露出这个消息，担惊受怕的肯尼迪问道。

总统的发问表明了一个尴尬的事实，同古巴导弹危机不同，甚至与失败了的猪湾行动也不同，约翰·肯尼迪对民权运动几乎无法直接掌控，小马丁·路德·金则处于这场斗争的前线，在取得伯明翰的胜利之后，金牧师成了运动的领导人——这是他们两人心照不宣的事实。

现在，肯尼迪很想收回一些权力。"我估计你知道你的一举一动都在监视之下。"他警告身边的这位民权领导人。

金牧师并不知道这一点，但他努力表现得泰然自若。金牧师身材滚圆而肯尼迪身材挺拔，前者的个子也比后者矮了不少，他们两人的成长经历迥然不同，但是，金牧师和总统一样受过良好的教育、读过很多书，而且同样睿智，更重要的是，金牧师不是凭着巴结白人走到今天这一步的。

金牧师对肯尼迪的警告付之一笑，这样一来总统更加焦虑了。

但空军一号已经在机场等候了，这将是肯尼迪自古巴导弹危机后第一次出访欧洲，冷战的火药味依旧很浓，肯尼迪将从一个政治泥潭跳向另一个政治泥潭。

在他出发之前，他需要确认金牧师已经明白了问题的关键所在。

面对金牧师的躲闪，肯尼迪决定用普罗富莫的丑闻提醒对方：总统与金牧师的政治联盟是多么的脆弱。

肯尼迪在同别人谈话时常常语焉不详，这种外交式的谈话旨在让对方自己去参悟，但此刻，他不得不对金牧师单刀直入了，肯尼迪的话明白无误：金牧师必须断绝同共产党的关系，同时要检点他的私生活。

"你必须把握好你的事业，"总统继续警告说，他的目的明确得不能再明确了，"如果他们把你放倒，我们也会受到牵连的，所以，你要小心为上。"

美国总统把该说的都说清楚了，他已经没有时间了，于是他结束了两人的对话，前往飞机场。

小马丁·路德·金还有 5 年的生命。

约翰·菲茨杰拉德·肯尼迪还有整整 5 个月。

与此同时，争夺白宫的战斗打响了。

这天下午，内阁室的会议马上就要召开，肯尼迪总统已经在飞往欧洲的路上了，他最重要的部长们几乎也都随他同行。林登·约翰逊和鲍比·肯尼迪留下来出席 22 日下午这场有关民权运动的会议。

主持会议的是林登·约翰逊，总统临走时出人意料地让他主持会议，否则总统担心林登和鲍比会闹起来。于是，约翰逊副总统坐在了内阁室长会议桌边正中的位置，这也是总统平时坐的位置。在一圈高背椅中，约翰逊坐着的这把椅子尤其高耸，表明座位上的人是权力的中心。鲍比·肯尼迪坐在会议桌的一头，还有 29 位民权运动领导人挤在了这间不大的内阁室里，椅子不够，不少人不得不在墙边站着。不言而喻的是，内阁室里过去从未出现过这么多黑人面孔。

对于鲍比·肯尼迪和林登·约翰逊来说，这是一个对外界展示到底谁是老板的绝好机会。

副总统用来证明自己的方式是演说，他试图通过讲话对与会的民权领导人证明他是他们的坚定同盟。当总统主持会议的时候，约翰逊总是尽可能不讲话，虽然他本人也非常喜欢演讲。但现在是他在主持会议，于是他开始了对民权运动无休止的颂扬，自从在圣奥古斯丁演讲以后他便一直对民权颇为热衷，之后在这一年的阵亡将士纪念日，约翰逊在宾夕法尼亚州的葛底斯堡（Gettysburg）旧战场演讲时再一次倡导了民权。

那一次演讲获得了巨大成功，当时是 5 月底，他演讲的影响几乎给予了他同肯尼迪兄弟竞争民权运动领导权的资格。回到华盛顿后，约翰逊请求"同总统单独会谈 15 分钟"，以便夯实他取得的成功，肯尼迪同意了他的请求，约翰逊于是利用这次谈话进一步将他自己楔进了民权斗争的前沿。

林登·约翰逊在内阁室没完没了的演讲让鲍比·肯尼迪很不痛快。民权本是他的事业，主要得益于他的坚持，他的哥哥才得以加入。鲍比不仅希望约翰逊退出民权运动，他还希望约翰逊干脆退出白宫。随着约翰逊在南方政治影响力的迅速衰落，1964 年的大选肯尼迪兄弟可能已不再需要他来陪衬了，肯尼迪很有可能赢得加利福尼亚州，加州有 32 张选举人票，这样假使丢掉约翰逊家乡得克萨斯州的 25 张选举人票也无关大局了，更何况，越来越多的证据表明，约翰逊在他的家乡州已风光不再，因此即便仍旧提名约翰逊做副总统，得克萨斯可能还是保不住。

现在，已经有人提议采用肯尼迪兄弟组合参加 1964 年的总统大选。

基于以上形势，坐在会议桌一端的鲍比根本不惧怕约翰逊——甚至他已经大胆到了粗暴的程度。

年轻的司法部部长屈起一根手指招呼路易斯·马丁过来，马丁是一家黑人报纸的出版人。"我还有个会，"马丁凑过来后，鲍比小声对他说，"你能去告诉副总统让他讲短点吗？"

马丁吓了一跳，他知道这两位大人物脾气都不小，于是他乖巧地退回了他原来站立的地方。

鲍比却没有浪费一点时间，他再次招来了马丁："你没听到我跟你说告诉副总统闭嘴吗？"

现在马丁别无选择了，他欠鲍比一个人情——一个很大的人情。1960年，当路易斯·马丁的好朋友小马丁·路德·金因民权示威被关进了拘留所，鲍比给金牧师的妻子科丽塔打了一个慰问电话，借以表示对金牧师事业的支持，当然，这个电话对肯尼迪兄弟也颇有益处，为肯尼迪的总统竞选赢得了不少黑人选票。

整个内阁室都装不下马丁的不安，室内的每个人都知道麻烦要来了。林登·约翰逊此时正在白宫的最高讲坛上演讲，可鲍比已经两次把50岁的马丁叫到他的身边。

马丁本人有着很高的威望，后来他还被誉为"黑人政治的教父"，因此被鲍比呼来喝去的并不是一个小小的喽啰，而是一个众所周知的人物，而且，大家都意识到司法部部长在对马丁小声发火。

马丁小心翼翼地绕过许多个人和许多把椅子，林登·约翰逊装作没有注意到——尽管他什么都看到了。

马丁蹑手蹑脚地前进着，他的步子很慢，但所有的人都注视着他。

林登·约翰逊继续说着，似乎任何反常的事情都没有发生。现在，大家的目光回到了他的身上，因为路易斯·马丁终于站在了他的身后。

马丁弯下腰去，将他的嘴唇贴近了约翰逊的耳朵，而约翰逊仍没有停止讲话。

"鲍比要走，他想早点结束。"马丁小声说道。

约翰逊转过脸来，他的双眼直视着马丁的双眼，副总统的目光是冰冷的，但即使如此他嘴上仍没有停止演讲。

实际上，让鲍比·肯尼迪大怒的是，接下来林登·约翰逊又讲了15分钟才住口。

这场争夺白宫控制权的斗争不仅关乎总统去欧洲的10天由谁做主，而且关乎谁将成为1964年总统大选中肯尼迪的搭档。在林登·约翰逊讲话期间，鲍比的所作所为让每个人都知道了谁才是真正说了算的人。

鲍比·肯尼迪打赢了林登·约翰逊，约翰逊对这一点看得越清楚，他就越发难过。结果，与前一段逐渐消瘦的趋势相反，约翰逊由于悲观失望，在整个夏天里越来越胖，脸上也出现了不少斑点，让人怀疑他在酗酒。

就这样，肯尼迪兄弟把曾经自认为是华盛顿最无所不能的政治掮客逼得最无计可施。

李·哈维·奥斯瓦尔德在1963年的夏天里热衷于做两件事，读书和睡觉。

6月份，他在新奥尔良市的赖利咖啡公司（Reily Coffee Company）当维修工，虽然有这份工作，但他仍领取失业救济金。他给总部在纽约的"公正对待古巴委员会"（Fair Play for Cuba Committee）写信，诉说了他近来所做的一切，他还以化名 A. J. 希德尔给自己印了名片，头衔是这个委员会的主席，他甚至还试图以虚假信息申请一张护照。

奥斯瓦尔德的上司们对他的工作表现很不满意，经常抱怨他上班时间浏览枪支杂志。

玛丽娜对他们在新奥尔良的新家同样难以忍受，现在全家要睡在草垫子上，每天晚上她要喷洒杀虫剂驱走蟑螂。她知道丈夫正在申请苏联签证以便让一家人回到苏联，虽然她本人现在不想离开美国。她不知道的是，奥斯瓦尔德本人的苏联签证是他单独申请的，也就是说，他有可能不想同她们一起走，他准备让怀孕的玛丽娜和小女儿琼先期离开美国。

李·哈维·奥斯瓦尔德曾坚信他能成为一个伟人，但现在看来现实与梦想相距太远，这些天，他开始研究怎样用黑莓酿制葡萄酒，他的心思根本没放在工作上，而且他的家人在他心中也只是负担。

读书让奥斯瓦尔德愈加愤怒了，每个星期他都生吞活剥好几本书，从名人传记到007的小说，题材颇为广泛。在1963年初夏结束时，奥斯瓦尔德选择了他过去从未涉及过的主题：约翰·肯尼迪。

实际上，奥斯瓦尔德对威廉·曼彻斯特撰写的畅销书《一位总统的肖像》（*Portrait of a President*）非常着迷，因此，他在将这本书归还新奥尔良公立图书馆后，又借出了肯尼迪本人写的《勇敢者传略》。

这本《勇敢者传略》由8位伟人的传记构成，约翰·肯尼迪凭借此书于1957年获得了普利策奖。

在这个肮脏和苦闷的夏天里，李·哈维·奥斯瓦尔德阅读着约翰·肯尼迪优美的文章，想象着有一天他自己也能展现出某种胆量。

约翰·肯尼迪欧洲之行的第七天，他乘坐的敞篷车行驶在爱尔兰城市戈尔韦（Galway）狭窄而崎岖的街道上，狂热的人群彼此簇拥着几乎挤到了凯迪拉克轿车的旁边，许多垂直而狭小的十字路口让美国总统的车队行进得非常缓慢。白宫特工处的特工们知道，像戈尔韦这样的滨海城市要比内陆城市危险得多，因为这里通常会有更多的新移民，当然，在每一个车队不得不减速的街口，特工处都提前派出了特工进行安全检查。

但这些狭窄的街口绝非是唯一的危险带，车队行进路线的两旁大都是两层高的建筑，从二层窗口到总统专车的距离非常之短——只有两个月前特德·沃克将军的脑袋到李·哈维·奥斯瓦尔德的来福枪枪口距离的三分之一。

实际上，约翰·肯尼迪此刻所在的区域对杀手来说正是理想的行刺环境，一个杀手对他开枪之后可以在几秒钟内消失在人群中，而总统本人也清楚，刺杀事件完全有可能发生。近来，他多次想到成为烈士的可能，而且很喜欢引用爱尔兰诗人托马斯·戴维斯的一段诗句：

我们以为你不会死——我们曾相信你不会走；

可是你在我们最需要的时候走了，任克伦威尔

　　将我们残酷地剿杀；

绵羊失去了牧羊人而大雪漫天狂舞。

噢，为什么离开我们，尤格汉？你为什么要走？

但是此时，人们似乎都忘记了死神的存在，这一天是 1963 年 6 月 29 日星期六。在位于爱尔兰西海岸的这座熙熙攘攘的城市里，大约有 10 万居民涌上了街头，600 名当地警察努力想阻挡住拥向道路正中的激动人群。

由于杰姬·肯尼迪在怀孕时一向反应较大，她这一次没有随丈夫来欧洲，而两年前总统夫妇的欧洲之行引起了轰动，这回，肯尼迪可以独自尽享欧洲人的热情。

许多人质疑为什么总统会在这样一个动荡的时刻访问欧洲，《纽约时报》上周日一篇社论的题目就是："这次行程是必须的吗？"。

"尽管面对着激烈的反对之声，而且有许多不应该离开美国的理由，"社论说，"肯尼迪总统仍在最不适宜的时间开始了他的欧洲之旅。"

但肯尼迪本人知道如何更好地把握政治时机，事实也证明这次访问获得了巨大的成功。在国内民权斗争的浪潮触及他的总统宝座时，他的欧洲之行却证明了他是世界上最具人气和最有魅力的男人。一个星期前，在德国科隆有 100 万人站在街道两旁迎接他的到来，有 2000 万欧洲人观看了有关他访欧的电视新闻。当他到达西柏林的时候，又有 100 万人前来迎接他，人们高喊着："肯——尼——迪——"，而他在众人面前做了一场颂扬民主的有力演讲。"所有自由的人们，不论他们生活在哪里，都是柏林的市民，"肯尼迪说道，"因此，作为一个自由的人，我自豪地说，'Ich bin ein Berliner'（德语：我是一个柏林人）。"

在场的公众为此而疯狂。

肯尼迪的西柏林演讲对特工处来说是个安全噩梦，当时，他面对成千上万的市民独自站在一个讲坛上，毫无保护措施，之前也不可能检查这些市民有无武器，还有许多市民站在房顶和窗口。约翰·肯尼迪用一位特工的话讲就是"活靶子"。

或者用另一位特工的话讲便是："只需一颗子弹。"

在莫斯科的苏联领导人尼基塔·赫鲁晓夫担心肯尼迪在西德赢得的巨大声望会损害东柏林人对苏联的支持，于是他迅速飞到东柏林显示苏联的存在。他并没有同肯尼迪见面，但迎接肯尼迪的巨大人潮中有一小部分人知道赫鲁晓夫也在柏林。两相对比，更显出赫鲁晓夫地位的岌岌可危。

约翰·肯尼迪的欧洲之行还惊动了骄傲的法国总统夏尔·戴高乐，戴高乐在西欧政坛一向是说一不二的，但这回他感觉遇到了对手。《纽约时报》撰文道："戴高乐总统第一次遇到这样一位西方领导人——他对未来的理解和设想同戴高乐的理解和设想一样坚定，他对他的设想最终获胜的信心同戴高乐一样不可动摇，他就是西方社会最强大国家的领导人肯尼迪。"

肯尼迪此行没有会见戴高乐，但法国总统密切关注着肯尼迪在欧洲的一举一动。

下一站便是爱尔兰。

"如果你去爱尔兰，"当肯尼迪在欧洲行程中加入爱尔兰，日程安排秘书肯尼·奥唐奈说道，"人们会说你是到那里玩去了。"

"我就是要去那里玩，"总统回答道，"去爱尔兰散散心。"

而当他到达这个小小的岛国后，他随时随地接受着颂扬，人们将他当成了一个胜利归来的孩子。

肯尼迪到达爱尔兰的第四天，他来到了戈尔韦，一路上，他一直在用轻松的微笑和休闲的心态与当地人交流，因此，所有诸如国内事务、国际问题以及他即将降生的第三个孩子所带来的压力仿佛一时间都烟消云散了。

当肯尼迪乘坐的直升机 11 点半降落在一块海滨草坪上，迎接他的是 320 个来自圣慈修道院的孩子们，孩子们穿着橘黄、绿色或白色的衣服，组成了爱尔兰国旗的颜色。

然后，肯尼迪坐上敞篷车前往位于市中心的艾尔广场（Eyre Square）。在一幢房子前，肯尼迪还让司机临时停车，他下车同人群最前面的几位女士聊了几分钟。

肯尼迪在艾尔广场发表的演讲被认为是他整个总统生涯中最热情和最真诚的演讲，其感人程度可以与他刚刚从政时发表的"金星母亲"演讲相媲美。当面对着人山人海的广场，他是完全放松的，而这个广场若干年后也将被命名为约翰·F.肯尼迪纪念公园。他今天的到访并不是大选中的一站，也不是筹款晚宴，更不是历史进程的关键时刻，否则他将用有分量和深沉的字眼串起整个演讲。

这次访问是一个男人的心被他故乡的人民真正感动的过程，而他恰恰非常需要这种感动，他希望他说出的话也能打动故乡的人们。"如果天气足够晴朗，你们走到海边，向西眺望，如果你们的视力足够好，你们也许可以看到马萨诸塞州的波士顿。"他对眼前这些热爱他的人们说。

"如果你们能看到波士顿，"他继续说道，"你们也许能看到在码头上工作的姓多尔蒂、弗莱厄蒂、瑞安（均为爱尔兰人中常见的姓氏）的工友，还有你们的那些去了波士顿现在混得不错的表亲们。"

这时，肯尼迪请广场上凡是在美国有亲戚的人举手，于是，马上有无数的手臂伸向天空，人群先是爆发出巨大的笑声和喝彩声，然后又汇成了不息的掌声，他们觉得，美国总统的确是他们中的一员。

肯尼迪的到来和演讲对当地人的影响是深远的，他在演讲中简要谈到了美国梦，但他的经历更有力地证明了美国梦。在世界历史上，还从没有过哪一位移民的后代回到故乡后得到这般宠爱，看一看肯尼迪家族的经历就可以确信，一个在到达美国时一无所有的移民家庭有朝一日也可以走到社会的最顶层——作为爱尔兰之子，约翰·肯尼迪此时此刻是世界上最强有力的人。

肯尼迪这次演讲中没有谈到的话题是，美国的黑人移民今天仍然得不到公平发展的机会，但是，肯尼迪正致力于此。

"如果你们来美国，"谈到他在爱尔兰非常愉快的几天经历之后，他的演讲趋于结束，"请你们来华盛顿做客，如果华盛顿的人不知道你们是谁，那就告诉他们，你们来自戈尔韦，消息一经传开，你们就会听到'Cead Mile Failte'（爱尔兰语：欢迎）——十万个欢迎。"

"谢谢你们，再见！"

肯尼迪的车队返回了直升机的停机坪，从直升机降落到起飞只有45分钟。此时，肯尼迪对故乡的爱仍旧在他的血管中奔腾，从艾尔广场回到停机坪的路上，他没有丝毫惧怕，他知道这里的人民是爱他的。

戈尔韦的市民们为肯尼迪拍下了总共数千张照片，至今，那一天拍下的照片有许多仍悬挂在戈尔韦的酒吧和市民家中。

13

1963 年 8 月 7 日

马萨诸塞州奥斯特维尔

早晨

新英格兰地区的早晨清新凉爽，孕妇杰姬·肯尼迪惬意地靠在齐胸高的护栏上，看着她5岁的女儿卡罗琳上骑马课。第一夫人和孩子们正在一座租用的别墅过夏天，这座农舍风格的别墅名叫布兰布莱蒂德（Brambletyde），离肯尼迪家族海恩尼斯港的领地很近。过去，第一夫人通常会住在总统夫妇拥有的领地旁边的房子里。

总统的父亲和鲍比·肯尼迪的房子是相邻的，而这块飞地长时间以来是家族的休闲绿洲，用来策划选战、举行婚礼或是非常投入地玩触身式橄榄球。肯尼迪家族已使他们所在的马萨诸塞州科德角（Cape Cod）更加著名。

正因为科德角太有名了，所以每年夏天都会有成群的游客闯入这个地段。喧哗的游人已经是习以为常地踏入这里的灌木丛，致使临近沙滩的狭窄街道总是交通瘫痪，其实他们只是想看一眼总统和第一夫人。于是，海恩尼斯港也成了特工处的安保噩梦，第一夫人不得不在1963年的夏天租下一处更隐秘的住所，杰姬和两个孩子一直住在那里，而总统会在周末飞来团聚。

布兰布莱蒂德隐藏在茂密的树木中，只有一条窄窄的碎石单行车道通往外界，不论从私密还是安全的角度看，这里都是很理想的。

还有一个原因让杰姬选择了布兰布莱蒂德，她不想让任何媒体拍到她怀孕的照片，为此，她甚至不愿进城，平时她都是让保卫她的特工组长克林特·希尔去买回她私下里喜欢阅读的小报。

这一天是星期三，希尔休息了，这位资深特工保卫第一夫人非常辛苦，他一周工作6天，有时一天要工作16个小时。现在，替代他的是特工保罗·兰迪斯，兰迪斯站在跑马道旁训练有素地观察着周围，而特工林恩·梅雷迪思的本职工作是专门保卫总统的一对儿女，此时他也在近旁徘徊着，提防着可能出现的对卡罗琳的伤害。

突然，杰姬感到腹部一阵绞痛，接下来又是一阵，然后疼痛成为不间断的了。"兰迪斯先生，我感觉不好，"她说道，心中袭来一阵不祥，"我想你最好扶我回房间。"

"当然，肯尼迪夫人。"但走过来的兰迪斯有些不紧不慢。

"快一点，兰迪斯先生。"杰姬命令道，她的嗓音因痛苦而显得有些尖厉。

兰迪斯冲向停在一旁的轿车，迅速打开车的后门，杰姬努力在后排座位上坐下时，她的表情已显得非常可怕。疼痛来自她的子宫，而她越来越不可抑制的惊慌缘自她最初两次怀孕经历，那两次，孩子都没能存活。1955年，杰姬第一次流产，她第二次怀孕后于1956年8月23日生下一个女婴，她和她丈夫将这个女孩起名为阿拉贝拉，但这个女孩很快就夭折了。失去一个孩子已是巨大的打击，失去两个孩子更是难以承受，如果再失去一个孩子，特别是在生下两个健康的孩子之后，杰姬不知是否能够面对。

虽然杰姬的胎儿还有几个星期就足月了，但想到这个孩子的命运，她一点把握也没有。

特工梅雷迪思留下来守护卡罗琳，兰迪斯驾着车以80英里的时速冲过那段只有一条车道的碎石路，同时，他还通过无线电呼叫同事立即让一位医生和一架直升机待命。

第一夫人逐渐确认，她马上要生产了，这让她更加焦急，"请开快点。"她命令道。

兰迪斯必须尽快把车开到医院——立即。如果兰迪斯不能及时赶到医院，很可能他就要在路边停车，然后这位特工要独自帮助第一夫人在这辆政府公车的后座上生产了。

兰迪斯踩着油门的脚进一步发力。

在华盛顿，约翰·肯尼迪正面对一个完全不同的难题，民意调

181

查表明，他的支持率在得克萨斯这个关键的州已经降到了历史新低，而且还在继续下降。这个州变得越来越保守，也越来越支持共和党了。林登·约翰逊失去了他在得克萨斯的一切影响力，这不仅将危及明年大选的选票，而且也关乎民主党的财源。长期以来，得克萨斯一直是民主党选战的主要财源之一，这得益于这个州富有的石油大亨们和其他行业的巨富。过去，民主党完全能指望林登·约翰逊把得州的钱搞来，但现在，作为保守民主人的得州州长约翰·康纳利把全州的钱捂得紧紧的，况且，他并不是肯尼迪的超级粉丝。

现在的问题是，肯尼迪一直在催促约翰逊去得州筹款，但约翰逊知道，如果他去了得州，恰恰会暴露他在得州的失势，进而让总统明白——他如果想让得州的富豪们捐钱来资助他1964年的大选，只能依靠康纳利。这样一来，约翰逊想要成为肯尼迪的竞选搭档就更没希望了。

更棘手的是，不仅林登·约翰逊千方百计要逃避总统让他去得州筹款的差事，得州州长康纳利也不想让肯尼迪进入他的地盘。尽管他们都是民主党人，但康纳利很清楚，只要他和肯尼迪在公众场合一起出现，他在得州的支持率就会明显下降。

但是，约翰·肯尼迪需要得克萨斯和它的美元，因此，他肯定要亲自去得州一趟。

这就是8月7日上午总统脑子里一直在拨打的算盘。但不一会儿，他将把这一切彻底抛到脑后。

上午11点37分，特工杰里·贝恩走到伊芙琳·林肯的桌前。

特工贝恩小心翼翼地告知总统秘书，第一夫人正被飞机送往奥蒂斯空军基地（Otis Air Force Base）的医院，这个空军基地位于科德角的西侧，邻近马萨诸塞州的法尔茅斯（Falmouth）。特工贝恩还告诉林肯夫人说，万一她的阵痛只是暂时的，她不想打搅总统。

伊芙琳·林肯知道总统对怀孕的杰姬非常挂怀，因此，她毅然走进了椭圆办公室。

"杰里告诉我肯尼迪夫人正被送往奥蒂斯。"她镇静地说道，她不希望这个消息会引起总统和客人们不必要的忧虑。

但结果并不像林肯夫人期待的那样，会议立即被中止了，一系列紧急电话打向了马萨诸塞州，确认第一夫人已在医院接受注射了镇静剂，并且马上要进行剖宫产手术。总统立即下令空军一号准备起飞。

但不巧的是，总统的全部四架飞机今天都无法完成这次飞行任务。

约翰·肯尼迪表示无论如何要立即安排一架飞机，任何飞机，只要能将他送到杰姬身边。

一个小时后，当美国总统、他的贴身特工和随从们挤在一架小型"捷星航空"的飞机中飞向奥蒂斯空军基地时，帕特里克·布维尔·肯尼迪降生了，总统的这位次子只有 6 磅 10.5 盎司重。

他的状况很不乐观，他的呼吸短促而费力，呼气时伴随着呼噜声，他的肤色苍白中透着暗蓝色，胸壁内陷。刚一接生完毕他就被放进了恒温箱。

一位特工处的特工立即被指派来保护小帕特里克，但显然，此时对这个新生儿最大的威胁来自他的体内。肺部是胎儿在母腹中最晚发育的器官，小帕特里克患有严重的新生儿呼吸窘迫综合征，这种病是导致早产儿夭折的最大杀手。

第一夫人仍处于镇静剂下的昏睡状态，因此对新生儿的状况一无所知，而总统一经抵达便开始询问事态，接下来，他与约翰·沃尔什大夫认真讨论了他的小儿子的状况，沃尔什大夫解释说，小帕特里克有夭折的可能，肯尼迪于是立即招来了基地的牧师为小帕特里克做洗礼，这样，即使意外发生，也可以确保他的小儿子上天堂，这是符合天主教教义的。

之后沃尔什大夫建议将小帕特里克转送到波士顿的儿童医院，因为儿童医院有治疗新生儿呼吸窘迫综合征最先进的设备，总统马上同意了。

下午5点55分，杰姬还没有完全苏醒过来，帕特里克·布维尔·肯尼迪被放置在了一辆急救车里前往一个小时车程外的波士顿。

这个新生儿是位尊贵的乘客，比《蒙娜丽莎》还要尊贵，因此，数辆警车被紧急调来护送帕特里克，一路上，警笛鸣叫着，从未停下来。

这个婴儿必须得到拯救。

接下来便是漫长的等待，杰姬·肯尼迪留在了由10个房间组成的妇产科套房中，进行恢复治疗，因此，肯尼迪总统亲自来到波士顿的儿童医院为小儿子守夜。今天的肯尼迪与1956年的肯尼迪已经大不一样了，那一年，杰姬第一次流产，三天后肯尼迪才从欧洲返回看望他的妻子。现在，总统无助地望着眼前这间31英尺长的试验高压舱，在舱内，他的小儿子正大口吸气，通过高压舱上的小窗户，他可以清楚地看到帕特里克。每当肯尼迪来到重症监护区所在的楼层，其他访问者便被清出，但这只会增加肯尼迪的孤独感。

"小帕特里克怎么样了？"伊芙琳·林肯轻声问道，她是从华盛顿特地赶过来的，因为白宫有些公务仍需随时请示总统。

"他只有百分之五十的希望。"约翰·肯尼迪回答道。

"那对肯尼迪家的人足够了。"她安慰道，出自多年来对他的了解，林肯夫人知道总统需要这样的鼓励。

许多国家的领导人和亲朋好友都纷纷给肯尼迪打来电话或以各种形式向他问候，但他从没将注意力从他的小儿子身上移开。肯尼迪一向非常爱孩子，这个婴儿受孕于古巴导弹危机刚刚爆发的时刻，因此具有特殊意义，假如那场危机引发全球性的热核战争，那么他也就不会来到这个世界了。帕特里克这个名字也是总统的爷爷的名字，而布维尔则是杰姬的父姓，帕特里克·布维尔·肯尼迪这个长长的名字透露出第一家庭的骄傲和对这个幼子的关爱。

随从为肯尼迪在丽兹·卡尔顿酒店租了一个套间，从房间可以看到波士顿公园。帕特里克出生后的第一个夜晚，肯尼迪是在这个酒店里度过的，整夜他都在阅读一项禁止核试验条约的相关文件。但是，第二个夜晚，他希望能离他病重的儿子更近一些，于是他从丽兹·卡尔顿酒店的豪华套间搬到了儿童医院的一个空房间里。

8月9日凌晨2点整，特工拉里·纽曼轻轻地唤醒了总统，肯尼迪随即站起身来，乘医院的电梯来到小儿科所在的15层，沃尔什医生和特工纽曼一前一后伴随着总统。纽曼是个老特工了，他在白宫工作的岁月里已经见识了很多，对总统本人也有了一定的了解，纽曼不是一个爱掉眼泪的人，但此时此刻，知道这样一个幼小可爱的生命竟然无法挽留，纽曼感觉自己的眼睛已经湿润了。

现在，随着沃尔什大夫向总统报告婴儿的病情，特工纽曼仿佛看到痛楚已经压在了总统的肩头。沃尔什大夫解释说，小帕特里克的状况非常不好，可能挨不到早晨了。他没有发育健全的肺脏一直不能正常工作，现在，小小的肌体已开始拒绝呼吸，致使他不时陷入窒息状态。

电梯门打开了，这个时间段走廊是漆黑和空旷的，约翰·肯尼迪迈出电梯，向重症监护区缓缓走去，他知道，他将前去同刚刚来到这个世界的儿子告别。

突然，总统听到了孩子们的笑声，约翰·肯尼迪好奇地转过头，笑声是从他刚好经过的一间病房里传出的，两个小女孩坐在病床上，她们都非常年幼，大概只有三四岁，两个孩子的身上都缠着很多绷带。

"她们怎么了？"总统向沃尔什大夫问道。

"她们被烧伤了，"大夫解释说，"而且，其中一个女孩的两只手都可能要截肢。"

总统开始翻他的衣兜，想找一支钢笔，但他身上没有，这很正常，平时他的衣兜里只有一块手帕。

特工纽曼和沃尔什大夫找到了一支钢笔，可是大家都没有纸，这个楼层的一个护士从护士站拿来一张卡片，于是肯尼迪开始给这两个女孩留言，希望她们能够勇敢，告诉她们美国总统本人会关注她们的成长。护士接过了总统写好的这张卡片，并保证她会将卡片交给两个女孩的父母。"这件事没有几个人知晓，"纽曼后来回忆说，"总统接下去要做他不得不做的事，同他幼小的儿子告别。"

两个小时后，帕特里克·布维尔·肯尼迪走了，"他长得这么漂亮，"总统之后对亲信助手戴维·鲍尔斯哀叹道，"他努力抗争过了。"

在小帕特里克呼出最后一口气的时候，他的爸爸在一旁握着他的小手。肯尼迪强忍着痛楚，但他也知道，身边的护士、医生，还有他的随从们也愿意分担他的悲伤。缓缓地，肯尼迪离开了这个让人窒息的房间，在走廊里踱来踱去，他不希望旁人看到他难过的样子。

此时，这家医院外面的世界是纷繁无序的，一部讲述肯尼迪和109 号鱼雷艇的电影正在热映，在整个夏天赢得了颇高的票房，这让肯尼迪的英雄事迹在美国家喻户晓；得克萨斯的政治形势却越来越糟，总统决定几个月内去一趟得州，以便亲自摆平一切；在芝加哥，黑帮大佬山姆·吉安卡纳发誓要报复肯尼迪兄弟，因为联邦政府对他犯罪行为的调查再次趋紧；在距佛罗里达州 90 英里远的古巴，菲德尔·卡斯特罗因美国暗中进行的颠覆行动暴怒不已；就在美国的首都，小马丁·路德·金正在组织数十万民权运动的示威者前往市中心；在越南，天主教徒、暴君、老烟枪吴庭艳对美国阳奉阴违；最后，在美国的新奥尔良市，一个叫李·哈维·奥斯瓦尔德的懒汉因散发不满政府的传单而被捕，致使联邦调查局重新展开了对他的调查。

但此时，所有这一切对约翰·肯尼迪来说都非常遥远。

他的儿子不在了，这个婴儿只存活了 39 个小时，巨大的痛苦几乎让肯尼迪无法承受。

约翰·肯尼迪乘电梯回到了他休息的房间，他在床上坐了下来，低下头，开始抽泣。

"他只是哭，一直在哭。"戴维·鲍尔斯后来回忆说。

在波士顿市区以南 35 英里的奥蒂斯空军基地，得知了消息的杰姬已经被击倒了。媒体聚集在医院的外面，几个小时后，总统赶到这家医院来陪伴他的妻子。

即便是在难以置信的痛苦面前，第一夫人仍可以感受到她的丈夫有多么悲伤，于是，她温柔地提醒他，至少他们还相互拥有，而且他们还有小约翰和卡罗琳。

"我真正不能承受的打击，"杰姬对肯尼迪说道，"是失去你。"

14

1963 年 8 月 28 日

首都华盛顿

下午

"一百年前，一位伟大的美国人签署了《解放黑人奴隶宣言》，今天，我们就站在他的塑像前集会。"小马丁·路德·金开始了他的演讲，他的稿子是预先写好了的，他演讲的风格今天显得有些不同寻常的僵硬，的确，他第一次在如此巨大规模的人群前演说，多少有些不习惯。

在金牧师身后的林肯纪念堂中，端坐着由丹尼尔·切斯特·弗伦奇作的亚伯拉罕·林肯的白色大理石雕像，林肯的一只手屈成了一个花体的英文字母 A，另一只手形成了英文字母 L，这位伟大解放者的双肩松弛，头略微低下，似乎此时他仍肩负着总统的重任。林肯签署《解放黑人奴隶宣言》已有 100 年了，而金牧师正在告诉数 10 万与会者——今天，美国黑人仍没有获得自由。

当金牧师开始演讲的时候，听众是安静的，他能够感受到人群中稍稍有些不安，即使此时有掌声，掌声也是零星的和礼貌性的。金牧师提醒大家，美国今天仍是一个分裂的国家，即便黑奴在名义上已经被解放 100 年了。金牧师的观点是强劲有力的，但他叙事化的语气让这个观点在一定程度上丧失了冲击力。

金牧师继续讲着，扩音系统把他的声音传遍了他面前的整个广场，而电视摄像机将他的话语和形象传送到全美的家家户户。

约翰·肯尼迪被公认为杰出的演说家，因为他总是对他的每一次演讲字斟句酌，金牧师也是这样。但是，在金牧师的鼎盛时期，他的演讲水平甚至超越了肯尼迪，因为前者运用了无数个周日早晨在教堂布道时练就的技巧：他的嗓音时扬时抑，或振聋发聩，或轻声细语；他的语速时快时慢，让听众不由自主地要听清他说的每一个单词；他有时还会拉长或吞掉某个音节，以便对一些字眼进行强调，他尤其喜欢把重音放在字母 T 上，以显示某个单词的重要。

通常，金牧师的演讲是无畏和自信的，他能将诅咒的恶语变成充满希望的祈祷。

但今天他的演讲听上去颇为平淡，他惯常使用的长音节和写好的稿子听上去与今天其他的演讲人比起来没什么独到之处，看起来，小马丁·路德·金此时有些乏味。

他讲到了贫困，讲到了美国将黑人与白人分隔开来的事实。今天恰是埃米特·蒂尔被谋杀 8 周年的纪念日，金牧师的演讲说明，8 年来美国的种族状况基本没有改变。

在金牧师的面前，许多与会者是从数百英里外赶到现场的，他们中有黑人也有白人，这一天让人觉得太长了，因为演讲一个接着一个，而许多演讲的确无趣。

然而，小马丁·路德·金的演讲是大家所期待的，当 25 万观众在用心倾听他的每一个单词，人们似乎已忘却了疲惫、酷热，以及现场的长时间拥挤带来的烦躁。大家是为了民权运动而来，但他们也希望见证这位伟大的演说家创造历史。金牧师悦耳的声音回荡在林肯纪念堂和华盛顿纪念碑之间的碧水之上，而在场的人们相信，他们投身的运动在小马丁·路德·金的引领下正走向辉煌。

人们的期待是，在金牧师的演讲结束前，他将说出一些气势恢宏的词句，从而使这个日子成为永恒。

人们耐心地倾听着，但金牧师的演讲已经进行了9分钟了，他几乎还没说出什么让人振奋的话。

一切将在两分钟后彻底改变。

与此同时，约翰·肯尼迪在白宫收看着金牧师演讲的电视直播。自杰姬剖宫产下小帕特里克已经整整3个星期了，她仍旧在科德角独自悲伤，她轻松的微笑被痛苦的眼神所取代，因此，她将双眼隐藏在硕大的太阳镜后面。肯尼迪一直惦念着她，一旦有时间，他马上会飞离华盛顿去同她团聚。

但今天，这个非同寻常的星期三，总统无疑必须待在华盛顿，在他观看金牧师演讲直播的时候，他的两个弟弟——司法部部长鲍比和来自马萨诸塞州的新当选国会参议员泰迪——也来到白宫同他一起收看。

鲍比是民权运动的重要倡导者，但目前他与金牧师的关系有些紧张，部分原因是他听到了联邦调查局胡佛局长送给他的对金牧师的窃听录音，还有部分原因是他想要保护他的总统哥哥。

自从金牧师3个月前宣布了对华盛顿的"大进军"，鲍比不得不充当了这次社会活动的组织者。鲍比知道，如果这次在林肯纪念堂前的集会演变成一场反政府的示威，抑或参加集会的人太少，那么已经公开表明支持民权运动的总统都难辞其咎。因此，连日来，鲍比一直在指挥他的司法部努力将这次集会悄悄地调整到可以控制的状态。他确认了金牧师演讲的位置将在林肯纪念堂前,因为这个位置一边是波托马克河,一边是潮汐湖(the Tidal Basin),假如发生骚乱,警察控制局势相对方便,而且能迅速阻断示威者前往国会和白宫的道路。

鲍比让手下确保华盛顿的警犬不会出现在电视上,因为警犬会让人联想起公牛康纳和伯明翰。鲍比还安排让附近所有的酒吧和卖烈性酒的商店关门一天,同时在人群集中的地方放置大量移动厕所,这样可以免去他哥哥对人群随处方便的担心。实际上,这一天美军部队也在郊外的几个军事基地待命,防备万一示威演化成一场暴乱。为了避免参加这次集会的全部是黑人,鲍比还同联邦汽车工人工会协商,请他们鼓励白人会员尽可能前来参加。他甚至还安排了一个助手守在林肯纪念堂的讲台下,手持一张马哈丽亚·杰克逊的唱片《全世界都在他的手中》,一旦哪个演讲人说出煽动骚乱的话或反美的言辞,就立即通过扬声器播放这张唱片。

鲍比做这一切都是为了支持小马丁·路德·金,然而,就在前一天晚上,鲍比还刻薄地评论金牧师道:"他不是个严肃的人,如果所有美国人都像我们一样知道他的所作所为,他就完了。"

这就如同肯尼迪一样,如果美国人都知道他的所作所为,他也完了。

这时,肯尼迪和他的两个弟弟饶有兴趣地收看着金牧师的演讲直播,暗中祈祷他们这位特殊的政治同盟者能为这次"大进军"注入正能量。

"只要密西西比州还有一个黑人不能参加选举,只要纽约还有一个黑人认为他投票也无济于事，我们就绝不会满足。"小马丁·路德·金讲道，他仿佛找到了布道的感觉——几乎要脱开他写好的演讲稿，去引用《旧约》中的阿摩司书了。

金牧师有时会异常焦虑，在重大时刻来临之前他经常会胃痛难忍。但此时，他的紧张感已经没有了，他的音量开始提高，他在长音节之间开始有了停顿，在读到贫民区（ghetto）一词时，他在 T 音节上有了习惯性的加重。

金牧师望了望眼前的巨大人群，他看出疲惫已经从数 10 万人的脸上消失了。他进一步提高了嗓音，直到刚才，他还是一段段地在宣读演讲稿，但随着他的演说越来越流畅，一个个段落也变成了简短、有力的宣言性句子。

小马丁·路德·金找到了他的节奏。

单调的感觉一去不复返了，平淡的叙事也一去不复返了，小马丁·路德·金站在讲台上，此时他便是向众人传播福音的牧师，他的话语一字千钧。

这时，他第一次吐出了那个让今天成为永恒的短句：

"我有一个梦想！"

现在，小马丁·路德·金完全掌控了听众，广场上的数十万人激动不已。

接下来，他向众人描绘了他的梦想——在这样一个人间天堂中，黑人和白人不再被隔离开来；他还梦想，即便像密西西比那样种族状况非常黑暗的南方州有一天也会散尽阴霾。

小马丁·路德·金的梦想在此时的美国是完全而彻底的幻想，但他用这样一种形式讲出了民权运动的最终目标。在场的几十万人听上去觉得这个目标强大而清晰，让他们激动且骄傲。此时，每一个黑人和白人都在认真倾听小马丁·路德·金说出的每一个单词。通过这次仅仅 16 分钟的演讲，他证明了今天是美国历史上关乎民权运动的最伟大的一天，正如他自己希望的那样。

当演讲趋于结束的时候，金牧师几乎是在对着麦克风大喊了。当他讲到《解放黑人奴隶宣言》时，他身后的林肯仿佛也为之而动容。在场的人们都清楚，小马丁·路德·金希望能够完成林肯在 100 年前开创而未竟的伟大事业，他们两人虽然被一个世纪的种族不公所分隔，却从今天开始被历史永远地连在了一起。

"'终于自由啦，终于自由啦'，"他引用了一首黑人圣歌的歌词，"感谢全能的上帝，我们终于自由啦！"

几十万观众爆发出雷鸣般的掌声，他们知道，他们刚刚经历了美国历史上的一个重要的时刻。白宫里的约翰·肯尼迪转向鲍比，对后者说出了他对刚才这一幕的评判。

"这家伙说得好。"

一个小时以后，欢欣鼓舞的小马丁·路德·金在椭圆办公室会见了约翰·肯尼迪，参加这次会见的还有 11 个人，包括林登·约翰逊，因此，金牧师这一次对白宫的造访算不上美国总统与民权运动最有影响力的人物的高峰会谈。但是，肯尼迪希望借此机会让金牧师知道，总统一直在关注今天的动态。

"我有一个梦想。"他对小马丁·路德·金说道，与此同时，总统还点了一下头以示赞许，他对金牧师的担忧暂时被放到了一边。

然而，前往华盛顿的"大进军"并没有改变当下美国南方正在进行的种族斗争。1963 年 9 月 15 日上午 10 点 22 分，距全美国听到小马丁·路德·金梦想亚拉巴马州的黑人男孩女孩与白人男孩女孩手拉手不到 3 周，26 个黑人孩子被带进了十六街浸礼会教堂的地下室，他们将在这里做星期日早上的礼拜。他们将听到对孩子们的布道："爱让人宽恕。"

十六街浸礼会教堂就是 1963 年 5 月伯明翰"少年十字军"进行示威的出发地，这座教堂位于凯利·英格拉姆公园的旁边，公园的另一边就是当时公牛康纳放出警犬撕咬无辜黑人中小学生的那条街，因此十六街浸礼会教堂多日来已经凝聚了白人至上主义者的无穷愤恨，这些白人无论如何也要阻止伯明翰的种族融合。

这个礼拜日早上来到教堂的孩子们不可能知道，4 个三 K 党成员已经在地下室旁放置了一箱炸药。突如其来的爆炸刹那间击碎了圣歌营造的安宁，巨大的爆炸不仅破坏了教堂的地下室，还炸倒了教堂的后墙、将几乎所有的彩色玻璃窗震碎——只有一扇窗户保存完好，这扇窗户上绘制了耶稣基督在对一群幼小的孩子们布道的情景。

这扇窗户的命运正如同在场黑人孩子们的命运——当时大部分在地下室的孩子奇迹般死里逃生，可是，有 4 个孩子没有逃脱厄运，这 4 个遇难的孩子是艾迪·梅·柯林斯、辛西娅·韦斯利、卡罗尔·罗伯逊和丹尼斯·麦克奈尔。

他们的梦想在那一刻戛然而止。

15

"噢，上帝，"肯尼迪读着刚刚递给他的一张小卡片，"你的大海是如此的宽广而我的船是如此的渺小。"

今天是劳动节（9 月第一个星期一），约翰·肯尼迪摘下他的萨拉托加牌太阳镜，看到远方的大海上有一条小船在波涛间上下颠簸。肯尼迪放松地靠在一张柳编的椅子上，他此时坐在布兰布莱蒂德别墅的面海的草坪上，坐在总统正对面的是哥伦比亚广播公司的记者沃尔特·克朗凯特，马上将要进行的这场采访将是克朗凯特一生中最重要的采访之一，采访的话题是肯尼迪正在穿越的危险水域和惊涛骇浪。两个人此时都穿着黑西装，尽管 9 月初正午的太阳让他们颇感燥热。克朗凯特两腿交叉，而肯尼迪的两条腿随意地伸到了这位记者面前。肯尼迪的头发原本是精心梳理好的，但海风不断将其吹乱，使得他每过一会儿就不得不分神让头发复位。克朗凯特因为谢顶没有这个麻烦。

沃尔特·克朗凯特这一年 46 岁，年龄同肯尼迪差不多，他已被公认为美国最杰出的电视新闻人。克朗凯特和肯尼迪很默契，这让肯尼迪感觉非常自在，他不时在交谈中靠在舒适的椅背上，就像在椭圆办公室思考一些棘手的问题时那样。

在调试麦克风的时候，两人随意地开着玩笑，直到进入正式录制前的 10 秒倒计时，他们才安静下来。克朗凯特在镜头外向肯尼迪做了一个手势，于是采访开始了。

克朗凯特以低沉的男中音和缓慢、自然的语调开始向肯尼迪提问，他的采访风格是让人放松的，甚至是热情的，不管他的问题有多么尖锐。在这样的采访氛围中，肯尼迪也是完全放松的，整个采访看上去就像熟知美国政治的两个朋友之间的对话，而实际上，这样一种情景也体现了克朗凯特的内心倾向——他是个忠诚的民主党员，纵使他在观众前巧妙地隐藏了他的立场。

"您认为在1964年的大选中您会失掉一些南方的选票吗？"克朗凯特问道。

"1960年大选的时候我就失掉了一些，因此我估计1964年我仍会失去一些、也许更多的选票吧。"肯尼迪露出了一丝苦笑，因为他不得不承认这是他的一块政治短板，而克朗凯特则揭示了一个过去只有民意统计人士和老牌政客才知道的事实。"我也不知道，"肯尼迪接下去说，"现在谈这一点还为时过早，有这个可能，但我也不确定，呵，我今天在南方仍是最受欢迎的人。总之一切还都好吧，我想我们也只有等到一年半之后再看了……"

这时，总统流露出一丝好胜的目光，仅仅是谈及下一次大选便足以让他激动了，他酷爱政治斗争给人带来的那种兴奋感，他也酷爱当总统。他是肾上腺素迷，喜欢品味竞选的紧张刺激。

克朗凯特追问道："您认为1964年大选的主要话题将是什么呢？"

"呵，当然，国际方面是保证美国的安全，我们为保证国家安全付出的努力，还有继续自由的事业。在国内我想将会是经济、就业、给所有美国人均等的机会。"

肯尼迪随即在不翻阅笔记的情况下讲出了一长串的统计指标，他表示要促进减税，努力避免经济衰退，他在表述观点的同时又列出了许多具体的财经数字，说明怎样减税才能刺激经济。

克朗凯特终于问到了越南这个异常敏感的话题，随着日历一天天翻过，美国人越来越担心美国对那个遥远国家的介入程度。随着南越政府镇压佛教徒的暴行如实地被记者发回美国，许多美国人甚至忘记了抵御共产主义的扩散是美军进入越南的初衷，现在，日益增多的美国人呼吁美军撤出东南亚，让越南人自己去打内战好了。

"大家都说政府应当用外交手段解决越南问题，"克朗凯特说道，在他的读音中，"越南（Vietnam）"的第二个音节"南（nam）"他读得很短促，"当然我估计我们一直在努力运用外交手段。可是，历史上我们同失去民心的政府合作往往都遭遇了惨败，那么针对越南现在的状况，我们究竟应当怎么办呢？"

克朗凯特在摄像机前一向显得泰然自若，因此观众对他非常信任。肯尼迪知道，如果想说服在家观看电视的千千万万个投票人，就必须先说服眼前这个主持人。

"在越南的战争正在向有利于我们的方向发展，"肯尼迪答道，"但过去两个月在越南发生的事件实在是很糟糕。我不认为如果美国政府不加大努力的话，他们还能赢得对共产党的战争，但毕竟这是他们的战争，胜利和失败也都是他们的。"

肯尼迪闭口不谈将会从越南撤出美军，尽管已经有数十名美国人在越南战场上阵亡了。他在此表示了他的忧虑：如果共产党控制了越南全境，亚洲其他地方也相继会成为共产主义的势力范围。肯尼迪列举了在越南之后可能会被共产党推翻的政府，首先是泰国，最后直到印度。"我们与共产党的斗争是坚决的，"他说，"我不想让亚洲被中国人所掌控。"

肯尼迪的语气加重了，体现了他对南越总统吴庭艳和那些想在世界上传播共产主义的人的敌视。一直以来，许多人认为约翰·肯尼迪不过是靠着帅气的外表和他父亲的金钱当选总统的，以为他永远会是个友善的年轻人，但是，他现在已经成长为一个真正的世界级领导人，他既有明确的行为准则，同时兼有强大的伦理力量、知识、勇气和热情。

20分钟的采访结束了，肯尼迪立即从他胸前的口袋里掏出太阳镜戴在脸上，他和克朗凯特又随便聊了聊制作一段半小时长的节目的花费，但他们的注意力马上转到了在海平线上随波浮动的小帆船上，在无边的大海上，它只是一个小白点。肯尼迪和克朗凯特都做过水手，因此无不对大海着迷。

海湾里天气晴好，但不远处的大海上便有狂风。无论如何，刚刚结束的采访是完美的，肯尼迪可以同他的家人轻松享受整个下午了，在过去的一个月中，他经历了太多悲伤和纷乱，能拥有片刻的安宁也是非常难得的。

当技术人员拆除两人身边的麦克风时，肯尼迪和克朗凯特又聊了一会儿航海。此时，在布兰布莱蒂德别墅里，距摄制组几步远的地方，伤感的杰姬·肯尼迪正躲避着全世界的目光。连日来，总统一直尽可能安排时间和她及两个孩子在一起，他们有时会一起在大洋中游泳，有时肯尼迪会请家人乘坐总统专用的直升机，有时他还会陪卡罗琳上骑马课。肯尼迪之前劝过妻子以勇敢的形象面对公众，但她感觉还没有调整好。

但是，杰姬很快便会打破她强加给自己的归隐状态，她已经决定和她的妹妹李·拉齐维尔去希腊待几个星期，这样或许能减轻她的悲伤。尽管这次行程还要等一个月，但只要一想到希腊之旅，第一夫人的脸上便会显现出一丝难得的微笑。

沃尔特·克朗凯特和约翰·肯尼迪互道了再见，在这个安逸的劳动节午后，海风从大西洋上吹来，太阳将他们的脸都烤热了，此时他们两个人都不可能想到，仅仅 12 个星期后，克朗凯特将会出现在全美国的电视屏幕上宣布那个震惊世界的消息。

16

1963 年 9 月 25 日

蒙大拿州比灵斯（Billings）

下午

11 月 21 日和 22 日已渐渐逼近。

当肯尼迪处于黄石县（Yellowstone County）大集市的跑马场，即将对面前巨大的人群发表讲话时，11 月份的那两个日期仍在他心中挥之不去。蒙大拿州的比灵斯市只有 5.3 万人口，现在看上去像是每一个市民都赶来为总统喝彩了，城市的小乐队也吹奏着欢快的乐曲从主席台前走过，让场面更显喜庆。

"我们国家的潜力是无穷的。"肯尼迪说出了他的开场白，这个形容加在他自己身上似乎也挺合适。在刚刚过去的短短 5 天中，他帮助蒙大拿州的农民们向苏联出售了一大单小麦，谈成了一项全球性禁止核试验的条约，削减了所得税，他还在联合国大会的讲台上承诺要将宇航员送上月球。肯尼迪在联合国大会上的演讲如此非同凡响，以至于苏联人也为他鼓了掌。

此时，太阳已经偏西，但人们仍感觉有些燥热，肯尼迪演讲所在的这个露天跑马场是土质的，洛基山就在不远处高高耸立，空气中弥漫着秋天的气味。同现场许多观众的牛仔裤和牛仔靴比起来，肯尼迪的西装和领带看上去有些僵硬，他的波士顿口音在这个典型的西部环境中更显得有些刺耳。当他说到美国西部的壮丽时，他引用的是亨利·戴维·梭罗的词句——而梭罗作为肯尼迪的马萨诸塞老乡从没到过密西西比河西岸。

可是，蒙大拿州善良的人们一点也不介意，他们认真聆听着总统说出的每一个字，为约翰·肯尼迪能来到他们的城市而激动不已，虽然总统的这一次西部之旅要访问 11 个州，但他能驻足的城市毕竟不多。在 1960 年的大选中，内华达州是唯一支持肯尼迪的西部州，当时，他不仅失去了蒙大拿和它的 4 张选举人票，而且他此时所在的黄石县支持他的人只有 38%。

但那是 3 年前的事了。

今天，当空军一号降落在比灵斯机场，总统一走下飞机便被人群围住了，男女老幼争相挤上前去同他握手。尽管特工们非常担心，肯尼迪还是不顾危险汇入了人群，他知道今晚会有许多人在家中诉说他们各自与总统握手的经历，这将是他们最大的快乐。在总统车队驶向大集市的路上，成千上万的人站在路旁一睹肯尼迪的风采，其中有许多人是骑在马上的。

这样看来，假如明天就举行大选的话，肯尼迪一定能拿下蒙大拿州，而赢得西部也的确是肯尼迪竞选连任的重要策略之一。如果他能拿下得克萨斯，1964 年的大选几乎就没什么问题了。

于是，总统的日程安排秘书肯尼·奥唐奈初步将肯尼迪的得克萨斯筹款之旅定在了 11 月的 21 和 22 日，肯尼迪对这两个日子非常期待。

肯尼迪希望他的得州之旅尽可能扩大，至少要访问 5 个主要城市：圣安东尼奥、沃思堡、达拉斯、休斯敦和奥斯汀。得克萨斯州州长约翰·康纳利是个保守的民主党人，他近来在政治上一直小心翼翼地与总统保持着一定的距离，他内心希望总统不要在得州如此野心勃勃，因为，举例而言，达拉斯这座城市就不是肯尼迪的地盘。在达拉斯，人们可以看到"打倒肯尼迪家族"的车贴，一种叫作"你最恨哪个肯尼迪"的文字游戏已是非常流行，在教室里提到总统的名字则会引得孩子们嘘声四起，还有一种流行招贴画将肯尼迪画成了通缉犯的样子，下面的说明是："因叛国通缉——此人的种种行为背叛了合众国。"

更加糟糕的是，达拉斯弥漫着凶杀的不祥氛围，这座城市凶杀案发案率奇高，得克萨斯是美国凶杀案发生最多的州，而达拉斯又是得州最多发的城市，得州对武器根本没有管理和登记，72% 的凶杀是枪杀。

达拉斯被称为"南方的西南首府"，毫无疑问，约翰·肯尼迪对这座城市的访问有着太多的不定因素。

下星期得州州长约翰·康纳利要到白宫来同总统讨论他的得州之旅，特别是访问达拉斯的各种细节。但是，林登·约翰逊没有受邀参加这次讨论，他甚至不知道康纳利要来白宫，这再次确认了这位在职副总统在肯尼迪的未来计划中没有任何位置。

一项关于得克萨斯的统计数字最能说明问题：1960 年，超过62% 的选民反对肯尼迪。

但约翰·肯尼迪热爱挑战，既然他能赢得蒙大拿州的比灵斯，那为什么不能赢得达拉斯呢？

就在肯尼迪总统站在蒙大拿州的跑马场演讲时，李·哈维·奥斯瓦尔德已经在前往得克萨斯的路上了，当然，得州并不是他此行的目的地。此时，奥斯瓦尔德穿着带拉锁的夹克和宽松的裤子，他乘坐的是大陆长途汽车公司的 5121 路车，终点站是奥斯汀，从奥斯汀他会转乘下一路长途车去墨西哥城。在 1846 年的美墨战争中，包括年轻的尤利西斯·S. 格兰特和罗伯特·E. 李在内的美军部队用了一年时间才完成了奥斯瓦尔德要走的这段行程，而奥斯瓦尔德坐长途车一天就可以到了。

奥斯瓦尔德看上去就像是个一去不复返的旅行者，实际上，他也没有家了，他刚刚离开了那套又脏又破的新奥尔良市的公寓，当房东太太来找他要那拖欠的 17 美元房租时，奥斯瓦尔德对她撒谎说要缓缓再付，然后，在漆黑的夜里，他一个人悄悄地跑了。

现在，奥斯瓦尔德的全部家当除了身上的一个钱夹就是放置在长途车贮物舱里的两个帆布旅行包。

公寓是如此，奥斯瓦尔德在社会意义上的家也没有了。两天前，他把大肚子的玛丽娜和他们 19 个月大的女儿琼送走了，她们将和玛丽娜的朋友露丝·佩恩住在佩恩在达拉斯郊外的家中。在过去几个月中，奥斯瓦尔德觉得玛丽娜完全就是他的包袱，但她的苏联公民身份对他回苏联的计划不可或缺。不清楚玛丽娜是否知道他要去墨西哥，或者是否知道他要离开美国。

奥斯瓦尔德正在实施的是一个狡猾的新计划，这个计划里根本没有玛丽娜。因此，他不仅抛弃了他们的公寓，也抛弃了他的家人。5121 路长途车载着他每行进一英里，李·哈维·奥斯瓦尔德便离他动荡和酸楚的婚姻远了一英里，长途车行进在得克萨斯州沿海的高速公路上，沿途是松林和沼泽地，奥斯瓦尔德感觉他的婚姻枷锁已渐渐远去。

奥斯瓦尔德已经暂时放弃了去苏联的计划，因为他做梦都想去那个海滩上生长着棕榈树的工人天堂——古巴。但是，在美国是拿不到古巴的旅行签证的，因为美国和古巴已经断绝了外交关系。于是，奥斯瓦尔德只能坐长途车去墨西哥城，从古巴驻墨西哥的大使馆获取签证。

李·哈维·奥斯瓦尔德从未融入过社会，不论他处在什么环境之下。他并非社会的弃儿，因为那将意味着他加入过这个社会，而之后才被社会抛弃。实际上，他比社会弃儿更加不可预知，最终也更加危险：他是一个游离于社会之外的人，一个敏感的孤独者，他永远按照自己的节奏和规矩行事，同时在社会中寻找着他满意的位置，他幻想着，一旦找到那个适合他的社会位置，他便能如愿成为一个伟人。

奥斯瓦尔德相信古巴能提供给他这样一个社会位置，他自以为他已经做了足够多的事情，这些事情能引起古巴领导人卡斯特罗的关注，比如他在新奥尔良市为"公正对待古巴委员会"散发过大量传单。玛丽娜·奥斯瓦尔德后来说她丈夫甚至计划过劫持一架飞机，这样他就可以直接飞到古巴了。

9月26日凌晨2点，李·哈维·奥斯瓦尔德在休斯敦换乘了长途车，新的一班车是大陆长途汽车公司的5133路车，一天后，他终于到达了墨西哥城。一路上他非常健谈，甚至可以说是在不断吹牛，他有意想让同行的旅客觉得他不凡，因此他讲到了他在苏联的生活，还有他为"公正对待古巴委员会"工作的经历，他甚至给身边的人看了他护照上盖的苏联印章。每当长途车停下来让大家吃饭，瘦瘦的奥斯瓦尔德就会吞进大盘大盘的墨西哥食物。他不会说西班牙语，为了能在古巴生活他将来必须学习西班牙语，因此，从现在开始，他点菜时便伸出手指在菜单上随机地指点着，希望能碰上最好的。

在奥斯瓦尔德的钱夹里，有将近 200 美元的现金，一张墨西哥旅行卡，这张旅行卡允许他在墨西哥滞留 15 天。钱夹里还有两本护照，一本是他在苏联时美国大使馆发给他的，一本是全新的、美国政府刚刚发给他的。在他的蓝色运动旅行包里，奥斯瓦尔德塞进了一部西班牙语—英语词典，还有能证明他因支持古巴而被美国警察拘捕的剪报，以及他在苏联明斯克时获得的俄语的工作许可证、他同一位苏联公民的结婚证明。奥斯瓦尔德还带着一个笔记本，本子里写着诸如他会俄语、他是共产党的忠诚朋友等等笔记。

李·哈维·奥斯瓦尔德是个彻底的无神论者，因此他不会祈祷上天保佑他的旅程成功，相反，他坚信他携带的这一大堆文件能让他一路顺利。

然而，奥斯瓦尔德也深知他这次旅行如同赌博，有可能他一路征尘地赶到墨西哥城，然后又被拒绝入境古巴，如果真是这样的话，他花在旅行、餐食和住宿上的宝贵美元就全部浪费了，但是，即便如此他也愿意冒这个险。

长途车于上午 10 点到达墨西哥城，奥斯瓦尔德迅速溜下了车，离开了他刚刚认识的旅伴们。他接下来找到了离长途车站仅 4 个街区的一家商业宾馆，登记入住，费用是每晚 1.28 美元。虽然他已经在长途车上颠簸了 24 个小时，感觉筋疲力尽，但他一刻也没有耽搁，随即出门前往古巴大使馆。

约翰·肯尼迪在西部旅行，李·哈维·奥斯瓦尔德跑到了美国之南，而杰姬·肯尼迪此时却去了东方。她和她的妹妹已经在前往希腊的路上了，在希腊她们将在克里斯蒂娜号帆船上度过两个星期，而这艘帆船的主人是谜一般的好色之徒亚里士多德·奥纳西斯。奥纳西斯因商业欺诈行为已被美国的联邦调查局调查了近20年，另外，这位希腊大亨还在50年代中期因欺骗美国政府和违反美国与船舶相关的法律被调查。因此，早在1961年，当第一夫人独自出国将要开启一次友谊之旅时，肯尼迪非常严肃地告诫负责杰姬安保的特工："不论你们在希腊做什么，绝不能让肯尼迪夫人遇到亚里士多德·奥纳西斯。"

皮肤黝黑的希腊船王奥纳西斯比杰姬大20多岁，同时还比她矮3厘米，但他是世界上最富有的人之一。他的游艇被赋予了许多社会功能，连肯尼迪本人和温斯顿·丘吉尔都上过他的船。克里斯蒂娜号长325英尺，整条船极尽奢华，比如，客房的水龙头是纯金打制的。杰姬上一次登上克里斯蒂娜号距今已有近10年了，当时她是和约翰·肯尼迪一起来做客的。那一次杰姬感觉这条船非常艳俗，而且她对用鲸鱼阴囊做成的圆凳坐垫非常倒胃口。但现在，杰姬的妹妹正在追求奥纳西斯，尽管胖胖的希腊大亨还与歌剧明星玛丽亚·卡拉斯有艳遇。杰姬洞悉了个中关系，因此她的希腊之行也算是对妹妹的声援。

杰姬在美国的国土上从不敢大胆穿比基尼，因为怕被拍下照片，哪怕是她穿着浴衣的形象被曝光都会被看成丑闻，进而被人拿来当作攻击她丈夫的政治武器。但希腊毕竟在半个世界之外，第一夫人在美国的种种禁忌和小心都可以暂时放下了。

杰姬的确需要彻底放松一下，在之后的两个星期里，她除了细致的照料和无忧无虑的环境之外别无所求。现在第一夫人已经完全恢复了苗条的身材，因此，假如她在游艇上这种奢华而私密的环境中还不秀一秀身材的话，那就太可惜了，因此，她叮嘱随员一定要在她的旅行箱中放上一套比基尼。10月1日，她登上了环球航空公司飞往希腊的707次航班。

这一天，距离她的婴儿帕特里克的夭折已有52天，而距她目睹另一场巨大悲剧的发生也恰恰是52天。

17

1963年10月6日
马里兰州戴维营
上午10点27分

美国总统怒不可遏，他正驾着一辆高尔夫球车前往戴维营的作战厅去做礼拜日弥撒。车轮下的小径蜿蜒穿过茂密的树木，在三分钟的行程中又依次经过了被命名为霍索恩、劳雷尔、锡卡莫尔和林登的各座贵宾别墅。坐在他身边的是5岁大的卡罗琳和小约翰，小约翰下个月就要满3岁了。让总统大怒的不是政治问题——他的得克萨斯之行已经安排好了，两天前，他会见了得州州长约翰·康纳利，两个人一起谈定了眼下最重要的这次政治行程。当然，也不可能是他的两个孩子让他心烦——肯尼迪非常乐意同卡罗琳和小约翰在一起，他甚至请《观看》杂志的摄影师斯坦利·特里蒂克拍摄了不少第一家庭在一起玩耍的轻松照片。

此时让总统愤怒的人恰恰是第一夫人，她竟然不接总统的电话。

杰姬·肯尼迪正在同亚里士多德·奥纳西斯在地中海上寻欢作乐，奥纳西斯不是总统信任的人，这已经够糟的了，更令人难堪的是，杰姬这一次不太体面的希腊之旅的照片上了全世界报刊的头版，这让许多人不禁要问：为什么总统允许他的妻子同一个因欺诈而被美国政府调查过的人在一起呢？最让总统不能忍受的是，亚里士多德·奥纳西斯是个出了名的色鬼。

假如能和杰姬通个电话，肯尼迪的焦虑就可以大大缓解，可是第一夫人始终联系不上，纵使美国总统已经提前联络了希腊方面，并且考虑到时差问题，这个世界上最有能量的男人竟一时无法与他的妻子通话。约翰·肯尼迪不知道杰姬是有意在躲着他，还是克里斯蒂娜号上的确没有现代通信设施。

这种状况不仅让肯尼迪气愤，而且更让他妒忌。

4个月，4个漫长的月份，这是李·哈维·奥斯瓦尔德申请苏联签证需要的时间，墨西哥城的古巴外交官告诉他，他必须先拿到苏联签证，然后他才会被准许进入古巴。

但奥斯瓦尔德根本没有足够的钱让他在墨西哥城等上4个月，他需要马上去古巴。

于是他站在古巴外交官尤塞比欧·阿兹丘的面前，开始和他争论苏联签证的问题。对话中的火药味越来越浓，在那位古巴外交官的眼中，奥斯瓦尔德变得"极其烦躁和气愤"。最后，面对这位能够决定他下一步人生方向的古巴人，奥斯瓦尔德不仅失去了礼貌，而且完全是在对他怒吼了。

阿兹丘受够了，他抛掉了一切外交礼仪，直接对这位美国人说道："像你这样一个人去了古巴的话，"阿兹丘的英语结结巴巴，"不要说援助古巴革命，简直是害了古巴。"

阿兹丘的结束语是，奥斯瓦尔德永远不会得到进入古巴的签证。

古巴外交官转身大步走回了自己的办公室，留下了绝望的奥斯瓦尔德，他逃往古巴的梦想破灭了。一位使馆女工作人员递给奥斯瓦尔德一张小纸片，上面有她的姓名和大使馆的联系方式，以便他再次申请古巴签证。

奥斯瓦尔德垂头丧气，他在墨西哥城过了个周末，吃了不少地方特色美食，还看了一场斗牛，但他的情绪越来越低落。

接下来他又坐着长途车回到了达拉斯，然后他在国际青年旅行社租了间客房，开始找工作。他还低声下气地给玛丽娜打了个电话。玛丽娜仍旧住在他们的朋友露丝·佩恩的家里，随时可能产下奥斯瓦尔德的第二个孩子。佩恩是位教友会的教徒，同时也是个家庭主妇，她是由乔治·德·莫赫兰斯蒂尔特介绍给奥斯瓦尔德夫妇认识的，莫赫兰斯蒂尔特是位受过良好教育的俄裔美国人，同中央情报局有一定的联系，他和奥斯瓦尔德相识于1962年夏天。

露丝·佩恩会说一点俄语，这让玛丽娜感觉非常亲切。玛丽娜的所有家当都放在了佩恩的车库里，这其中有一个用绿色和棕色相间的床单包起来的包袱，里面藏着李·哈维·奥斯瓦尔德的步枪。露丝·佩恩作为热爱和平的教友会教徒，不可能允许有人把一支枪放在她的车库里，她只是不知道罢了。

奥斯瓦尔德绘声绘色地给玛丽娜讲了他在墨西哥的经历，他也承认这趟行程是失败的。玛丽娜耐心地听着，她觉得她丈夫的确有些进步，但她还是不愿和他住在一起。因此，奥斯瓦尔德在找工作的过程中总是尽量抽空给妻子打电话，有时他还会搭顺风车从达拉斯前往佩恩的家里看望妻子。

最终，得益于露丝·佩恩的好心推荐，奥斯瓦尔德找到了一份工作，但相对于他不算低的118分智商来说，这份体力活多少有点委屈他了，他要做的不过是将成堆的书分放在一个个箱子里以便运输，但他和玛丽娜仍然为得到这份工作而高兴，说不定这是个新的开始呢。

10 月 16 日是个星期三，早上 8 点，李·哈维·奥斯瓦尔德来到得克萨斯教科书仓库报到，这是一幢七层楼的红砖仓库，坐落在榆树街与北休斯敦街的十字路口处，从楼上可以看到迪利广场（Dealey Plaza）。迪利广场得名于《达拉斯新闻早报》（*Dallas Morning News*）曾经的一位出版人。恰巧，帕克兰德纪念医院（Parkland Memorial Hospital）距这里只有 4 英里远，如果玛丽娜在这所医院生产的话，奥斯瓦尔德也方便去看望她。

10 月 18 日，奥斯瓦尔德得到了一件意外的生日礼物：在墨西哥城的古巴使馆莫名其妙地推翻了自己之前的判定，决定颁发给他古巴旅行签证！但是太晚了，奥斯瓦尔德已经改变了主意。

10 月 20 日，奥德丽·玛丽娜·雷切尔·奥斯瓦尔德在帕克兰德纪念医院出生了，她的父亲没有立即去医院看望她和她的妈妈，因为他担心医院会给他开出一张他付不起的账单。

新生儿降生后父亲的缺席是玛丽娜和她的孩子不得不承受的，因为李·哈维将来也不会在小奥德丽的身边看着她长大。

杰姬·肯尼迪回到了华盛顿，之前，她在科德角过了夏天，9 月份有两个星期是在罗得岛州的纽波特过的，然后还在希腊度了两个星期的假，算起来她已经离开白宫近 4 个月了。这一天是 10 月 21 日，第一夫人邀请了《新闻周刊》的记者本·布拉德利和他的妻子托尼来白宫共进晚餐。晚餐的地点在白宫生活区的二楼，这间厅室是杰姬 1961 年主持重新装修的，她特意选择的壁纸上绘着美国独立战争时期的各种情景。

虽然今天的晚餐是轻松随意的，但这个房间恐怕有鬼。1841 年，威廉·亨利·哈里森总统因肺炎死在这个房间里；1862年，亚伯拉罕·林肯总统11岁的儿子威利生病后也是死于这个房间；仅仅过了3年，林肯总统本人在被刺杀后，他的遗体也是在这个房间进行了防腐处理；时光即将进入20世纪，这个拥有高高天花板的房间还是威廉·麦金莱的卧室，他最终也是在任期内死于一颗刺杀者的子弹。

在小帕特里克夭折之前，第一夫人经常安排今天这种临时性的晚餐，但那一次悲剧发生后，杰姬取消了1964年1月以前所有的正式社交活动，因此，这次晚餐是试图恢复白宫正常生活的一个开始。杰姬一直等到傍晚才确认总统晚间没有其他安排，这样一来，布拉德利夫妇7点钟才接到白宫的晚餐邀请，当然，他们很高兴放下一切手头的事情前来赴约。

肯尼迪刚刚结束了难熬的一天，伯明翰的种族矛盾仍没有平息，而在华盛顿，议员们围绕着民权运动的立法也争执不休，这一切搞得总统情绪低落。然而布拉德利夫妇是肯尼迪家在华盛顿最亲密的朋友，总统觉得，和这对夫妇在一起他的谈话不需要设防，因此杰姬将他们请来恰逢其时。肯尼迪穿着衬衫、品着红酒，发泄着心中的一些政治牢骚，许多话题围绕着他连任后的计划。"也许1964年之后，"肯尼迪一遍遍地重复着这句话，"也许1964年之后。"

然而，1964年可能并不意味着胜利之年，约翰·肯尼迪明白这一点。现在，卡米洛特的光环正渐渐黯淡，甚至杰姬刚刚结束的欧洲度假也成了负面新闻。杰姬对欧洲古典和现代文化的喜爱一直以来同美国公众比较现实的品位相抵触，第一夫人在美国无与伦比的人望曾让她不惧任何政治攻击，但现在情形变了。

杰姬经历丧子之痛还不到两个月，国会的共和党议员们便决定

210

不再对她网开一面。他们公开抨击她的希腊之旅，指责第一夫人不过是一个寻欢作乐的女人。"为什么这位夫人不去多看看自己的国家而偏要享受欧洲游呢？"俄亥俄州的议员奥利弗·波尔顿发问道。

关于在奥纳西斯的游艇上频频举办的派对，媒体也刊发了不少长篇报道，在一些记者的笔下，第一夫人简直是在放纵自己。"这种行为对一个服丧的女人来说合适吗？"《波士顿环球报》（Boston Globe）这样评论道。在一张公开刊发的照片上，毫无忌惮的杰姬正被一个光着上身、古铜色皮肤的年轻男船员扶上克里斯蒂娜号；另一张杰姬穿着比基尼晒日光浴的照片则被全世界的许多报刊用在了头版。这是杰姬成为第一夫人后首次遭受的媒体的集体攻击。

合众国际社旗下的报刊甚至直接质疑第一夫人的道德准则，并且指出她的日光浴太过暴露。"肯尼迪夫人在这样的地点、以这样的姿态允许别人拍照，假如她在美国的话，她绝不会让美国的记者们获得这样的机会。"作者接下来不无讥讽地写道，"下次奥纳西斯来美国的时候，为了回报他的友善，总统和第一夫人不妨邀请他到白宫做客，这也属于人之常情。"

此刻，在白宫的餐桌上，第一夫人被地中海阳光晒黑的皮肤仿佛随时提醒着人们她丈夫在政治上的脆弱，但她似乎对自己引发的不安毫不在意，而且，她还不介意在总统和布拉德利夫妇面前夸奖奥纳西斯，说这个希腊人"有活力且非常重要"——这样的夸奖无疑会让总统愈加气愤。

约翰·肯尼迪不知道在克里斯蒂娜号上究竟发生了什么，但他知道那条船上有按摩推拿、鱼子酱大餐和伏特加酒。他还看出他的妻子被克里斯蒂娜号的奢华和奥纳西斯如海的财富所吸引，他不能判定的是，他的妻子是否已经出轨，虽然她应当不大可能出轨，特别是她的妹妹也在船上，而且她的妹妹想追求奥纳西斯。可是肯尼迪感觉到杰姬似乎不免烦忧，因此他之前已经悄悄对本·布拉德利说过"杰姬有些内疚"。

现在他想利用一下她的内疚。

"也许下个月你可以和我们一起去得克萨斯。"总统小心翼翼地微笑着说。实际上，他已下决心带杰姬去得州，这不仅仅是为了回击她更愿意去欧洲的指责。第一夫人在南方远比总统受人欢迎，尤其是对女选民而言。自 1960 年以来，杰姬还没有为竞选露过面，如果她能陪总统出现在得州的话，应该能够化解总统面临的敌意。"杰姬可以告诉那些得州女人什么叫流行。"肯尼迪说道。

事实是，杰姬本人也很愿意守在总统的身边，无论如何，她已经厌倦了丈夫不在身边的日子。

正是在这样的心境下杰姬用一封手写的书信向丈夫表白了心曲，那封信写于 10 月 5 日，当时克里斯蒂娜号刚刚出海。

"假如我没有嫁给你，我的生命就是悲剧，因为我将悲剧定义为浪费生命。"杰姬当时被安排在船上的一个大房间里，这个房间以希腊的一个岛屿命名："希俄斯"（Chios）。杰姬的书写习惯是用破折号替代所有的标点，她接下来写道，她为他们的女儿卡罗琳感到遗憾，因为她不可能嫁给一个像她父亲这样出色的男人。

肯尼迪的婚姻时而也会出现紧张，许多情形不可言喻，但是，大多数场合下两人的爱意洋溢于彼此之间，当肯尼迪和杰姬并排站在一起的时候，美国人民甚至可以感受到他们的爱。事实上，他们的爱情也是不可否认的。此时，情感也流露于杰姬的笔尖。那一天，在克里斯蒂娜号上的杰姬一行一行地写着，直到这种爱的倾诉写满了 7 页纸。

"我遇到你的第一天就爱上了你。"杰姬在信中写道,他们在9月12日刚刚度过了结婚10周年的纪念日,"十年了,我对你的爱更甚于最初。"

这封信写于两周之前,此时在白宫,这个她深爱的男人想让她一起去得州,她怎么可能说不呢?

"当然,我去,杰克。让我们一起来做选战吧。"第一夫人回答道,不论在克里斯蒂娜号上发生了什么,那已经是过去的事情了,她的现在和未来无疑属于这位深情凝望着她的有着灰绿色漂亮眼睛的男人。

"我会和你一起做选战的,不管你去哪里。"

第一夫人随即拿出了她的红色记事本,用钢笔在日历上圈下了11月的21、22和23号,在旁边注下了"得克萨斯"。

第三章　邪恶获胜

18

1963 年 10 月 24 日

得克萨斯州达拉斯市

晚上

杰奎琳·肯尼迪对达拉斯即将发生的悲剧毫无预感，如果她能看到她的好朋友阿德莱·史蒂文森在达拉斯这个温暖的夜晚遭遇了什么，她恐怕也就不会对即将到来的得州之行如此乐观了。

达拉斯被称作"大 D"，是个多尘土、干燥的城市，夏天酷热而冬天干冷，城市内外看上去平淡无奇。达拉斯非常现实，它崛起于商业和石油，推动它发展的只有一样东西：钱。之后的电视连续剧《达拉斯》被批评家指责为夸大了当地人对金钱的挚爱，但达拉斯的实情并没有太大区别。

50 年后，达拉斯将成为一个兼容并蓄的大都市，各种肤色的人群和许多跨国公司在这里安家。然而在 1963 年，这里的人口只有 74.7 万，几乎全部是白人，97% 是新教徒，新的居民不断从得州的农业区和路易斯安那州涌入，使得这座城市在一天天增大的同时也变得越来越保守。

达拉斯拥有法律和秩序，或许如此，但它的确对犯罪处以很高的罚金，致使妓女们都跑到不远的沃斯堡去了，然而，达拉斯的凶杀案却在上升。达拉斯到处是浸礼会和卫礼公会的教堂，但城里也有旋转木马俱乐部这样的去处，这个俱乐部位于城里最繁华的路段，老板是52岁的杰可布·鲁宾斯坦——朋友们叫他杰克·鲁比，他有黑帮背景，但达拉斯的警察和媒体人经常来这个俱乐部喝酒。

也许达拉斯最大的特点就是不相信外乡人，也不认可他们的主张，对那些开放的北方人尤为如此。而且，当地人从来不用沉默来表达他们的痛恨，他们会付诸行动——犹太人的商店有时竟会被人刷上纳粹的万字符标志。

在这个特殊的夜晚，阿德莱·史蒂文森亲身经历了被人称作达拉斯的"仇恨氛围"的那种东西。史蒂文森是位忠诚的民主党人，他两次成为民主党总统候选人，但两次被德怀特·艾森豪威尔击败。得克萨斯肯定不是史蒂文森的地盘，虽然此时"纪念会堂"（the Memorial Auditorium）里坐满了观众，今天的主题是"联合国日"。昨晚，狂热的右翼人士特德·沃克将军也在这个会堂里发表了演讲，他的演讲是反联合国的，颇具煽动性，观众中坐着那个曾试图谋杀他的人——李·哈维·奥斯瓦尔德。

现在，当史蒂文森开口讲话，他的声音几乎没人听得到，因为他不断被在场一个叫作"全国愤怒大会"（National Indignation Convention）的组织的人大声质问或是喝倒彩，他们还有意将这位著名外交官的名字读错，使之成为"傻眼"（Addle-Eye）。

史蒂文森耐心地忍受着这一切，他在讲台前稳稳地站着，希望他的镇定能让局面渐渐得到控制，但这证明是不可能的，于是，他最后不得不直接回击一个质问者："当然，我亲爱的朋友，我本不该从伊利诺伊州来这里教得州人学习礼貌，对吗？"

这下子形势变得更糟了。

22 岁的罗伯特·爱德华·哈特菲尔德跳上讲台，把一大口唾沫吐在了史蒂文森的脸上，警察试图上前抓住哈特菲尔德，但他又向警察吐唾沫。史蒂文森感觉受够了，他擦去脸上的污秽，走出了会堂，但乱局并没有结束，一伙反联合国的示威者已经等在外面了。史蒂文森想平安回到他住的酒店已是奢望，这伙示威者堵在他回去的路上，不断地讥笑他。一个名叫科拉·弗雷德里克森的 47 岁的女士竟然用示威的小旗子打了这位 63 岁的美国大使的脑袋。

即便如此，史蒂文森仍努力保持他的外交风度，他一边挥手示意赶来的警察他本人尚好，一边对这位打他的女士说："有什么问题吗？我可以为您做点什么？"

"如果你不知道有什么问题，我真是没法子，可每个人都知道你的问题在哪。"这位愤怒的女士用得州口音喊叫道。

约翰·肯尼迪并不喜欢阿德莱·史蒂文森，但他听到这位资深政治家在达拉斯的遭遇后，受到了震动。至此，之前传来的许多有关达拉斯的负面报道已得到证实，他信任的那些朋友都劝他在得州之行中取消达拉斯这一站。早在 10 月 3 日，阿肯色州的国会参议员威廉·福布莱特就私下对肯尼迪说，他本人从生理上惧怕进入达拉斯，因为那是个"危险的地方"。

"我不会去那儿，"他对肯尼迪说，"你也千万不要去。"

传教士比利·格雷厄姆同样也告诫总统远离达拉斯。伦敦的《星期日时报》（Sunday Times）记者亨利·布兰顿确信肯尼迪对达拉斯的访问有很多不定因素，而且他的访问会使紧张状况进一步凸显出来。来自得州的国会议员拉尔夫·亚伯勒有两个兄弟在达拉斯生活和工作，他们两人都说达拉斯痛恨肯尼迪。在 11 月初，得克萨斯的民主党全国委员会委员拜伦·斯凯尔顿预感到，肯尼迪如果去达拉斯的话，他将置身于巨大的危险之中，于是，斯凯尔顿一次又一次地劝说总统千万别去达拉斯。

但是，约翰·肯尼迪是全美国的总统，这当然也包括达拉斯，在这片广阔的国土上，不应当有什么地方是他不敢去的。

每当他在高尔夫球场上打出非常难打的一杆之前，他总喜欢说："不要装酷，只需勇气。"面对达拉斯也是如此，肯尼迪已经决定访问"大 D"，不再有退路。

在距离美国半个世界的越南西贡，这一天正是万灵节，人们在罗马天主教堂做着祈祷，南越的总统吴庭艳也在领取着圣餐，他的弟弟吴庭儒就在他身边。

但是，兄弟俩祈祷的目的与众不同，这是约翰·肯尼迪心知肚明的。由美国支持的军事政变已经推翻了吴庭艳政府，随着局势渐趋明朗，远在美国的肯尼迪特意召见了他的首席顾问们，旨在讨论越南未来形势及吴庭艳和他弟弟的命运。会议颇为冗长，以至于肯尼迪半途还溜出去做了弥撒，然后他又返回主持会议。

吴庭艳和他的弟弟就不是这般轻松随意了，他们两人在政变中趁乱逃出了总统府，也就是逃命。像肯尼迪一样，他们也去了教堂做弥撒，现在，他们将西贡的圣弗朗西斯·沙勿略天主教堂当成了自己的避难所。

10 点整刚过，他们就被人认了出来，于是，兄弟两人做好了被逮捕和押送出境的准备，吴庭艳早就防备着这一天的到来，因此他随身携带的手提箱塞满了美元。

南越陆军的麦虎宣将军率领由一辆装甲运兵车和两辆吉普车组成的车队开进了教堂的后院，吴庭艳表示投降，他只要求车队在送他和他弟弟去机场的路上在总统府停一下，这个要求被断然拒绝，麦虎宣将军命令将两个俘虏立即押送到陆军司令部。士兵们于是将吴氏兄弟反绑，然后将他们推进了那辆装甲运兵车——看来这是要保证他们两人的安全，两个军官随即也进入了装甲车，然后关上了厚重的钢铁车门。

车队在一个铁道口旁停了下来，装甲车中的一个军官镇定地将食指放在他的半自动手枪扳机上，把一颗子弹从背后打入了吴庭艳的颅骨。

19

1963 年 11 月 1 日
得克萨斯州欧文市
下午两点半

星期五下午，疲惫的小詹姆斯·霍斯蒂按响了露丝·佩恩家的门铃，身材高大的霍斯蒂是联邦调查局特工，今年 35 岁，今天他一直在沃斯堡附近调查案子。这段时间他一共接下了将近 40 件案子，每一件都得一步一步来，但是，任何案件一旦涉及 J. 埃德加·胡佛局长的反共斗争大业，那就要从快办理，因此霍斯蒂在周五下午没能开车赶回达拉斯过周末，而是跑来敲了佩恩太太的门。霍斯蒂要找的是李·哈维·奥斯瓦尔德，前不久，中央情报局向联邦调查局传递了情报：奥斯瓦尔德上个月在墨西哥城走进了古巴大使馆，因此，联邦调查局现在急于找到他。

221

开门的是佩恩太太，霍斯蒂向主人亮了亮他的证章，并且解释说他是联邦调查局的特工，希望能同她谈谈。

这段时间露丝·佩恩过得很不如意，她结婚 5 年的丈夫已经同她分居并正在起草离婚文件。也许是因为害怕孤独，露丝邀请玛丽娜·奥斯瓦尔德搬来同她一起住，尽管她知道这个年轻的母亲根本没钱来分担她的生活费用。生活的负担是小事，让佩恩太太担心的是玛丽娜的丈夫李·哈维，她觉得这个每逢周末才来的男人行为怪异，于是她不允许他住在她家，因为她不信任这个男人。

然而佩恩太太对詹姆斯·霍斯蒂却很热情，她将他请进了家，并且大方地说，他是她遇到的第一个联邦调查局特工。

霍斯蒂并非普通的特工，他毕业于圣母大学，当过银行经理，到今天为止他已经在联邦调查局的达拉斯办公室工作近 10 年了。他不仅对达拉斯及其逐渐扩大的郊区非常熟悉，而且他还是一个勤勉的探员，即便今天他已经值完班可以回家了，他还是不辞辛苦地来到了佩恩太太的家。

最重要的是，特工霍斯蒂是调查李·哈维和玛丽娜·奥斯瓦尔德的专家。今年 3 月，他在联邦调查局专门为玛丽娜建立了一个档案，以便对这位苏联公民进行追踪调查。3 月下旬，霍斯蒂要求重新打开原已封存的李·哈维档案，因为后者明显表现出了对共产主义的同情。霍斯蒂一个公寓接一个公寓地追踪奥斯瓦尔德的行迹，从达拉斯到新奥尔良然后又回到达拉斯，新奥尔良的特工向霍斯蒂提供了奥斯瓦尔德被逮捕和参与支持古巴示威的记录，但从那以后，奥斯瓦尔德的行踪就断了。

霍斯蒂于是询问佩恩太太她是否知道奥斯瓦尔德在哪里。

佩恩告诉这位特工，玛丽娜和她的两个孩子住在这儿，犹豫片刻后佩恩又说，她也不知道奥斯瓦尔德住在哪里，但她知道他在达拉斯市中心的得克萨斯教科书仓库工作。佩恩找来一本电话黄页，查到了那家仓库的地址：榆树街 411 号。

霍斯蒂把这一切都记了下来。

忽然，玛丽娜走进了起居室，她刚刚午休过。

佩恩太太用俄语告诉玛丽娜，这位霍斯蒂先生是联邦调查局的特工，玛丽娜的脸上立即现出了恐惧的表情。霍斯蒂对这样的表情并不陌生，他知道，在苏联长大的人往往会把他当成秘密警察，玛丽娜此时恐怕在想，这个秘密警察会不会把她抓走。霍斯蒂马上请佩恩告诉玛丽娜，他来这里并不是要"伤害她或是骚扰她，联邦调查局的工作不是伤害，而是保护"。

佩恩太太将他的话翻译给玛丽娜，玛丽娜露出了微笑，同时镇定下来。

霍斯蒂起身准备离开，他对佩恩家的访问持续了将近 25 分钟。在返回达拉斯之前，他还要去查问另外两个案子的进展。他给佩恩太太写下了他的姓名和电话号码，告诉她如果有奥斯瓦尔德的什么新消息可以打他的电话。与此同时，霍斯蒂心中已经放松了对奥斯瓦尔德这个案子的警戒度，他觉得李·哈维·奥斯瓦尔德不过是个婚姻遭遇了问题的年轻人，同时他还对共产主义有好感、喜欢不断换工作，实际上没什么大不了的。

至少无须着急，奥斯瓦尔德早晚会出现的，特工霍斯蒂确信。

11 月 11 日，在霍斯蒂访问了佩恩太太家后的第一个星期一，白宫特工温斯顿·G.罗森接到了总统即将访问达拉斯的通知。

罗森刚刚 30 岁出头，他参加过朝鲜战争，现在他的一项专职工作是为肯尼迪落实行程，也就是说，每当总统要出行，他的首要职责便是确认沿途可能对总统构成威胁的人员，进而对这样的嫌疑人进行有效的控制，并且对总统演讲的地点和车队行进的路线落实安保措施。

这时，白宫的随从们仍在争论总统车队是否应当穿过达拉斯的市中心，由于在市区的主要街道有两万多扇窗户，达拉斯的路线将成为一个安保噩梦——窗户越多，枪手射击总统车队的机会也就越多。

但罗森暂时把窗户问题放在了一边，他先开始查阅特工处的调研记录，以便确认此行潜在的威胁，这些记录将显示所有威胁过总统或对总统构成潜在威胁的人。11月8日，罗森查阅了这些记录，结论是，达拉斯及周边地区没有这样的嫌疑人。

罗森随即从华盛顿前往得克萨斯，拜访了当地的警察局和相关的联邦机构，以便继续寻找可能对约翰·肯尼迪的生命构成威胁的嫌疑人。罗森仔细调阅了不久前攻击阿德莱·史蒂文森的几个抗议者的资料，并且获取了这几个人的照片，他们的照片将会分发给保卫总统的特工们和达拉斯警察局，总统车队进入达拉斯后，一旦与照片相像的人出现在总统附近，他（她）马上就会被盯上。

罗森的勤勉似乎很快得到了回报，当地的联邦调查局分支机构向他报告了一个可能对约翰·肯尼迪的生命构成严重威胁的达拉斯居民。

然而，提供这个线索的并不是特工小詹姆斯·霍斯蒂，当然，这个嫌疑人也不是李·哈维·奥斯瓦尔德，而是一个经常闹事的当地小混混，实际上，这个小混混根本没有刺杀总统的野心。

11 月 11 日在华盛顿是繁忙的一天，这一天是退役军人节，初冬的太阳略显苍白，持续的寒风将阿灵顿国家公墓的许多旗子吹得飘了起来。阿灵顿国家公墓与华盛顿市区相隔一条波托马克河，数百位士兵和平民此时正静静肃立，见证着肯尼迪总统为无名烈士墓献上一只花环。约翰·肯尼迪本人也是一位受过勋的退役军人，他立正站在墓前，倾听现场的一位号手吹奏葬礼号音，这是仪式中的最后一项。担任号手的是凯斯·克拉克中士，他是美国陆军乐队的首席号手，对这首悲伤的曲子非常熟悉。克拉克将这首小号独奏表现得凄美而悠扬，每一个音符仿佛都飘荡在如海的白色墓碑和绿色草坪上。

肯尼迪总统为阿灵顿公墓不乏戏剧性的历史而感动。阿灵顿曾是南北战争南军统帅罗伯特·E.李的家族领地，南北战争期间，联邦军将其改为了墓地，因此，尽管李将军家的大宅当时仍未拆除，但他和他的后人再也不敢来这儿住了。肯尼迪可以切身感受到这个损失对罗伯特·E.李有多么巨大，从这里波涛般起伏的地貌可以看到河对岸的华盛顿，而这里的宁静与平和同华盛顿无处不在的高节奏和幕后交易形成了鲜明对比。

"这里是地球上一处真正美丽的地方，"总统之后对议员黑尔·鲍格斯说道，"我愿意永远留在这里。"

这种想法并不是一时兴起，肯尼迪还曾多次对国防部长罗伯特·麦克纳马拉说过："我想，也许有一天，这里是我钟爱的长眠之所。"

20

1963 年 11 月 13 日

白宫

晚上

我们仅有 9 天生命的主人公用欣赏的目光看着葛丽泰·嘉宝脱掉她的鞋子，躺在了林肯卧室的大床上。白宫刚刚结束了晚宴，著名的瑞典裔归隐影星嘉宝是晚宴的主宾。杰姬·肯尼迪承认自己对嘉宝着迷，她觉得她自己同嘉宝有许多相似之处，但邀请嘉宝游览白宫的是肯尼迪。

在晚宴上，嘉宝有些紧张，因此她一杯接一杯地喝着伏特加，而肯尼迪非常克制，不仅没有抽雪茄，而且一口烈性酒也没喝。"当我点烟的时候，我真有些难为情。"嘉宝后来回忆说。

约翰·肯尼迪对嘉宝着迷，正如同嘉宝对肯尼迪着迷一样。通常，肯尼迪在晚宴后会悄悄溜走，这样他在睡觉前可以独享一段安静的时光，可是今晚，肯尼迪一直没有离去，如他本人所说，"比我当总统以来哪一次耗的时间都长。"

在今晚以前，肯尼迪和嘉宝从未见过面，但他们几乎一见如故，这得益于他们一同对肯尼迪的中学室友玩的恶作剧。莱姆·比灵斯是肯尼迪在乔特私立中学读书时的室友，之后他成了肯尼迪在这个世界上最好的朋友，他们两人仿佛兄弟一般，比灵斯因为经常在白宫住，他在白宫三楼有一间卧室，里面还放置了自己的一套衣服。1960 年，44 岁的比灵斯已是一家广告公司的经理，但他特意将生意停了一年，无偿帮助肯尼迪竞选总统。竞选成功后，肯尼迪有意为他安排一个职位，请他做"美国和平工作队"（Peace Corps）的领导人，但比灵斯谢绝了，因为他担心接受这个职位会让他们两人的友谊变味。

比灵斯这一年的夏天在法国南部度假，在那里他结识了葛丽泰·嘉宝。回到美国后，这位尚未结婚的比灵斯动辄便吹嘘他与嘉宝相处得如何愉快，以至于杰姬都要喝止他，不许他再谈这位影星。

但肯尼迪的好奇心已无法抑制，他想到，不妨邀请嘉宝一起来对比灵斯玩一个恶作剧，这样会让嘉宝的到访更加难忘。于是，他给嘉宝打了电话，并且向她提议："我的朋友比灵斯吹牛说他有多么多么了解你，所以等他进来的时候，请你装作不认识他的样子。"肯尼迪请嘉宝早一点来白宫，这样大家还可以提前演练一下这个总统提议的小把戏。

"早一点"对于"卡米洛特"来说意味着8点半左右，今晚也没有例外。

这是因为总统又度过了紧张繁忙的一天。他的第一项日程是9点45分同专栏作家安·兰德斯讨论1963年的防痨邮票，而最后一项日程是6点30分接见美国民权运动委员会的领导人约翰·A.汉纳。在二者之间还要会见捷克斯洛伐克总统，要在南草坪观看一场英国来的皇家高地团军乐队的表演，参加一个15人与会的针对肯塔基东部地区的扶贫会议，傍晚还有一个小型的对外政策会议，与会的人有迪安·拉斯克、麦乔治·邦迪以及前国务卿克里斯蒂安·赫脱。

肯尼迪照例在中午1点10分游了泳，1点40分吃了午饭，其他时段一直保持着高节奏，一个会议接着一个会议，肯尼迪不仅仅要出席这些会议，而且必须对会议内容预先了解，进而要对许多不同的议题做出决定。但从始至终，总统的内心一直装着下周的得克萨斯之旅。

当肯尼迪一天中第二次跳入泳池的时候，已经是晚间 7 点 15 分了，他披着浴巾走进卧室是 8 点 03 分，嘉宝已经到了。肯尼迪不紧不慢地沐浴、更衣，他知道杰姬会向嘉宝解释，他要晚一点到。

莱姆·比灵斯看到嘉宝第一眼便抑制不住激动万分："嗨，葛丽泰！噢，上帝呀，你好吗？"他叫道。

嘉宝一脸茫然地看着他，然后又看了看杰姬，说道："您一定搞错了，我不记得我们之前见过。"

肯尼迪到场后，嘉宝再次声明她不认识比灵斯。总统的这位老朋友变得越来越失望，他把肯尼迪抛在一边，一遍又一遍地提醒嘉宝他们在哪里相遇以及他们共同认识的一些人。比灵斯越着急，看上去越像是嘉宝从来没有遇见过他。在这个过程中，肯尼迪彻底放松了，他暂时忘记了工作，充分享受着这次轻松的晚宴和他本人设计的恶作剧。莱姆·比灵斯第二天早上才意识到他被总统耍了。

晚宴结束没多久，肯尼迪便带着所有主宾参观了白宫，微醉的嘉宝不想弄脏林肯卧室的床单，因此她脱了鞋才躺了上去。参观的最后一站是椭圆办公室，大多数美国人不知道的是，肯尼迪总统喜欢收藏鲸牙雕刻，他常常匿名在拍卖场竞拍这种稀有的艺术品，当嘉宝表示她很感兴趣，肯尼迪马上打开了他的收藏柜，取出一件作为礼物送给嘉宝，嘉宝高兴地接受了。

这就是"卡米洛特"中的生活，白天用来解决这个世界上的难题，其间有两次治疗性的裸泳，名人们会出现在通常开场很晚的晚宴上，最后可能还会有一位魅力四射的前影星参观美国最著名的住宅，还会有其他地方上演这一系列好戏吗？

但是，这样一个夜晚结束得很仓促。"我必须走了，我有些醉了。"嘉宝这样说道，之后她便前往她住的酒店。

"卡米洛特"里最后一次晚宴就是这样结束的。

但是，这样一个传奇般的夜晚是不容易被忘却的，即便是葛丽泰·嘉宝这样著名的人物也无法抵御卡米洛特的诱惑。"我和你们在白宫度过了一个最不寻常的夜晚，"嘉宝之后给杰姬·肯尼迪写了一封致谢的短信，"的确是魅力无穷、引人入胜，假如现在我面前不是放着总统送给我的鲸牙，我会相信那个夜晚是一场梦幻。"

但是卡米洛特并非梦幻，它是现实，但现实即将转弯，进而永远改变美国。

21

1963 年 11 月 16 日
得克萨斯州达拉斯
中午 1 点 50 分

13 岁的斯特林·伍德将他的温彻斯特来福枪瞄准了远处半身靶的头部，他轻舒一口气，扣动了扳机，然后，他眯着眼睛向靶子望去。这一天是星期六，猎鹿季节到了，斯特林和他的父亲霍默来到大型运动来福枪靶场试枪。

斯特林注意到他旁边的小隔间里站着一个年轻人，他也在对着一个半身靶瞄准。斯特林读过很多有关枪的书籍，因此很肯定这个年轻人手持的是一支意大利卡宾枪。看上去这支枪的枪管已经被锯短了，但它仍比斯特林的温彻斯特来福枪长了几英寸。从枪托上的划痕数量看，聪明的斯特林怀疑这支枪是从陆军退役下来的。枪上还缠了布带以便步兵携带，枪身上的四倍瞄准镜可以将目标拉近，这样，准确度就大大提高了。

"爸爸，"斯特林轻声对父亲说，"那好像是支 6.5 口径的意大利卡宾枪。"

这个年轻男人开始射击，由于枪管被锯短，斯特林看到火光从枪口迸发出来，同时还感受到击发产生的热度。这个枪手随即捡起弹壳塞进衣兜，仿佛他不想留下任何他来过的证据。之后，每打一枪，他便会将弹壳收好，斯特林感觉这很不寻常。

斯特林看了看这个年轻枪手的靶子，如果靶子是真人的话，弹着点都集中在这个人的眼睛上。

"先生，这是 6.5 口径的意大利卡宾枪吗？"斯特林向这个陌生人问道。

"是的，先生。"对方答道。

"那么这个瞄准镜是四倍的吗？"

"是的，四倍。"

斯特林估计，这个枪手一共打出了"8 至 10 发"子弹，相对而言，他打得非常慢，但从专业的角度看，"八至十发"既没有浪费子弹，又足够确认他的步枪和瞄准镜都精确无误。

后来斯特林才知道，这个男人就是李·哈维·奥斯瓦尔德。

就在这个星期六，《达拉斯新闻早报》在头版刊发了肯尼迪总统于 6 天后访问达拉斯的消息，这篇报道还详细披露了总统车队穿越市中心时的路线。空军一号将降落在爱之地机场，总统从机场乘车前往一个叫作"交易市场"的大型商业中心，并在那里发表演讲。总统车队将路过得克萨斯教科书仓库，也就是奥斯瓦尔德工作的地方。

奥斯瓦尔德很喜欢读报，因此他很早以前就知道约翰·肯尼迪要来达拉斯。今天，他决定留在城里，而不是去佩恩太太的家看望玛丽娜和他们的两个女儿。

就在一个月前，奥斯瓦尔德年满24周岁，他还没有在地球上留下什么印迹，而且他正在失去他的妻子和孩子。他的工作完全是体力劳动，尽管智商不低，但他没上过大学。他甚至到现在还不知道自己想做美国人、古巴人还是苏联人。

尽管如此，他仍渴望成为一个伟人，一个有影响的人物，一个永远不会被忘记的人物。

约翰·威尔克斯·布斯在刺杀林肯总统前的那段日子里，也渴望成为这样的一种人物，而且，在行刺前几天，布斯也曾在一个射击场练习准头，正如奥斯瓦尔德一样。

长时间以来，奥斯瓦尔德一直默默无闻，没有谁会注意到他，这一天，他却给13岁的斯特林留下了深刻印象，因为奥斯瓦尔德今天的确很了不起，他射出的子弹全部打在了半身靶的头部。

卡米洛特的破灭或许开始于猪湾，那一次，约翰·肯尼迪不仅为自己树立了一个永久性的敌人菲德尔·卡斯特罗，而且他还激怒了中央情报局。

卡米洛特的倒塌或许开始于1962年10月的那个晚上，当时肯尼迪毅然断绝了自己同山姆·吉安卡纳、弗兰克·西纳特拉及其他黑帮人士的关系，然后坐视他的弟弟鲍比对有组织犯罪的全力追查。

卡米洛特的谢幕还可能开始于古巴导弹危机，约翰·肯尼迪运筹帷幄，完胜了尼基塔·赫鲁晓夫和他代表的苏联，但因为肯尼迪拒绝发动战争，他同时也让他的最高将领们和把持美国"战争工业体系"的一群工商巨头彻底失望了。

或者，卡米洛特的结束是多种因素共同作用的结果。

　　但实际上，一切开始于11月18日，当白宫特工温斯顿·G.罗森、特工处达拉斯办事处特工福里斯特·V.索罗斯和达拉斯警察局局长杰西·柯里开车驶过了从爱之地机场到交易市场精心选择的十英里路线时，特工索罗斯不禁惊叫："天哪！"他望着成千上万沿街的窗户说，"我们那天就是挨枪的鸭子。"

　　然而，特工们还是为总统车队确定了这样一条路线。

　　每一次美国总统的车队要驶过一个拥挤的城市，随员们既要保护他的人身安全，又要让这位美国的最高行政长官能融入美国人民，往往最终要在这两者之间寻找一个平衡点。保护总统的人身安全意味着要让他活着从人群中走出来，这在那个年代是非常不易的，因为总统当时乘坐的敞篷车配有一个透明的天篷，而当车队驶入繁华街巷时，这个天篷是要被移走的。什么是总统车队理想的行驶路线呢？首先街道的两旁不能有窗户，这样可以排除枪手从窗口射击的可能；必须有备选路线，一旦前方出现问题，车队可以立即从备选路线迅速撤离；街道必须宽阔，这样可以让人群同车队保持距离；最后，急转弯越少越好。

　　总统车队在达拉斯的行驶路线违背了以上所有条款。

　　如果总统座车在行驶路线中需要转弯，那么特工威廉·格利尔——这位肯尼迪最常使用的司机就必须让座车明显减速，这时枪手射击总统就容易多了。特工处的条例规定，如果总统车队在转弯处不得不减速，特工们必须提前对这个路口进行安全检查。在一个90度的转弯处，比如达拉斯路线中的梅恩街与休斯敦街的十字路口，格利尔肯定要减速；在一个120度的转弯处，比如达拉斯路线中的休斯敦街和榆树街的交叉路口，可以导致肯尼迪的豪华林肯车减速至每小时只有几英里。

这种速度只是一个人快步走的速度，在这样的速度下，杀手通过有瞄准镜的步枪可以很轻松地击中总统。因此，如果总统座车在一定时间内不得不以这样的低速度行驶，训练有素的特工们就必须将他们的身体置于总统和人群之间，充当人肉盾牌。在充当盾牌的同时，他们还要抬头查看两边建筑的窗户里有没有枪手的身影或来福枪的枪管。总统的豪华座车在车身两侧都有踏板，站在踏板上的特工既可以保护总统又可以观察周边的情形。然而，肯尼迪不喜欢让特工们站在他身边的踏板上，因为这样会挡住公众投向他的视线，因此，特工们经常坐在一辆紧随其后的车上。

假如杀手知道了总统车队的精确路线，那么一切安保措施都可能付之东流，因此，当11月18日特工索罗斯和罗森为总统车队选定了路线并将之公之于众，所有想对总统动手的人都可以开始计划他们的行动地点和时间了。换句话说：许多人想看到约翰·肯尼迪死，但在11月18日那个星期一之前，在达拉斯还没有刺杀他的可能。

现在有了。

22

1963年11月21日
空军一号上
下午2点整

约翰·肯尼迪的生命已经进入倒计时，此时，他在空军一号上，从他使用多年的黑色鳄鱼皮公文包里拿出了一份"总统专阅"的情

报文件，开始认真地看了起来。他通常的阅读速度是一分钟 1200
个单词，此时他的眼镜挂在他的鼻尖，这正是他聚精会神的状态。
杰姬·肯尼迪也在这间办公室里，她正坐在丈夫对面的沙发上轻声
用西班牙语读着一篇演讲稿，今天晚上，她将在休斯敦对一群拉丁
裔的美国女士做演讲。

　　第一夫人的西班牙语低吟对空军一号上的肯尼迪来说是悦耳
的，他非常高兴妻子能同他一起去得克萨斯，因此他少有地帮助她
选择了在许多不同场合要穿的套装，其中有一套粉色香奈尔羊毛套
装再配上相同颜色的小圆帽，这是总统的最爱。

　　流行也许通常打动不了肯尼迪，但空军一号内部的设计和装饰
却让他颇费了一番脑筋。他刚刚就职的时候，有三架总统专机供他
使用，只要他登上其中一架，那一架飞机便可以称为空军一号。但
当时这几架飞机看上去更像军用飞机而不像总统座机，而且，当时
这几架飞机的机身上还喷着"军用航空运输部"这几个单词，机身
内壁的绝大部分是没有喷漆的金属。

　　但约翰·肯尼迪现在乘坐的这架机号为 26000 的飞机较当年已
经有了很大的提升，他于 1962 年 10 月接收了这架崭新的波音 707
总统专机。正如同杰姬在监理白宫的重新装修——白宫装修将在总
统夫妇得州之行期间取得最新进展：等他们两人回来，肯尼迪就可
以看到椭圆办公室里挂着的新窗帘了——肯尼迪也在亲自指导着空
军一号的装饰工作，例如，机身和机翼设计成淡蓝与白色相间，一
排 45 个椭圆舷窗的上方则喷着醒目的"美利坚合众国"几个单词。
机舱内铺着奢华的地毯，所有设施都非常舒适，包括一个独立办公
室、一个小会议室和一间卧室，在卧室里总统用的硬床垫的上方，
挂着一张绘制着法国乡村别墅的画作，而且，在所有家具和摆设上

几乎都有美国总统徽章。约翰·肯尼迪非常喜欢这架新飞机，因此，接收它短短 13 个月以来，这架波音 707 已经飞了 7.5 万英里。

今天的旅程开始于 9 点 15 分，约翰·肯尼迪向卡罗琳道了再见，随后卡罗琳便前往白宫三楼上课去了。小约翰下周就要满 3 岁了，他幸运地随着父母搭乘总统直升机从白宫飞到了空军一号的停机坪。此时的华盛顿已颇有寒意，小约翰穿着一件伦敦雾的风衣，他非常喜欢这次短途旅行。

但当"海军陆战队一号"直升机降落在空军一号旁的跑道上，小约翰还想和父母继续旅行，"我也要去。"他对父亲说。

"你不能去。"总统轻柔地答道。

"我们只去几天，"第一夫人努力哄着儿子，"等我们回来的时候，就是你的生日了。"

小约翰开始哭闹。"约翰，你妈妈说了，我们过几天就回来。"总统安抚道，他吻了吻小约翰，然后转身对负责保护小约翰的特工说："你替我照顾好他，福斯特先生。"他温柔地命令道。

鲍勃·福斯特觉得有点反常，肯尼迪总统一向从不对他这样交代，不管他和儿子分别时小约翰哭得多么厉害。

11 点整，总统给了小约翰最后一个拥抱，然后走上柏油跑道，继而沿舷梯登上空军一号，第一夫人随他一起走进了机舱。5 分钟后，空军一号在跑道上加速、起飞，开始了它三个半小时的航程，小约翰·肯尼迪望着巨大的喷气飞机飞上云端，直至消失。

空军一号的第一站是得州的圣安东尼奥，然后依次是休斯敦和沃斯堡，总统和第一夫人将在沃斯堡停留一夜，第二天去达拉斯。肯尼迪的专机飞行员吉姆·斯文德尔将驾驶着载着肯尼迪夫妇的空军一号从沃斯堡飞到达拉斯的爱之地机场，空中飞行时间只有 13 分钟，但对动荡的达拉斯来说，空军一号从天而降无疑要比总统车队穿越35英里的草原气势大得多。

此时，在空军一号上的肯尼迪放下文件，打算休息片刻，他点燃了一支雪茄。杰姬去卧室换衣服了，肯尼迪正好可以静静地想一想。从政治上说，得克萨斯一言难尽，不好确认每一处欢迎的人群是敌意的还是善意的，在这次行程中，他还很在意杰姬是否愉快，当然，她是否情愿陪他进行1964年的连任竞选，此行可以看作试金石。

肯尼迪站起身来，走到了第一家庭的生活区。他轻轻地敲了敲门，然后把头探了进去，"你还好吗？"他向杰姬问道。他们很快就要降落了，他看到妻子刚刚穿上一件利索的白套裙。

"我挺好。"第一夫人答道，她正对着镜子修整她的小贝雷帽和黑色的腰带。

"我就是想来问问。"他说道，随即关上了门。

总统有了一丝失重的感觉，空军一号开始下降了。他望了望舷窗外，距飞机5英里的大地仿佛在缓缓上升，迎接他的这片得克萨斯的国土是贫瘠而平坦的。

在达拉斯市的得克萨斯教科书仓库，李·哈维·奥斯瓦尔德正在往纸箱里装书，装好的书将按订单运走。他有些心不在焉，今天下午版的《达拉斯先驱时报》（*Dallas Times Herald*）在头版刊登了总统车队在这座城市行进的路线图，按照这张路线图，奥斯瓦尔德只需走到现在离他最近的窗户，就可以清楚地看到总统车队先从梅恩街减速向右拐上休斯敦街，然后再以更慢的速度向左拐上榆树街，后一个拐弯几乎就在教科书仓库窗口的正下方，到那时，奥斯瓦尔德可以清清楚楚地看到敞篷车中的总统。

但是李·哈维·奥斯瓦尔德想要做的不仅仅是看到总统，实际上，他正在静静地计划着杀掉总统。就在一个月前，也就是他们第二个孩子出生前几天，夫妇两人一起去看了电影《突然间》（Suddenly）和《萍水相逢》（We Were Strangers），玛丽娜发现丈夫对这两部电影非常着迷，这两部电影中都有刺杀政府官员的情节，其中《突然间》刺杀的是美国总统。奥斯瓦尔德甚至告诉妻子，这两部电影看上去很真实，她觉得丈夫这话挺奇怪。

奥斯瓦尔德并不恨肯尼迪，他也没有理由要让他死。但他一想到像约翰·肯尼迪这样的人能在生命中享有那么多的荣华，他的心中就不禁泛出酸楚。奥斯瓦尔德很明白，特权家族出生的孩子更容易出人头地，但除了这种嫉妒心之外，他并没有说过肯尼迪的坏话，而且，奥斯瓦尔德也非常想成为肯尼迪这样的人。

毕竟，他想要做一个伟人。

"今天下午我能搭你的车回家吗？"奥斯瓦尔德小心翼翼地向工友卫斯理·弗雷泽问道。弗雷泽今年19岁，他的家离玛丽娜住的佩恩太太的家只有半条街远，因此，奥斯瓦尔德周五下午经常搭弗雷泽的车去欧文市的郊区看望玛丽娜，周一再搭他的这辆9年前出产的黑色雪佛兰四门车回达拉斯。

"当然。"弗雷泽答道，他们两人此时站在得克萨斯教科书仓库的一楼，他们的身边是一张大工作台，"你愿意的话随时可以和我一起走，我跟你说过，你不论哪天想看你太太的话都可以搭我的车回家，没问题的。"

但弗雷泽马上意识到今天并不是星期五，而是星期四，奥斯瓦尔德从来没有在周四搭他的车去过欧文市，"为什么今天你要回家呢？"弗雷泽问道。

"我得回家拿些窗帘杆来。"奥斯瓦尔德答道。

之后奥斯瓦尔德从教科书仓库的运输部偷了一些棕色的包装纸，下班前的时间他用这些包装纸做了一个纸袋，准备装他的"窗帘杆"。

在他制作这个用来包装他来福枪的纸袋时，李·哈维·奥斯瓦尔德还不能确认自己一定要刺杀约翰·肯尼迪，现在他最期望的是能够永远同玛丽娜和他们的两个女儿生活在一起。今夜，他将恳求妻子收留他。

但如果她不接受他，奥斯瓦尔德就别无选择了。

这就是李·哈维·奥斯瓦尔德的奇幻世界，他只给自己留下了两个极端的选择：要么今后永远幸福地生活，要么去刺杀美国总统。

23

1963 年 11 月 22 日

得克萨斯州欧文市

早上 6 点 30 分

奥斯瓦尔德夫妇吵了一夜，吵架对他们来说是家常便饭了，但这次是完全不同的，他们从此结束了。在佩恩太太家这间狭小的卧室里，李·哈维站在床脚，穿上了他的工装裤和旧衬衫，接着他将结婚戒指用力从左手摘了下来，把它扔进了梳妆台上的一个瓷杯里，这只戒指原本象征着他对玛丽娜的爱，但现在它成了奥斯瓦尔德人生失败的又一个佐证。

今天，奥斯瓦尔德要做一件大事来改变这一切，从而证明他并不是一个失败者，即便为此失去生命也在所不惜。

他在梳妆台上放下了187美元，这是给他的妻子和两个女儿的临别礼物，从此，奥斯瓦尔德似乎不再会有未来了。

玛丽娜躺在床上，半梦半醒，她和她丈夫共有的最后一夜并不浪漫，玛丽娜两次起床去哄小女儿，这前后奥斯瓦尔德一直在翻来覆去，他们没有做爱，虽然凌晨3点玛丽娜有了温柔的表示，但奥斯瓦尔德一脚将她踢开了。

奥斯瓦尔德回家的主要目的是来取他的来福枪，但假如玛丽娜愿意从此和他生活在一起的话，他将会放弃他可怕的计划。整个晚上他都在恳求妻子回心转意，他告诉她他多么想念他们的两个女儿，他甚至还承诺要给玛丽娜买一台洗衣机，因为他知道她多么需要它。

可是，玛丽娜对丈夫周四的来访非常生气，因为这违反了他们同佩恩太太的约定，于是奥斯瓦尔德的恳求渐渐转变成新的一轮争吵，但他仍不想放弃。

然而玛丽娜似乎并不想让她丈夫回来，他们整个晚上都待在户外，陪着琼和奥德丽在佩恩太太的草坪上玩，初冬时节，草坪已经枯黄。奥斯瓦尔德请求玛丽娜再次做他的妻子，她犹豫了，毕竟李·哈维曾是她生命中的挚爱，但她没有松口。

奥斯瓦尔德早早就上床躺下了，他在闭着眼睛冥想。玛丽娜上床的时候，他感受到了她身体的温暖和淋浴后散发出的肥皂香气，但他装作睡着了。时间一个小时一个小时地过去，他渐渐找回了自己的勇气，他在这个世界上已经没有什么留恋的了，他要去实现他的计划。

现在，黎明来了，奥斯瓦尔德穿上工装后把他在这个世界上所有的财产放在了梳妆台上，这时，他听到身后床上有些许动静。

"不要起来，"他对她说道，"我会自己做早饭。"

玛丽娜非常疲劳，她也没打算起来，忽然，奥德丽又哭了起来，玛丽娜马上转身去哄她，奥斯瓦尔德轻轻离开了房间，没有说再见。

这个杀手在厨房给自己泡了一杯速溶咖啡，几口喝光，然后走进了佩恩太太满满当当的车库去取他的来福枪，那个包裹一直放在他棕绿相间的陆战队背包旁，他打开包裹，拿出了这支 6.5 毫米口径的曼利切尔—卡尔卡诺步兵卡宾枪，然后把枪放在了他昨天做的厚厚的纸袋里。

奥斯瓦尔德攥着"窗帘杆"的枪管走出了车库，同时也永远地同他过去的生活告了别。

8 点整，奥斯瓦尔德乘坐卫斯理·弗雷泽的雪佛兰轿车到了得克萨斯教科书仓库的门口，他们要开始工作了。弗雷泽还没将车熄火，奥斯瓦尔德就迈出了车门，随即拿着他的大纸袋冲进了小楼。之后进楼的弗雷泽还奇怪地问他，为什么这样着急。

"下雨了。"总统的男用人乔治·托马斯走进了肯尼迪在沃斯堡酒店的套间，他准时在早上 7 点 30 分叫醒了肯尼迪。总统的套间在 8 楼，这时，楼下已有将近 5000 人聚集在停车场准备聆听肯尼迪的演讲。按照预先安排，肯尼迪将站在一辆卡车的拖车平台上发表演讲。聚集等候的人几乎都是男性，他们基本上是工会的工人，许多人已经在雨中等了几个小时了。

"真糟糕。"肯尼迪对他的用人说道，他起了床走向沐浴间。下雨意味着他的敞篷车在驶进达拉斯市中心时必须扣上透明顶盖，这样一来，不仅在冷雨中苦等了几个小时的市民们看不清总统和第一夫人的模样，而且他们的失望会导致严重的后果，很多选民明年11月份的大选恐怕就不会把票投给肯尼迪了。

总统在自己的背上系好金属支架，他将支架的带子系得很紧。接着他穿上一件白色带灰条纹的皮尔卡丹衬衫，打上一条深蓝色的领带，再套上一件双排扣的蓝西装。他坐下来迅速浏览了中央情报局的形势报告，特别关注了一下越南战场上的伤亡数字。之后，他又粗略地翻了翻当天的几份报纸，《芝加哥太阳报》（*Chicago Sun-Times*）报道说，杰姬将成为协助肯尼迪赢得1964年大选的关键因素。这是肯尼迪开始得州之行以来得到的最好的消息，看来人人都喜欢第一夫人，前一段时间由她的比基尼照片引发的喧嚣已经完全被大家忘却了。

在肯尼迪行程的第一天，他随处收获着得克萨斯人对他的尖叫与欢呼，但尽管他获得了许多喝彩，尽管人们在专注倾听他演讲中的每一个单词，他得到的欢迎还是根本不能与他妻子相比。现在，杰姬成了全得州的话题，带她一同来得州看来是总统近来最聪明的政治抉择。

9点整，约翰·肯尼迪站在了楼下那辆卡车上，看上去愉快而自信。"沃斯堡没有软弱的心。"他对在场数千观众赞许道。在场的工人们坚信总统不会让他们在雨中空等，这不，总统按时出现了。

"杰姬在哪儿？"人群中有人喊道。

"杰姬在哪里？"又一个声音接着喊道。

约翰·肯尼迪微笑着转身指了指杰姬所在的房间："肯尼迪夫人正梳妆打扮呢。"他开玩笑说。在8层楼上，骄傲的杰姬可以听到从停车场传来的演讲，她很高兴人们提起她的名字，而且接下来她丈夫如此轻松地同观众们打趣，她更是开心。

"她可能还要有一会儿才好，"总统说，"不过，当然，她打扮好了看上去要比咱们都好看一点。"

人群爆发出巨大的笑声，感觉就好像总统是他们最酷的酒友，这会儿他正和老伙计们分享他生活中的笑料呢。

但实情是，杰姬今天不仅仅是需要多"一会儿"的时间，她需要很长时间，在她对镜梳妆的时候，随从们都能看出她的疲惫。选战本身就是个累人的活，但她决心坚持下去，两周后，她还要陪丈夫去一趟加利福尼亚，同样是要访问多个城市，这也是她心甘情愿要去的。实际上，她已经下决心陪伴在丈夫身边，直到明年11月他赢得连任。

但那些都是将来的事了，现在，得克萨斯之旅刚刚走了一半，杰姬必须先把今天扛过去，然后，她才可以放松一下。"噢，上帝呀！"她注视着自己在镜中的疲态，不禁自语，"一天的选战可以让人老30岁。"

第一夫人此刻完全不知道，今天将要发生的一切将是她的年轻生命难以承受的。

停车场上数千人的热情也感染了总统，他发表了激情洋溢的有力演讲，"我们正在前行！"他在结束演讲时掷地有声地说道，他表示他将恪守他在就职演说中的承诺，而现在距他就职还不到3年。他说，冷战已经被我们抛在了身后，这就是说，未来是所有美国人的卡米洛特。

数千个强壮的工会工人爆发出震耳欲聋的欢呼声，这就是约翰·肯尼迪此行想要的，看来，得克萨斯毕竟也不是那么糟糕。

总统带着一阵兴奋走下卡车回到酒店，选战让他激动，即便是在得克萨斯清晨的细雨中。

但是，肯尼迪也预感到，在 11 月 22 日这个日子里，余下的时间不会那么轻松，不论是从政治还是个人的角度看，如果他想赢得达拉斯冷漠的心，他必须全力以赴。

正如他本人告诫杰姬的那样，"我们今天要进入一个疯狂的城市。"

24

1963 年 11 月 22 日
达拉斯市得克萨斯教科书仓库
早上 9 点 45 分

达拉斯的市民们开始在得克萨斯教科书仓库楼前的道路转弯处聚集，总统 3 个小时后才能到达，但心急的市民都希望早一点来占个好位子。现在的好兆头是，太阳似乎要从云层中钻出来了，这样一来大家也许最终都能直接看到约翰·F. 肯尼迪和杰姬。

李·哈维·奥斯瓦尔德从教科书仓库的一楼窗户向外凝望了一番，根据人群现在聚集的位置估算了一下总统座车的轨迹。他现在可以把榆树街和休斯敦街的大拐弯看得一清二楚，毫无疑问，总统座车将在这里缓缓左拐，这对奥斯瓦尔德很重要。他已经在仓库的 6 楼选好了一个狙击位置，六楼只有一盏 60 瓦的白炽灯，显得非常昏暗，而且整个楼层都在装修，因此没有太多东西。这一层楼面上有一个正对着大拐角的窗口，窗口前堆了很多箱书，形成了一个良好的藏身之所，奥斯瓦尔德可以在总统车队驶近大拐弯的时刻将来福枪管从这里伸出窗口，瞄准总统座车。神枪手奥斯瓦尔德知道，在总统座车完成转弯的过程中，他可以开两枪，如果动作利索的话他甚至可以开三枪。

但也许一枪就够了。

驾驶员吉姆·斯文德尔上校将空军一号轻松地降落在达拉斯的爱之地机场上，约翰·肯尼迪非常兴奋，他从舷窗向外望去，天气变得晴朗而温热，机场上已经有大批的得克萨斯人在等着欢迎他了。"这趟旅行其实很棒，"他忍不住高兴地对肯尼·奥唐奈说道，"这儿就是达拉斯，看来得克萨斯的一切都会欢迎我们！"

一辆辆警车将停机坪围了起来，远处，连房顶上都站着警察，这也许预示着什么。前来机场欢迎总统的人群有大约 2000 人，他们为空军一号的降落而欢呼，这也是 1948 年以来美国总统第一次访问达拉斯。人群后排的男人们都踮起脚尖，生怕前面的人阻挡了他们的视线。机场的工作人员也都离开了他们各自的岗位，拥到了阻隔跑道与停车场的一条铁链跟前。一架运载总统防弹豪华车的美国空军 C-130 运输机随即也在机场上降落，并打开了它的舱门，总统座车从运输机中驶出，它的透明顶盖留在了机舱里，可伸缩的车篷也完全收起。一位在做现场直播的当地电视台记者激动地报道说，总统座车没装透明顶盖，这表明达拉斯的市民们可以直接看到"活生生"的总统和第一夫人啦。这位记者还提醒他的观众，总统将要在下午两点一刻到两点半之间回到爱之地机场，他的下一站将是奥斯汀。

林登·约翰逊和他的夫人伯德·约翰逊已经在跑道上恭候了，按计划他们将跟随总统夫妇完成在得州的每一段行程，副总统此行的工作便是站在舷梯下迎候总统。约翰逊很不满意这样的安排，但当杰姬出现在机身尾部的舱门口时，他立即换上了一副笑脸。杰姬穿着一件粉色的香奈尔套裙，头上的帽子也是粉色的，这套装束让她光彩照人。在她身后两步远的地方，达拉斯的众多市民第一次亲眼看到了总统约翰·肯尼迪。

"我从这里可以看到他古铜般的肤色。"那位正在直播的记者叫道。

原本的访问计划是总统下飞机后直接走上他的敞篷车，然后敞篷车加入车队向市区开进，但实际上肯尼迪一下飞机便走向了欢迎的人群，他先是同最前排的几个人握手，进而挤入人群之中，而且他把杰姬也拉在身边。总统夫妇在铁桶般的人群中驻足了一分多钟，这让在场的市民们兴奋异常。接下来肯尼迪和第一夫人挤了出来，却转而进入了另一处人群中。

"天哪，这可真是非同凡响。"那位直播中的记者激动地说，"这是对迎候他的人们的奖赏呵！"

但对紧张的白宫特工们来说，总统和第一夫人与现场人群的握手仿佛是永恒般的长久。"肯尼迪以此来表示他无所畏惧。"《得克萨斯观察报》（*Texas Observer*）的记者罗尼·达格在他的笔记本上写下了这样的话。

终于，总统和第一夫人走向了总统座车，在座车前等候他们的是得州州长约翰·康纳利和他的夫人内莉。这辆豪华敞篷车上有三排座位，第一排左边坐着54岁的司机威廉·格利尔，右边坐着的是罗伊·凯勒曼，同格利尔一样，凯勒曼也是资深白宫特工，他从二战初期就进入白宫，保卫过罗斯福、杜鲁门和艾森豪威尔三位总统，现在轮到了肯尼迪。

约翰·肯尼迪坐在了最后一排右手的位置，他一边上车一边用手将刚才在人群中被风吹乱的头发理好，杰姬坐在他的左手边。杰姬刚才走出飞机舱门时收到了一大束红玫瑰，此时这束红玫瑰放在了她和总统的座位中间。

康纳利州长坐在了总统正前方的第二排座位上，这一排座椅被称作弹跳座椅。康纳利随即摘下了他的宽边高呢帽，以便人群能看到他。内莉坐在杰姬的前面，也就是司机格利尔的后面。

总统车队于 11 点 55 分驶离爱之地机场，被特工们以代号 SS-100-X 相称的总统座车是车队中的第二辆车，这辆车的两侧各有 4 辆警用摩托车护卫。

车队的开道车里坐着达拉斯警察和白宫特工，包括达拉斯的警察局长杰西·柯里和特工温斯顿·罗森。

紧随总统座车的是一辆代号“中卫”（halfback）的敞篷车，肯尼迪的“爱尔兰帮”的两位主要成员戴维·鲍尔斯和肯尼·奥唐奈坐在这辆车里，他们身边是佩带手枪和自动武器的白宫特工。负责保护杰姬的特工组长克林特·希尔站在这辆敞篷车的左侧踏板上，站在两侧踏板上的还有特工比尔·麦金太尔、约翰·雷迪和保罗·兰迪斯。

第四辆车也是辆敞篷车，却是在当地为副总统租赁的。即便是众目睽睽下车队驶离机场的时候，人们也可以明显看出林登·约翰逊在噘着嘴生气，当车队中的所有政治家在向人群挥手时，约翰逊目视前方，满脸严肃。

压阵的第五辆车代号叫作“校队”（Varsity），车里是一位得州警察和 4 位白宫特工。

车队中的第一辆车距离后面的总统座车有几个车身远，上面坐着达拉斯市的警察局局长杰西·柯里，柯里有责任让总统对达拉斯的访问尽可能少出纰漏。柯里局长今年 50 岁，多年来一直在做执法工作，除了在达拉斯警察局稳步上升，他还曾在联邦调查局工作过，这对拓展他的视野很有帮助。在今天之前，柯里局长参与了几乎所有有关肯尼迪总统访问达拉斯的各项计划，并且安排了 350 名警员在总统车队行进的沿线、爱之地机场和交易市场附近警戒，相当于动用了达拉斯全部警力的三分之一。

然而，柯里决定不在迪利广场附近部署警力，因为他觉得警戒的重点应当放在车队即将到达目的地的那段路线上。当总统车队从休斯敦街拐上榆树街，不久后就要穿过一座立交桥，然后右转进入史迪蒙斯（Stemmons）高速路，再经过一段相对围观人群较少的路段就可以到达贸易市场了。所以，柯里觉得最好还是将他的警员们安置在最热闹的路段，而不应该在那些没有几个人围观的地方浪费警力。

柯里还命令街头的警员面向街心，而不是面向人群，他觉得在总统车队到来之前，警员们已经站在那里几个小时了，因此让他们近距离看看总统也不为过。这种安排与总统访问纽约时的规矩相反，在纽约，警察们都是背向总统的，这样他们可以很好地协助白宫特工搜索城区的诸多窗户里有没有狙击手的身影。

在驶离机场的最初几英里路段上，警察们的朝向是无关紧要的，因为连车队里的白宫特工们都觉得无事可做。道路两旁几乎没什么人，于是，感到有些无聊的杰姬戴上了她的太阳镜，开玩笑似的向着路边的广告牌挥手。莱蒙大道（Lemmon Avenue）有一家 IBM 的分公司，但公司的白领很少走上街头，即便有几个人也显出满不在乎的样子，大多数职员们宁愿在公司里好好吃午餐。

此时也正是得克萨斯教科书仓库的午餐时间，李·哈维·奥斯瓦尔德的大多数工友都离开了大楼，希望能找个看清总统的位置。

在不远处，联邦调查局的特工詹姆斯·霍斯蒂已经完全忘记了对奥斯瓦尔德的调查，他也正在设法挤到一个能看到总统的位置，因为肯尼迪是他心目中的英雄。

奥斯瓦尔德今天没有带午饭，他根本就没打算吃午饭。在教科书仓库满是灰尘的六楼上，他将一堆装书的箱子搬运就位，给自己搭建了一个既能藏身又便于射击的单兵战壕。

中午 12 点 24 分，在驶离机场将近 30 分钟后，总统座车经过了梅恩街，站在街头的詹姆斯·霍斯蒂如愿看到了"活生生"的肯尼迪，接下来，他心满意足地转身进入阿拉莫烧烤店吃午饭去了。

12 点 28 分，总统车队进入了看上去有些破旧的街区，正前方，绿草如茵的迪利广场已遥遥在望，白宫特工们对总统将要受到的热烈欢迎颇感惊异，因为街头已到处是欢呼和鼓掌的人群。

12 点 29 分，总统车队右拐 90 度驶上休斯敦街。李·哈维·奥斯瓦尔德从他六层楼上的藏身处第一次看到了约翰·F.肯尼迪本人，他马上开始用曼利切尔—卡尔卡诺步枪的瞄准镜寻找目标，只见总统车队正从迪利广场旁边驶过。

柯里局长曾以为，这一段街区不会有太多的市民，但此时街边巨大的人群正激动地向前簇拥着，不断大声呼唤着杰姬和肯尼迪的名字，希望他们两人能转过脸来。按照事先的约定，肯尼迪向他右手边一幢幢建筑前的人群挥手，杰姬则向她左手边迪利广场草坪前的人群挥手，这样可以保证所有选民都能获得总统夫妇的挥手致意。

总统车队距离交易市场还有 5 分钟车程，在那里肯尼迪将要发表演讲，似乎已经很近了。

在总统座车内，内莉·康纳利放下了不断挥动的手臂，她向右转身微笑着对约翰·肯尼迪说："你可不能说达拉斯不爱您，总统先生。"

这一刻，假如约翰·肯尼迪向正前方抬头，他可以清晰地看到得克萨斯教科书仓库六楼一扇打开的窗户上伸出的步枪枪管，这支步枪正直指他的头部。

可悲的是，肯尼迪没有抬头。

随行特工们也都没有抬头。

12点30分，白宫特工威廉·格利尔准备让总统座车左转120度，从休斯敦街开上榆树街。

大多数人在生活中总是感觉他们的生命还会有许多年才结束，他们用爱、欢笑、成功和失败给他们的每一天做上标记，生命中会不断有阳光和风暴，还会有日程、来电、职业、焦虑、快乐、异域旅行、最爱的美食、浪漫、羞耻和欲望。一个人可以凭他的衣着、气味、梳头的方式、体形，甚或他的伴侣来区别于其他人。

在世界上所有的地方，孩子们都热爱他们的父母，也渴望得到父母的爱。当父母的手抚摸孩子们的小脸时，孩子们会无比陶醉。即便是在最糟糕的日子里，每个人都会梦想未来，而梦想未必不能成真。

这就是生活。

然而，生活有时会在一呼一吸间戛然而止。

25

1963 年 11 月 22 日

得克萨斯州达拉斯市迪利广场

上午 12 点 14 分

一名已婚的高中学生阿隆·罗兰和他的妻子芭芭拉站在迪利广场的旁边等候着美国总统的到来。他偶然间抬头，看到了得克萨斯教科书仓库六层边缘的一扇窗户上有一个持枪的男人。罗兰本人酷爱打猎，因此他非常内行地看出，这个窗口的男人双手持枪，枪管与躯干形成一条斜线，他一只手握住枪托，一只手把住枪管，这是一个美国海军陆战队队员等待击发时的标准姿态。

罗兰看得很着迷，但他错误地判断了这个男人出现的目的，"你想看看白宫特工是什么样吗？"他转头向他的妻子问道。

"在哪里？"

"就在那栋楼上。"他边说边指向那个窗口。

6 分钟后，也就是总统车队到达迪利广场的 10 分钟之前，在邻县审计员办公室工作的罗纳德·菲舍尔和罗伯特·爱德华兹也看到了那个出现在六层窗口上的男人，"他一动不动，"菲舍尔之后回忆道，"他甚至连眼睛都不眨一下，一直盯着前方，像一尊雕塑。"

与此同时，当地的管道工霍华德·L. 布伦南用他的卡其布衬衫袖子抹了抹眉毛上滴落的汗珠，这让他不禁感叹天气太热了，于是他抬头看了一眼得克萨斯教科书仓库大楼上方的赫兹公司的广告，广告牌上有一个大钟，并且显示即时温度。可是，在他抬头的瞬间，他却看到了一个石雕般静止的神秘男人，这个男人站在 6 层的窗口，用一支步枪直指街心。

但这时，人群的欢呼声已经越来越响亮了，因为总统车队渐行渐近。在梅恩街上，路边的人群已经有了 10 至 20 英尺的纵深，他们的欢呼在达拉斯市中心的建筑物间形成了回声。在这样激动人心的情景下，一个站在六层窗口的持枪男人被几个目击者迅速忘却了，毕竟，总统就要驾临了。

其他任何事似乎都无关紧要。

如果能够选择的话，李·哈维·奥斯瓦尔德宁愿俯卧射击，那将是一个神枪手的最佳射姿，俯卧射击时步枪无须肌肉支撑，因为毕竟肌肉会疲劳和收缩。假如奥斯瓦尔德能够趴在地上，那么坚硬的地板和他的左右前臂将形成一个完美而稳定的三角形，大大提高射击命中率。

可是，环境决定奥斯瓦尔德无法趴着射击，他只能采取站姿。但他作为一个老练的枪手知道怎样尽可能让身体保持静止，于是，他一边用身体靠紧窗户的左框，一边用右肩顶住步枪枪托，同时枪托贴着脸颊，就像他当年在海军陆战队服役时无数次用 M-1 步枪训练射击时的样子，他的右手食指钩住了已有 33 年寿命的扳机。

奥斯瓦尔德透过他的瞄准镜望去，约翰·肯尼迪的头部瞬时被拉近到两英尺的距离内，奥斯瓦尔德知道时机很短暂，他肯定可以射出两发子弹，如果快一些的话可以射出第三发，他总共只有 9 秒时间。

看清楚他的目标后，奥斯瓦尔德呼出一口气，轻轻挤压扳机。尽管他击发的后坐力让枪托重重地撞在他的肩膀上，他仍然镇定地拉动枪栓，让下一颗子弹进入枪膛。他不能确定第一颗子弹是否击中总统的要害，但那没有关系，奥斯瓦尔德必须立即打出下一发。

奥斯瓦尔德是个冲动型的男人，况且，任何人一旦用一支杀伤力巨大的来福枪对美利坚合众国的总统开了第一枪，他都无法阻止肾上腺素在自己身体内的奔涌了。况且，一旦某个人对美国总统开了枪，他的生活就在扣动扳机的那一刻永远地改变了，退路不会再有，从此他将被追击至天涯海角。也许他的余生将在监狱中度过，也许他会被判处死刑。

如果奥斯瓦尔德聪明的话，他向总统打出第一枪后就应该扔下枪逃跑。

但如果第一枪打偏了——就像4月份他打偏沃克将军的那一枪——而总统幸免于难，那么奥斯瓦尔德就会被人看作傻瓜，这是他本人最不愿看到的。不，原定计划是杀掉约翰·菲茨杰拉德·肯尼迪，李·哈维·奥斯瓦尔德一定要保证计划实现。

奥斯瓦尔德没有丝毫的犹豫，他旋即打出了第二枪。

第二枪的巨响并没有淹没在楼下人群的欢呼中，这一枪产生的震动如此巨大，以至于6楼的一块石膏天花板竟被震落下来，而且奥斯瓦尔德身边的一块玻璃也被震碎了。

在打出第一发子弹后将近8.4秒，奥斯瓦尔德第三次扣动了扳机，之后他迅速扔下已经毫无用处的意大利步枪，转身逃跑。他迈出了自己搭建的藏身处，想要冲出这栋大楼。

这时，骑着摩托车护卫总统车队的达拉斯警官玛利安·L.贝克已经冲进大楼，正跑上楼梯，他在二楼用枪指住了奥斯瓦尔德，但当他得知奥斯瓦尔德是教科书仓库的员工，就放他走了。

60秒钟之后，李·哈维·奥斯瓦尔德走出了大楼，进入了达拉斯正午65华氏度的阳光下。

尽管不可思议，但奥斯瓦尔德还是逃脱了。

迪利广场上的目击者后来证实他们听到了三声枪响，其中一枪根本没有打中总统的座车，几十年过去了，仍有人争论这发打偏的子弹是第一枪还是第三枪，但事实毕竟是，有两发子弹击中了总统。

总统中的第一枪打在了他的后颈的下部，这颗 6.5 毫米口径的子弹以每秒 1904 英尺的速度撕裂了总统的气管，然后从他领带结处的部位穿出。这颗子弹没有碰到任何骨骼，虽然擦伤了他的右肺，但总统的心脏和肺部仍在完好地工作。

总统受了重伤，但基本没有生命危险，如果不是鲜血涌入了他的气管，致使他呼吸和说话都很费力，这颗子弹造成的伤害并不严重。

约翰·康纳利的遭遇就不同了，他坐在总统前面的第二排座位上，他的座位却比总统的座位低了 3 英寸，因此，从肯尼迪胸口飞出的子弹又进入了康纳利的后背。

在奥斯瓦尔德打出这一颗子弹前，康纳利刚好转过身试图同总统说些什么，结果，这颗后来被称作"神奇子弹"的弹头仍以将近每秒 1700 英尺的速度钻入了康纳利的身躯，穿行之后从他的右胸钻出。但这颗子弹的旅程仍未结束，它继而又进入了康纳利的手腕，从尺骨旁穿过，然后进入了他的左腿，至此终于停了下来。

巨大的冲击力使康纳利州长不由自主地前扑，他的上身顿时俯在了他的腿上，胸部随即渗出鲜血。"不，不，不，不，"他叫道，"他们要把我们两个都杀掉。"

罗伊·凯勒曼似乎听到总统在大叫："上帝呀，我被打中了。"听到了这个熟悉的波士顿口音，凯勒曼不由得向左转身回头望去。

凯勒曼看到约翰·肯尼迪真的中枪了。

这时，肯尼迪总统和康纳利州长距帕克兰德医院只有 4 英里，医院急诊室的外科医生完全能够将他们两人抢救过来，现在一切取决于担任司机的特工威廉·格利尔。然而，格利尔竟然也回头看了一下总统的伤势，这个举动意味着这辆豪华车仍在以缓慢的速度前进而不是加速驶向医院的急诊室。当格利尔回身面对方向盘时，他仍然有时间营救总统，他只需加速。

但这一突发事件还没能让大家回过神来，格利尔没有回过神，凯勒曼没有回过神，甚至杰姬也没有，她刚刚转身查看肯尼迪。

总统座车仍在以极慢的速度在榆树街缓缓行进。

受命保护第一夫人的特工克林特·希尔听到第一声枪响立即行动，他从第三辆车的踏板跳了下来，箭一般地冲向前面的总统座车，他试图跳上总统座车后面伸出的小踏板。

这时，肯尼迪已经偏向他的左侧，但仍挺直了上身，杰姬用她的双手爱抚地捧住了丈夫的脸，她注视着丈夫的双眼，想弄明白他怎样了，她美丽的没有一丝皱纹的脸和约翰·肯尼迪那一张略显沧桑而此时非常痛苦的脸只有 6 英寸远。

当一颗近乎两倍音速的子弹打在一个普通人的后背，他会因子弹带来的巨大冲力迅速向前扑倒，正如康纳利州长表现的那样，如果约翰·肯尼迪也能因第一颗子弹向前扑倒，那么他就可以逃过这一劫。

但此时总统背痛的老毛病在关键时刻又一次，也是最后一次害了他。

他佩戴的背部支架使他只能保持直挺挺的状态，特别是今天早上他特意用一层厚绷带将那套支架紧紧地固定在了自己的大腿上。

假如不是因为这套支架，那么近 5 秒钟后射来的第二颗子弹会从他头顶上方飞过。

但是，没有"假如"，第二颗子弹打爆了他的颅骨。

第二颗子弹在肯尼迪的头骨上形成的入口很小，直径只比普通钢笔的直径稍宽一些。但这颗子弹的高速度使其必定穿过肯尼迪的大脑，然后从他的颅骨前方穿出。当年，击中林肯总统的那发子弹因为飞行速度慢得多，最终留在了他的颅骨内。林肯中弹后，医生们用一种瓷制细棍伸进了他的头部进行探测，这根细棍顺着子弹的路径插了进去，直至碰到那颗从约翰·威尔克斯·布斯的手枪中打出的子弹，医生们发现，弹道是笔直的，子弹并没有对周围的组织造成太大破坏。

然而，李·哈维·奥斯瓦尔德打出的这颗 6.5 毫米口径的子弹相比之下邪恶得多，这颗纤细的子弹看起来颇不起眼，却能够从 200 码外打倒一头鹿。

这颗包铜的子弹在一瞬间决定了约翰·肯尼迪的命运，它在穿过总统的大脑时几乎没有减速，随即在冲出总统的头部时炸开了他薄薄的额骨。

那一刻，杰姬的双臂仍搂抱着她的丈夫，脑浆、鲜血和碎骨突然间泼洒在杰姬的脸上和她粉色的套裙上，连敞篷车的前挡风玻璃都溅上了总统的鲜血。

就像往常他的头发突然被风吹乱时一样，肯尼迪还反射式地举起手来试图理理他前额上的头发。

但他的前额已经残缺了。

连口对口人工呼吸的机会都没有了，哪怕像林肯倒在福特剧院的包厢时人们对他做的那样。也没有守夜的机会了，哪怕像亲人和好友对林肯做的那样。如果肯尼迪的弥留时刻能够稍稍延长，也许他的朋友和爱他的人们能够守在他的身边，慢慢地承受他即将无可挽回的离去，或许，人们还可以轻轻地向他诉说他们内心有多么爱他。

这位为了拯救 109 号鱼雷艇的艇员在大海中游了漫长距离的男人，这位同许多位国王、女王和总理握过手的男人，这位用自己有力的演讲和对民主与自由的坚定信念激励了整个世界的男人，这位喜欢抚弄他的孩子们脸蛋的男人，这位忍受了失去多位亲人的巨大痛苦的男人，这位曾经与妄图毁灭世界的野心家针锋相对的男人，已经脑死亡了。

现场的人们不会想到，历史学家、阴谋论者，以及出生在那一天之后的许多普通公民会长期争论：李·哈维·奥斯瓦尔德究竟是一个人作案还是有其他的帮凶。联邦当局将认真研究那几发 6.5 毫米口径子弹的弹道，并且用秒钟掐算那支曼利切尔—卡尔卡诺步枪从装弹、瞄准到击发到底需要几秒。还有各式各样的人会看着那一天录下的并不清晰的刺杀录像成为无师自通的专家，当然也有不少用心险恶的人希望看到约翰·肯尼迪从总统宝座上消失。

那些阴谋论者的声调如此响亮、如此犀利，以至于有一天他们可能会威胁推翻 1963 年 11 月 22 日那一幕悲剧的正式结论。

因此，我们在这里如实引用相关的官方调查结论：那一天的 12 点 30 分，在得克萨斯州达拉斯市星期五正午的阳光下，约翰·菲茨杰拉德·肯尼迪在比眨一次眼睛还短暂的时间内，被枪杀于街头。

他离开了他美丽的妻子。

他离开了他深爱的两个年幼的孩子。

他离开了一个热爱他的国家。

26

1963 年 11 月 22 日

得克萨斯州达拉斯市

中午 12 点 31 分

总统座车内乱成了一团。

"噢，不，不，不。噢，上帝，他们打中了我丈夫。我爱你，杰克。"杰姬·肯尼迪哭喊道。

第一夫人后来完全无法想起枪击后的几秒钟她做了什么，她当时完全惊呆了。之后，当她看到枪击的录像，感觉画面上的自己仿佛是别的女人。她的孩子们为了保护她，总是抢先撕去书上有关那次刺杀的照片，以防她看到这些照片后无法承受。

"他们杀了我的丈夫。"杰姬没有对某个人、却又是对所有的人说道。在敞篷车的前排司机威廉·格利尔和特工罗伊·凯勒曼正在用无线电呼叫——总统被击中了。康纳利州长仍有知觉，但他也在迅速衰弱下去。他的夫人内莉全身俯在了他的身上，这让后座上的杰姬更显孤单，杰姬的怀里是总统已经没有了生命的躯体。

"我手上有他的脑浆！"她叫道。

随后杰姬从座位上站起身，她要去完成一件使命。

白宫特工克林特·希尔马上明白了第一夫人要做什么。只见杰姬爬上了这辆敞篷车的后备箱，此时，深蓝色的箱盖上已经散落着总统的头骨碎片和脑浆，她要把这些碎片收集起来。有些碎片是肉色的，还连着一点皮肤。在她身后，总统的身躯依然直立着，只是向左侧倾斜，血流如泉涌般从他头部的创伤处流出，浸染着他身旁的那束玫瑰和他的西装，继而流到了他脚下的地板上。

"天哪！她会被甩出去的！"从后面冲上来的特工希尔与那颗致命的子弹几乎同时到达了总统座车，当他踏上敞篷车后面伸出的小踏板时，他感觉总统的头部就像"一只被摔在水泥地上的西瓜"。血和脑浆溅了希尔满脸满身。

恐惧充满了第一夫人的双眼，她的脸上满是血和灰色的东西。对于一个一向以优雅示人的女性来说，此刻的形象与平日反差太大了。但杰姬根本顾不了那么多。"上帝呀，他们打掉了他的脑袋。"她尖叫道。

当威廉·格利尔踩下油门冲向帕克兰德医院时，希尔同杰姬·肯尼迪只有几英寸远的距离。这辆代号为 SS-100-X 的林肯敞篷车就像一头河马，是特意为总统打造的。因为车厢的中部增加了一排座位，它的轴距从原型敞篷车的 133 英寸加长到 156 英寸，而且它有将近 4 吨重。350 匹马力的发动机在这辆车加速时不具备优势，因为车的重量限制了它的加速时间，而一旦摆脱惯性，它便以不可阻挡的势头冲上了高速路。

威廉·格利尔将油门一踩到底，两旁骑着摩托车护卫的警察被惊得四下散开，克林特·希尔原本还想用力阻止杰姬·肯尼迪被甩下车，但他自己几乎都要被甩飞了。他一只手紧紧抓住后备箱上的一个手柄，这个手柄恰恰是安装在那里供特工当作抓手的，而随着这辆敞篷车驶出了最大加速度，希尔感觉拼出了老命才没有被甩脱，与此同时，他的另一只手还试图抓牢在后备箱盖上几乎滑落的杰姬，终于，他一边找回了自身的平衡，一边抓到了杰姬的一只手肘。

希尔的首要工作是保护杰姬·肯尼迪，他将上身俯在后备箱盖上，一手抓牢手柄，一手奋力将杰姬推回了后排座位。这时，总统的身躯倒在了她的腿上，她用戴着白手套的双手抱住了他的头，轻轻地摇动着，仿佛他只是睡着了："杰克，杰克，他们对你做了什么？"

在第一排座位上，格利尔正跟随着警察局长柯里的警车驶向帕克兰德医院，这家医院距案发地只有4英里。

仍旧站在后备箱后面的克林特·希尔转过身向第三辆车望去，那辆代号"中卫"的汽车的两边踏板上站着几位白宫特工，希尔同特工保罗·兰迪斯用视线交流了一下，然后希尔摇摇头，伸出一只手做了一个大拇指向下的手势。

"中卫"车上的特工埃默里·罗伯茨看到了希尔的手势，他马上通过对讲机告诉特工们要保护好林登·约翰逊。希尔拇指向下的手势确认了林登·贝恩斯·约翰逊此刻已是美国的执行总统，保护他的生命成为白宫特工们的第一要务。

在林肯敞篷车的后座上，杰姬·肯尼迪抱住了她丈夫的头，她在轻轻地呜咽："他死了，他们杀死了他，噢，杰克，噢，杰克，我爱你。"

逃亡中的李·哈维·奥斯瓦尔德步步谨慎，他沿着榆树街向东走，想搭上一辆公交车。此时的迪利广场已被惊慌和混乱所左右，没有人拦阻奥斯瓦尔德，甚至没有人怀疑他。

渐渐地，他的逃亡计划在心中清晰起来，首先，他想去他租住的房子取他的手枪——也许很快用得上。

警用无线联络对达拉斯地区的医院发出了三级戒备指令，这是对医院的最高戒备指令，几乎在达拉斯从未使用过，因此，当帕克兰德医院的调度员安妮·弗格森询问详细情况时，她只是被告知："总统遭遇了枪击。"

　　此时是中午 12 点 33 分。

　　三分钟后，总统座车呼啸着开进了帕克兰德医院，威廉·格利尔驶过了"仅限急诊"的牌子，将车停在了可供三辆急救车停泊的泊位上。

　　然而，急诊楼门口却没有轮床等候，也没有急救队冲过来抢救总统，难以置信的是，路上警察局与医院的联络出现中断，这妨碍了医院的紧急反应，实际上，负责外伤抢救的大夫刚刚接到通知。

　　于是，总统豪华车上的人们只有等候。

　　内莉·康纳利伏在她丈夫的身上，而悲伤欲绝的杰姬·肯尼迪仍抱着丈夫的脑袋。

　　"中卫"车驶了上来，停在总统座车的后面，戴维·鲍尔斯和肯尼·奥唐奈这两位自 1946 年肯尼迪竞选国会议员时就跟随他的人冲了过来，他们希望能看到奇迹发生。这时，总统仍有微弱的心跳——而其结果只是让鲜血继续从他头部的伤口涌出。

　　"起来。"白宫特工埃默里·罗伯茨向杰姬·肯尼迪命令道。

　　杰姬一动不动，她已经用双臂和她的上衣裹住了肯尼迪的脸和头，第一夫人不想让她丈夫最后的形象以这样一种可怕的方式留在人们的记忆中。

　　罗伯茨小心翼翼地挪开了杰姬的胳膊，这样他本人可以看清总统是否还活着，只需一眼就足够了，罗伯茨不由得倒退了一步。

　　戴维·鲍尔斯看到总统睁开的双眼已经没有了视线，他自己的泪水已忍不住流了下来。奥唐奈，这位二战期间曾在陆军航空兵部队服役的老兵，仿佛忽然回到了战争年代，他向总统肃然立正，以示无声的敬礼。

即便杰姬现在想将总统交给特工们，她也无路可退，约翰·康纳利沉重的身体挡住了车门，这意味着，要想将美国总统抬出林肯车，就必须先得把州州长抬出来。

最终，是抹去了泪水的戴维·鲍尔斯而不是医院的医护人员将康纳利州长从敞篷车抱了出来，放在轮床上。康纳利此时还有知觉，但几乎已不省人事了。他受的伤有生命危险，帕克兰德医院急诊室的医生们今天必须尽全力抢救他的生命——他们将获得成功，这也是残酷的一天中少有的一条好消息。

尽管康纳利已被推进了第二急诊手术室，车门前不再有障碍，但杰姬·肯尼迪仍拒绝人们将她的丈夫抬走，她知道一旦他被送走，他就会永远地走了。这是她最后一次拥抱他。第一夫人弯下腰去，将丈夫满是鲜血的脸贴在她的前胸，她静静地哭泣着，把她丈夫的身体抱得越来越紧。

"肯尼迪夫人，"特工克林特·希尔说道，"请让我们来帮助总统。"

杰姬没有回答，但她听到了这句话，这是一个日日夜夜保护她不受伤害的男人的温柔命令。

克林特·希尔也是杰姬在这个无比悲痛的时刻唯一愿意理会的人。

希尔轻轻地将他的手放在了杰姬的肩膀上，杰姬开始颤抖，巨大的痛苦不言而喻。

白宫特工们和肯尼迪的随从们静静地站立在林肯车周围，时间在一秒钟一秒钟地流逝。

"请你，肯尼迪夫人，请你让我们把他送进医院。"希尔恳求道。

"我不会让他去的，希尔先生。"杰姬答道。

"我们必须送他进去，肯尼迪夫人。"

"不，希尔先生，你知道他死了，不要管我。"

杰姬又开始抽泣，痛苦传遍了她的全身，她不断地颤抖着。

希尔意识到了什么。杰姬看到她爱的人被子弹掀去了半块颅骨，这已经够糟的了，现在她不想让其他人看到肯尼迪这副样子。此时媒体记者已相继冲进了帕克兰德医院，他们看到的是一幅"圣母怜子图"，而此时的杰姬绝不愿她的约翰·肯尼迪以这种状态被人拍下照片。

克林特·希尔已经筋疲力尽了，他这次得州之行每天都吃得很少，也睡得很少，但是，没有什么事情是他不愿为杰姬·肯尼迪做的，此刻，希尔忽然意识到他真正需要做的是什么，于是他马上脱掉了他的西装上衣，将它轻轻地罩在了总统的身上。

杰姬·肯尼迪粉色的套裙和白色的手套已经被总统源源不断流出的鲜血浸湿了，她随即用希尔的上衣包裹好丈夫的头部和躯干。

然后，杰奎琳·布维尔·肯尼迪最后一次送走了她深爱的这个男人。肯尼迪被放在一辆轮车上，迅速推向第一急诊手术室，推车的护工们沿着地上的红色指向箭头奔跑着，两侧的墙面是棕褐色的，总统的胸部上还挂着几朵染血的玫瑰。

距帕克兰德医院4英里远，李·哈维·奥斯瓦尔德在榆树街和墨菲（Murphy）街拐角处上了一辆公交车，继续他的逃亡。

1865 年 4 月对亚伯拉罕·林肯的刺杀行动是一场策划周密的阴谋，林肯在福特剧院遇刺的当晚，同时还有刺杀副总统和国务卿的计划，假如这些计划都实施成功，那么美国政府就被"斩首"了。

　　奥斯瓦尔德刚刚在达拉斯打出第一枪，那些刺杀总统的陈年往事立即被人们清晰地回忆起来，于是，为防范这仅仅是一个巨大阴谋的第一步，美国政府立即采取措施：几位内阁成员已经位于夏威夷以西，他们正飞向日本，一纸电令使飞机立即转向 180 度，飞回美国。

　　副总统和为他租来的那辆豪华车一到帕克兰德医院，林登·约翰逊就马上被特工们不间断地保护起来。特工们在理疗区找到了一间白色的小房间，他们将房间里的一位患者和一位护士赶了出去，然后将副总统夫妇请了进来。至此，还没有总统伤情的最新消息，但每个人都知道，总统几乎不可能在那样致命的枪击后活下来。白宫特工们想让林登·约翰逊立即飞回华盛顿，从而逃离这个恐怖的地区，如果不能飞离的话，副总统至少要前往眼下达拉斯最安全的地方——空军一号。

　　然而约翰逊副总统拒绝离开医院，他要守在这里等候抢救肯尼迪总统的最新进展。特工们多次劝他离开，但约翰逊坚持不走，他在心中计划着下面的几个步骤。在正式继任总统之前，他决定不发出任何指令。宣誓并不是就任总统的必须环节，一旦肯尼迪的死讯正式宣布，副总统同时就自动升任总统了。因此，林登·约翰逊站在帕克兰德医院的小屋里，靠着墙静静地呷着咖啡，等待有人正式宣布肯尼迪总统的死亡。

　　在第一急诊手术室里，总统被脱去了衣服，只留下内衣和内裤，他的金表也从手腕上摘了下来。他已经没有了正常的脉搏，偶尔有短促的呼吸。鲜血仍旧不断从他的头部和咽喉的伤口涌出，而他身体的其他部位完好无损。在无影灯下，一个小组的医护人员开始了紧张的抢救，此时负责抢救总统的是第二年的驻院医生查尔斯·J.卡里索，他有条不紊地快速指挥着大家的行动。一支管子插入了肯尼迪的喉咙，打开了他的呼吸道，生理盐水也通过他的股静脉注入了他的身体。

手术室里的医生越来越多，最后有 14 位医生围绕在总统身旁。在手术室外，杰姬·肯尼迪坐在一把折叠椅上，在为她的丈夫祈祷。

现在，领导抢救总统的是 34 岁的外科医生麦克·佩里，他用一把柳叶刀切开了总统的气管，他的助手将那支插进他喉咙的管子接在呼吸器上，为总统进行人工呼吸。

杰姬从椅子上站了起来，她下决心要进入手术室，刚才她听到了医生之间的相互交谈，希望又在她心中重新燃起，也许她的丈夫还能活下来？一个护士挡住了她的去路，但平时娴静的第一夫人显露出了铁定的意愿，"我要进去，"她一遍遍重复着这句话，而护士多丽斯·尼尔森寸步不让，两人几乎要厮打起来，"我就是要进去。"第一夫人喊道。

"肯尼迪夫人，您需要一针镇静剂。"旁边的一位医生说道。

但第一夫人不想失去知觉，她希望和她的丈夫一起度过他生命中最后的一段时光。"他死的时候我一定要在他身边！"她坚定地说道。

鲍比·肯尼迪是从 J. 埃德加·胡佛口中得知这个坏消息的。

作为美国最强大的执法机构的领导人，枪击一发生胡佛几乎立刻就知道了。这位联邦调查局局长是个不动声色的人，在这样的紧要关头更是如此。他坐在司法部大楼 5 层他的办公室里，打通了鲍比·肯尼迪的电话。这时，距李·哈维·奥斯瓦尔德向总统打出第一发子弹仅 15 分钟，外科医生们正在帕克兰德医院奋力抢救总统。

鲍比正准备在弗吉尼亚家中的露台吃他的金枪鱼三明治午餐，突然他的妻子埃塞尔过来告诉他有电话。

"是 J. 埃德加·胡佛打来的。"她告诉丈夫。

鲍比意识到肯定有非同寻常的事情发生，因为通常胡佛是不会把电话打到他的家里来的。他马上放下了手中的三明治，快步走向电话机。这是一条政府电话专线，号码是 163。

"我要告诉您一件事，"胡佛说道，"总统遭遇了枪击。"

鲍比挂上了电话，他的第一反应是巨大的悲痛，他的身体几乎软了，但他接下来的反应——同往常一样——是要保护他的哥哥。他马上打电话给白宫，让人将约翰·肯尼迪的文件柜都换了锁，这样林登·约翰逊就不可能拿到这些文件了。最敏感的文件在鲍比的安排下直接运出了白宫，被置于 24 小时的安全监控之下。

之后，鲍比接到了来自朋友和家人的一个又一个电话，他强忍泪水，但埃塞尔知道她丈夫的心都碎了，于是递给他一副墨镜，用来遮挡他发红的双眼。

电话一直没停，在交谈期间，鲍比意识到，形势已经发生了逆转，他很快会接到那个他痛恨的男人的来电。

杰姬·肯尼迪终于从威廉·肯普·克拉克大夫的口中得到了确认的噩耗。

这时，第一夫人刚刚进入手术室不久，她不可思议地推开了那位强壮的护士，来到室内的墙角站定，她不想碍事，只是想离她丈夫更近一些。

手术室中是满眼的医疗器械，许多条管子从总统的口中、鼻中和胸口伸出，他的皮肤已经变得苍白，血液正在注入他的身体。即使心电图已成为一条直线，麦克·佩里大夫仍努力按压总统的胸骨，试图让他恢复心跳。克拉克大夫紧紧盯着心电图，盼望能看到哪怕是一丝一毫的起伏。

最后，克拉克知道他们已是无力回天。一张被单被拉上来遮住了约翰·菲茨杰拉德·肯尼迪的脸。克拉克转向了杰姬·肯尼迪，"您丈夫受的是致命伤。"这位资深医生告诉杰姬。

"我知道。"她说。

"总统去世了。"

杰姬走上前去，将她的脸颊贴在了克拉克医生的脸上，这是杰姬在向他表达谢意。克拉克医生本人二战中也曾在太平洋战场服役，尽管见过无数次残酷的场面，他此时也无法控制自己，开始哭泣。

大多数美国人是从哥伦比亚广播公司的新闻主持人沃尔特·克朗凯特口中得知总统死讯的。

当时，哥伦比亚广播公司刚刚开始放映肥皂剧《地球照转》(*As the World Turns*) 8分钟，克朗凯特这位被誉为美国最可信的男人突然出现屏幕上，他告诉公众，一个杀手对总统开了3枪，虽然当时大部分美国人都在工作或上学，不可能在家观看白天的电视节目，但在中午1点钟之前，已有7500万美国人得知了这个消息。

将肯尼迪的死讯告知林登·约翰逊的是肯尼·奥唐奈。

1点钟刚过，约翰·肯尼迪的日程安排秘书走进了医院理疗区的那个白色小房间，站在了林登·约翰逊的面前。奥唐奈看上去已是悲痛欲绝，他不是那种在灾难面前流泪的人，但他脸上失魂落魄的表情已说明了一切。

在奥唐奈开口之前，林登·贝恩斯·约翰逊豁然明白，他此时已是美利坚合众国第36任总统了。

同大多数美国人一样，达拉斯旋转木马俱乐部的老板杰克·鲁比是从电视上得知总统遇刺的。

鲁比当时正在《达拉斯新闻早报》报社的二楼，这里距迪利广场只有4个街区，他来报社是要为他俱乐部里的歌舞表演做广告，广告词是他自己编的：旋转木马俱乐部——"一个棒极了的去处"。他自己来联系广告是因为《达拉斯新闻早报》已不允许他赊欠广告费，他之前已经欠了好几次广告费了。这则广告主要是说马上到来的周末会有很出色的歌舞演员，其实这同他前几个周末在报上登的广告大同小异。

鲁比5英尺9英寸高，175磅重，喜欢随身携带大叠的钞票，他在黑帮和警察局都有朋友，大家都知道他喜欢健康食品，火暴脾气一点就着，但从根本上讲，鲁比认为自己是个民主党兼爱国者。

电视上最初报道的消息是一个白宫特工被打死了，鲁比和报社广告部的职员们都聚在一台小小的黑白电视机前，希望能看到进一步的报道，接下来他们从电视上得知了那个真实而残酷的消息。

悲伤的杰克·鲁比在广告部踱来踱去，然后在一张桌子前坐了下来。过了一会儿，他站起来说，他原定的广告不登了，但是他要登另外一则广告，告诉达拉斯善良的人们旋转木马俱乐部整个周末不再开放，以此表示他对肯尼迪总统的悼念。

的确，杰克·鲁比的俱乐部之后几天不再开张，他打算做另外一件事。

李·哈维·奥斯瓦尔德仍在逃亡的路上。他乘坐的公交车很快就因为刺杀总统后形成的混乱而陷于交通阻塞，于是奥斯瓦尔德下了车，走了几步，然后他打到一辆出租车，出租车将他带到了他租住的北贝克利路（North Beckley）1026号。下了出租车的奥斯瓦尔德飞快地冲向他的房间，找出了他的点38手枪别在腰带上，然后迅速离开了。

奥斯瓦尔德不知道的是，刺杀现场的目击者已经将他的形象特征告诉了警察，现在达拉斯的警察正在搜捕一个"约30岁、身材瘦削、5英尺10英寸高、165磅重的白人男子"。

中午1点15分，达拉斯警察局的警官J. D.蒂皮特正开着警车在第十街东边巡逻，他刚刚驶过第十街和巴顿（Patton）街的十字路口就看到了一个男人正独自走着，这个男人穿着浅色的夹克，符合刚刚发布的嫌疑人的体貌特征。

蒂皮特39岁，家中有太太和三个孩子，他在二战中当过伞兵，获得过铜星勋章，之前他上学上到十年级，现在每年只挣5000美元多一点。他名字中的J和D并没有什么特殊含义。截至今天，他已经在达拉斯当了11年警察了。

蒂皮特将车停在李·哈维·奥斯瓦尔德的身旁，他意识到要小心谨慎，但他也知道必须把这个男人问清楚。

奥斯瓦尔德退后了一步，他隔着副驾驶座前的挡风玻璃回答了几句蒂皮特的问话，露出了明显的敌意。

蒂皮特打开车门走出了警车，接下来他想绕过车头再去问奥斯瓦尔德几句，这样，根据奥斯瓦尔德的答话，他可以决定是不是要将对方铐起来。但是，蒂皮特刚刚走过警车的左前轮，奥斯瓦尔德突然拔出腰间的手枪，不间断地向蒂皮特射出了4发子弹，蒂皮特被当场打死。

李·哈维·奥斯瓦尔德数月前因为紧张而打偏了沃克将军，今天却在45分钟之内连续杀死了美国总统和一名达拉斯警官，体现了他的冷血本色。

奥斯瓦尔德现在已别无选择了，他身无分文，子弹也几乎用光了，达拉斯的警察还都知道了他的长相。如果他想继续逃亡的话，下面的几分钟里他必须加倍小心。

奥斯瓦尔德迅速将他的手枪上满子弹，然后继续他的征程，他选择了巴顿路，但他已经不是在走，而是在小跑了。毫无疑问，奥斯瓦尔德正在被缉拿，警察正在逼近，他必须快速行动。现在是中午1点16分。

1点26分，白宫特工们护卫着林登·约翰逊疾驶到了空军一号的停机坪，约翰逊迅速登上舷梯，从后门进入机舱，然后，他走进了肯尼迪总统的私人卧室，脱掉他的西服上装，四仰八叉地躺在了床上，他必须等待杰姬·肯尼迪上飞机。杰姬留在了帕克兰德医院，她一定要等着同丈夫的遗体一起走。

于是，林登·约翰逊便静静地等待着。在他品味着坐上总统宝座的最初滋味时，几位技术人员正在卧室外的机舱尾部拆除几张头等舱座椅，为约翰·肯尼迪的灵柩上飞机预留空间。

林登·约翰逊选择这间卧室是因为他需要私密空间，他拿起了床边的总统私人电话，然后打通了那个他痛恨的人的号码。

在电话的另一端，鲍比·肯尼迪拿起了电话，对他的新老板职业性地说了声"哈啰"。

李·哈维·奥斯瓦尔德听到了警笛声，知道那是为他而来的。

他跑向了离他最近的藏身之处——一家名叫得克萨斯剧院的电影院。自从他枪杀了蒂皮特警官，他已经在25分钟内跑过了8条街，他还在半途中扔掉了他身上的浅色夹克，希望能迷惑他的追踪者。他跑过了一座伯特利寺庙，寺庙边有个大牌子写着："准备去见你的上帝吧。"

李·哈维·奥斯瓦尔德并没有显出恐惧。

可是，他却犯了傻——直接跑过了售票处而没有买票。在黑暗的电影院里，他找到了一个座位坐下，想最大限度地避开旁人的注意。他的座位在1楼，右手边紧靠着中间的过道。正在放映的日场电影名叫《战争就是地狱》（*War Is Hell*），而实际上，奥斯瓦尔德也正因为自作孽而走向地狱。

电影院的检票员朱莉娅·帕斯托看到一个男人没有买票就冲了进去，同时她听到附近的警笛声此起彼伏，她把这两件事自然而然地联想起来，她想，也许刚才那个男人就是警察要抓的，于是她毅然拿起电话打向了警察局。

帕斯托几乎是刚放下电话，几辆警车就呼啸而至，警察首先封锁了影院的几个出口，然后命令放映厅打开大灯。巡警 M. N. 麦克唐纳发现奥斯瓦尔德很可疑，于是向他走去，不料奥斯瓦尔德突然站了起来，挥拳向这位巡警的脸部打去，紧接着他试图掏枪，麦克唐纳迅速还击，附近的几个警察也跑来增援，很快，奥斯瓦尔德就被制伏，警察将他拖出了影院，而奥斯瓦尔德还在大叫着"警察施暴"。

达拉斯的职业殡仪师弗农·奥尼尔突然接到了克林特·希尔的电话，希尔让他带着他最好的棺材马上赶到帕克兰德医院。奥尼尔拥有七辆装备无线通信设备的白色灵车，用来将刚刚逝去的人送往太平间，这样，亲友们在向逝者做最后的告别前可以去喝杯咖啡，而与此同时奥尼尔把该干的活都干好了。

奥尼尔为约翰·肯尼迪迅速选好了一具埃尔金（Elgin）棺木公司出产的布里塔尼亚（Britania）型棺材，拥有双层棺壁，转角包铜，内饰绸缎。

奥尼尔刚到帕克兰德医院，就有人告诉他杰姬·肯尼迪希望能和她丈夫再多待一会儿。的确如此，杰姬从自己手指上摘下了结婚戒指，然后在旁人帮助下，将它努力戴在了丈夫小指第一个关节的后面，这样，人们在对他做防腐处理时这只戒指就不会滑脱了。接下来她抽了一支烟，感觉心碎了，再也没有力气支撑自己的身体。此时，整个医院都处于悲痛的氛围中，但正在慢慢恢复常态。医生和护士们相继去救治别的病人了，杰姬·肯尼迪感觉自己似乎已经被全世界抛弃了。

"您可以去机场了。"有人告诉她。

"杰克不走我也不走。"她回答道。

这时，弗农·奥尼尔将一层塑料布铺在棺材里，然后，他小心翼翼地将约翰·肯尼迪的身体放在了七层橡胶袋子里面，再套上一层塑料袋，最后，他将这个大包裹放进了棺材。奥尼尔担心肯尼迪的鲜血仍会流到棺壁的绸缎贴面上。

在医生宣布总统死亡一个小时后，肯尼迪的遗体被安排准备离开帕克兰德医院，飞回华盛顿。

然而可悲的是，达拉斯这个曾经不欢迎他的城市，此时却不放他走。

一个很少为人所知的事实是，在美国，刺杀总统并非联邦罪。假如两人或两人以上密谋并实施了对总统的刺杀，这才会被认定为违反联邦法律，因此，J. 埃德加·胡佛一直坚持——刺杀肯尼迪是多人而非一人实施的。胡佛希望获得对侦破刺杀肯尼迪一案的管辖权，但当时他未能如愿，因此联邦调查局无法插手，负责调查这一案件的是得克萨斯州和达拉斯市。

于是，达拉斯警察局提出必须先对约翰·肯尼迪进行验尸，然后才允许其离开得克萨斯州。达拉斯的一位法医已经到了帕克兰德医院，而且坚持立即验尸。

现场白宫特工的负责人罗伊·凯勒曼不禁大怒，"朋友，"凯勒曼一字一句地对达拉斯的法医厄尔·罗斯说道，"这是美国总统的遗体，我们要把他带回华盛顿。"

"不，你说得不对，"罗斯答道，"凡是发生在这里的凶杀案，我们都必须验尸。"

"他要和我们一起走。"凯勒曼对罗斯叫道。

"尸体必须留下。"法医罗斯毫不退让，他站得笔直，伸出手指直接指向了凯勒曼的脸。

因为这场法律纠纷，林登·约翰逊和空军一号仍旧等候在停机坪上。杰姬·肯尼迪坚持要和她丈夫的遗体一起走，而杰姬不来约翰逊也坚持不走，否则他担心公众会指责他冷血。

帕克兰德医院的争执演变成了一场得克萨斯式的西部对峙，

一方是白宫特工，一方是法医罗斯和达拉斯的警察，双方共有40人，已经开始推推搡搡。白宫特工们坚持要把灵柩抬走，而达拉斯警察寸步不让。最后，肯尼迪生前的好友肯尼·奥唐奈和戴维·鲍尔斯命令白宫特工将灵柩抬上一辆轮床，众人推着轮床直接撞向警察。奥唐奈大叫道："我们才不管法律怎么说，我们要走了！"

肯尼迪的灵柩终于被推出了医院大门，并被放置在弗农·奥尼尔的1964款白色凯迪拉克灵车上。杰姬·肯尼迪坐在了车子后面的临时座位上，紧挨着丈夫的灵柩。克林特·希尔和其他特工挤上了前排座位，威廉·格利尔仍在医院里，但罗伊·凯勒曼根本没等他，特工安迪·伯格开着车以最高时速驶向爱之地机场。弗农·奥尼尔眼看着他的车被人开走，急得大声询问谁来付他棺材钱。

凯迪拉克灵车一刻不停地开到了机场，随着轮胎的尖叫，特工伯格驾着车驶上了机场的沥青碎石路面，他不顾写着"限制区""减速、小心卡车"的大牌子，飞一般地先后穿越了布兰尼夫（Braniff）航空公司和美国航空公司的停机坪，对一切危险视而不见，直到灵车驶到空军一号的舷梯前才来了个刺耳的刹车。肯尼迪的朋友和特工们一齐用力，将总重600磅的灵柩从灵车上抬了下来，从舷梯抬上空军一号，在舷梯上，灵柩已倾斜成了一个可怕的角度。3个小时前，肯尼迪本人刚刚走出飞机，而此时，他的灵柩从同一个机舱门被抬了进去。3个小时前人们的欢呼声仿佛仍没有散去，此时的情景却显得无比伤感与可怕。

直到丈夫的灵柩进了机舱，杰姬·肯尼迪才踏上舷梯，缓缓登上飞机。这时，空军一号舱内如同地狱一般，空调几个小时前就停了，舷窗上的活动窗板也都关闭了，因为担心有更多的杀手会对飞机的舷窗开枪。但是，林登·约翰逊坚持要在空军一号起飞前宣誓，于是，肯尼迪的随员们和约翰逊的随员们很不舒服地挤在了一起，联邦法官萨拉·休斯被紧急召唤到肯尼迪总统非常喜爱的这架空军一号上，开始主持约翰逊的宣誓就职。

"请问你，林登·贝恩斯·约翰逊，是否庄严宣誓……"

"我，林登·贝恩斯·约翰逊，谨庄严宣誓……"

站在空军一号的机舱中，林登·约翰逊显得格外高大，他的左手边站着杰奎琳·布维尔·肯尼迪，她仍旧穿着那身带着血污的粉色套裙，她没有更换衣服，因为她坚持要让世界记住她丈夫的遭遇。

约翰逊的面前站着休斯法官。

在约翰逊身后仅仅数英尺远，也就是飞机的尾部，停放着约翰·肯尼迪的灵柩。

就职仪式结束后，杰姬在灵柩旁的一个座位上坐下。空军一号终于起飞，踏上了回家的路。

11月24日星期日的早晨，全美国还都没有从肯尼迪遇刺的震惊和悲痛中恢复过来，大家都盯着电视，希望看到事件的后续报道。杰姬·肯尼迪此时已退出了公众的视野，她正在独自哀悼丈夫的离去。全美国的视线都集中在了李·哈维·奥斯瓦尔德身上，自周五那天起，这个凶手的名字就传遍了全美国，之后，他对着一群媒体记者喊出"我只是个懦夫（patsy）"，这让他变得更加臭名昭著了。

达拉斯警察局别出心裁地在深夜召开了新闻发布会，赶到警察局的各路记者感觉这样的发布会有些匪夷所思。记者们被允许近距离接触戴着手铐的奥斯瓦尔德，而此时在达拉斯和全美国，许多人正为肯尼迪的遇刺而悲愤，因此他们很愿意看到奥斯瓦尔德受到报复，而现场的达拉斯警察对奥斯瓦尔德没有采取什么保护措施。

杰克·鲁比是无数个悲愤的人之一，他毫无阻拦地走进了发布会现场，他的西装外套里揣着一把上了膛的点38柯尔特左轮手枪。

发布会从始至终没有人保护奥斯瓦尔德，其间他试图对记者们解释说，警察抓他只是因为他曾在苏联待过，而他本人并没有枪杀总统，他还一直煽情地大叫"我只是个懦夫"，表示他不过是个替罪羊。

这句话让许多人想起了30年前的一件类似大案。

1933年2月15日，在佛罗里达州的迈阿密，"乔"·朱塞佩·赞加拉用一支点32口径的手枪向富兰克林·德拉诺·罗斯福总统打出多发子弹，他没有击中罗斯福，却击中并打死了芝加哥的市长安东·瑟马克。对凶手的审判出人意料地迅速，赞加拉5个星期后就被处死在电椅上。

有些人坚持认为罗斯福原本就不是这次刺杀的目标，他们相信真正的目标恰恰是瑟马克市长，而整个刺杀过程都是由黑帮导演的。

在黑帮的俚语中，赞加拉就是一个"懦夫"——他是被推出去用以遮盖幕后更大阴谋的。

李·哈维·奥斯瓦尔德在公众面前宣称他自己也是个"懦夫"，这无疑加深了许多人的怀疑——约翰·肯尼迪之死的背后隐藏着巨大的阴谋。

直到今天，仍有许多美国人认为李·哈维·奥斯瓦尔德不是谋杀约翰·肯尼迪的唯一凶手，他们的怀疑很大程度上缘自奥斯瓦尔德被捕后的叫嚣和J.埃德加·胡佛坚持的阴谋论。甚至鲍比·肯尼迪也相信奥斯瓦尔德还有同伙。

这个世界永远不会知道答案了。

那个星期天的上午，在对媒体记者讲了几句话之后，李·哈维·奥斯瓦尔德将被押着穿过达拉斯警察局的地下通道，走到院子里的一辆防弹囚车前，这辆车看上去是要押送奥斯瓦尔德去县拘留所的。而实际上，防弹车只是个幌子，出于安全考虑，奥斯瓦尔德将在人群退去后被带上一辆普通的警车。

在地下通道的入口处，一大群记者注视着戴着手铐的奥斯瓦尔德微笑着进入地下通道，他的右手和探员 J. R. 里维尔的左手铐在了一起。

在地下通道的出口处，40 多位记者和 70 多位警察等待着奥斯瓦尔德前来，三台电视摄像机在转动着。

"他来了！"第一眼看到奥斯瓦尔德的人喊道。

记者们向前拥去，麦克风指向了奥斯瓦尔德，一个个问题从记者口中喊出，镁光灯频频闪亮，摄影师们要为后世留住眼前的瞬间。

奥斯瓦尔德在斜坡上走着，他被带向那辆囚车。

突然，杰克·鲁比从人群中闯了出来，出现在奥斯瓦尔德的左手边，这已经是鲁比第二次来看奥斯瓦尔德了，而且这一次他同样揣着一支手枪。不论对警察还是记者来说鲁比都是熟人，因此他进入警察局没人阻拦，然而，他此时此刻出现在这里却是完全没有道理的。

鲁比把他的狗留在了自己的车里。他是一个冲动的人，如果有醉鬼在他的俱乐部里挑逗脱衣舞女，他就会当场把醉鬼打一顿。他因为肯尼迪的遇刺而悲伤欲绝，这两天不止一个朋友看到他在哭泣。此时，看到奥斯瓦尔德微笑着露面，鲁比明白他再也见不到他的爱犬了。他猛地冲上前去，掏出他的手枪指向奥斯瓦尔德的肚子，毫

276

不犹豫地开了一枪。枪响时是上午 11 点 21 分。

杰克·鲁比立刻被警察扑倒了，李·哈维·奥斯瓦尔德也重重地摔倒在地上。警察们将奥斯瓦尔德迅速送到了帕克兰德医院，他被安排在第二急诊手术室进行抢救，与这间手术室隔着一个大厅的是第一急诊手术室，约翰·肯尼迪曾在那里度过了他一生中的最后几分钟。中午 1 点 07 分，在肯尼迪总统死后 48 小时零 7 分钟，李·哈维·奥斯瓦尔德也死了。

与肯尼迪不同的是，没有人为奥斯瓦尔德哀悼。

没有任何人。

27

1964 年 1 月 14 日

华盛顿，司法部部长办公室

杰姬·肯尼迪坐在一把皮质的小圆椅上，她的面前是熊熊的炉火，左肩后面是一面美国国旗。她穿着一身黑衣，那双曾经明亮而灵动的眼睛变得黯然无光。摄影机沙沙转动着，摄影机旁是鲍比和泰迪——她丈夫的两个弟弟，他们在向杰姬提供着精神支撑，特别是鲍比，他在哥哥死后成为卡罗琳和小约翰的保护人，也成了杰姬永久的朋友。

肯尼迪总统死于 8 周前，之后杰姬成了无家可归的人，因为法令规定她必须立即迁出白宫，这意味着卡罗琳在白宫的私人学校不复存在，小约翰也不可能再坐上他喜爱的"海军陆战队一号"直升机。杰姬不能说身无分文，但她名下的确没有什么现金，这种窘境直到肯尼迪的遗嘱被执行后才得以缓解。

约翰·肯尼迪曾是杰姬生命的全部，甚至现在她还偶尔忘记她丈夫已经不在了。她现在请人拍摄的这部短片是将要在全美国的电影院里当作新闻影片放映的，因为她想通过这个方式对美国人民给予她的潮水般的慰问表示感谢。她收到的慰问信总共有80多万封。"你们大家对我丈夫的爱也同样支撑着我，"杰姬对着摄影机坚定地说，"你们热诚的慰问是我们永远不会忘记的。"

杰姬的讲话是提前写好的，现在她可以从摄影机旁的一个提示板上读到，但这同时也是她自己想说的话，她的话也将唤起公众由衷的感慨。那些曾经将肯尼迪夫妇当作电影明星的美国人在杰姬最困难的时候并没有忘记她，当她不再是第一夫人的时候，她需要承受的压力却大过了以往任何时期。

此时摄影机拍出的杰姬是带有欺骗性的，她独处的时候会非常痛苦，不自觉地一支接一支地吸着新港牌香烟，时而啃一下手指甲，她的双眼因哭泣而一直红肿着。

在拍摄的过程中，杰姬停下了几次，以便深呼吸或擦去夺眶而出的眼泪。"你们给我写信的每一个人都知道我们大家有多爱他，相信他也会毫无保留地爱你们。"她说道。

然后，杰姬·肯尼迪用她丈夫那样的前瞻性语气谈道，希望在波士顿建立一个约翰·F.肯尼迪总统图书馆，这样，全世界的人都可以去那里了解她丈夫的精神遗产了。

对于杰姬来说，拍摄这样一段讲话是勇敢而又伤感的。在不到两分钟的讲话中，杰姬向美国人民表示了感谢，而这个感谢却让人心碎。她的哀伤是显而易见的，她是逝去的卡米洛特的化身，而现在美国人想起卡米洛特时已颇有怀旧的感觉。

在帕克兰德医院肃穆的急诊抢救室里，当白宫特工们和达拉斯警察的争执还没有演变成为一场有失体面的对峙，杰姬凝望着她丈夫的脸，静静地将她的结婚戒指戴在了丈夫的手指上。这个情节在杰姬的心中宛如昨日，但现在她宁愿回忆她和丈夫度过的那些美好、精彩的时光，两个人之间所有的不快和争吵正渐渐被她忘记。

当杰姬想到肯尼迪时，她首先会想到他的镇定和领导力，这两个方面也是她希望历史能够铭记的。"对杰克来说，历史进程中充满了英雄，"在肯尼迪遇刺一周后，她对《生活》杂志记者西奥多·怀特说，"杰克是一个非常简单的人，但他同时也有多个层面。用理想化的眼光看，杰克在历史上是一位英雄，但他也有普通人的一面，他的朋友们都是他的老朋友，他喜欢他的爱尔兰帮。"

正是在这次发表于《生活》12月6日刊的采访中，杰姬第一次告诉世界，约翰·肯尼迪喜欢在入睡前播放《卡米洛特》的唱片，而且他特别喜欢剧中的最后几句歌词："不要让人们忘记，曾经有那样一个时刻，虽然短暂却无比辉煌，那就是卡米洛特。"

当怀特给纽约打电话向《生活》的编辑口述这篇报道时，杰姬一直在旁边听着，她坚持卡米洛特的主题必须突出，她希望公众能在卡米洛特的光环中记住她丈夫。

杰姬·肯尼迪结束了在鲍比·肯尼迪办公室里的拍摄，从小圆椅上站了起来。鲍比还要继续担任司法部部长9个月才辞职，而杰姬知道，她现在所做的一切都是为了让后人更好地理解她的丈夫。杰姬同时也明白，她应当将生活调整到普通人的状态去了，新的生活状态与她想让世界记住的往日的辉煌不可同日而语，正如她对《生活》记者西奥多·怀特不无酸楚地承认的那样："卡米洛特不会再有了。"

直到今天，这个判断仍旧正确。

后 续

　　杰姬·肯尼迪在丈夫遇刺后所承受的巨大痛苦和这期间她表现出的一如既往的优雅进一步赢得了美国公众对她的尊敬，尽管她在丈夫担任总统期间就已经获得了美国人民的喜爱。1968年，她嫁给了亚里士多德·奥纳西斯。奥纳西斯是希腊船王，杰姬在她的早产儿帕特里克夭折后曾在奥纳西斯的游艇上度过假。之后狗仔队将她称为"杰姬·O"，并一直追着她拍照，这种追逐和侵扰一直伴随着她直到安息之日。可悲的是，奥纳西斯69岁那年死于呼吸衰竭，于是杰姬在进入第二个婚姻7年后再次守寡，这时她刚刚46岁。在奥纳西斯死后，杰姬离开了公众的视线，她在纽约市的维京出版社找到了一份编辑的工作。3年后，这家出版社出版了一本小说，在小说中，泰迪·肯尼迪当上了美国总统，而有人预谋要刺杀他，愤怒和尴尬的杰姬选择从这家出版社辞职。之后她又进入双日（Doubleday）出版社，从那时起到她生命结束的近20年光阴里，杰姬没有再换过工作，她编辑的传记人物包括迈克尔·杰克逊、卡莉·西蒙，还有获得诺贝尔奖的埃及小说家纳吉布·马哈福兹。上世纪90年代初期，杰姬数十年的吸烟嗜好同她算了总账，1994年5月19日，她死于非霍奇金淋巴瘤，终年64岁。

卡罗琳·肯尼迪长大后先是上了拉德克利夫学院（Radcliffe College），然后在哥伦比亚大学获得了法学博士学位。她的丈夫是埃德温·施洛斯伯格，他们育有三个孩子，卡罗琳本人不太愿意进入公众的视线。2011年12月，歌星尼尔·戴蒙德承认，卡罗琳·肯尼迪是他的歌曲《甜美的卡罗琳》（Sweet Caroline）的创作灵感之源，这首歌的唱片之前已售出了数百万张。

小约翰·F.肯尼迪是肯尼迪家族悲剧经历的象征。在他3岁生日那天，他向父亲灵柩敬礼的形象让世界上无数人心碎。有许多人以为他的昵称是"约翰-约翰"（John–John），但事实并非如此，这个昵称是媒体编造的。小约翰先上了布朗大学，然后又在纽约大学法学院深造，毕业后，他曾在曼哈顿区律师事务所短暂工作。1988年，《人物》杂志将他誉为"在世的最性感的男人"。同他的母亲一样，小约翰也是媒体追逐的对象。1999年7月16日，他驾驶的一架小型飞机坠落在马撒葡萄园岛（Martha's Vineyard）附近的大西洋海域中。在这场惨剧中，不仅他本人未能生还，同机遇难的还有他的妻子卡罗琳·贝塞特·肯尼迪和他的妻姐劳伦。当时小约翰只有38岁，他和他妻子的骨灰撒进了大海。

林登·约翰逊全盘继承了肯尼迪政府的未竟事业，特别是越南战争。1964年，约翰逊通过高超的运筹手段使众参两院通过了历史性的《民权法案》，这期间，他与小马丁·路德·金密切合作，使肯尼迪生前推进民权运动的愿望得以实现，在这个方面，约翰逊功不可没。然而，同样从肯尼迪手中继承的越南问题是个烫手的山芋，最终也成了约翰逊的滑铁卢。刺杀吴庭艳使美国对越南的干涉走上了不归路，尽管是否美国政府指使了对吴庭艳的刺杀至今仍有争议，但毫无疑问的是，吴庭艳死后越南局势对美国愈加不利。1964年，约翰逊以压倒性优势击败来自亚利桑那州的巴里·戈德华特，而后者作为共和党总统候选人的失败是肯尼迪生前预言过的。之后美国在越战中越陷越深，而美国国内的反战情绪日益高涨。林登·约翰逊因惧怕失败，放弃了1968年的连任竞选。离开华盛顿后，约翰逊回到了他在得克萨斯的牧场，1973年1月22日，64岁的约翰逊死于心脏病突发。

沃尔特·克朗凯特在突发新闻中宣布了约翰逊总统的死讯，正如他数年前向全美国宣布肯尼迪的死讯一样。克朗凯特在哥伦比亚广播公司担任新闻节目主持人直到1980年。2009年，92岁的克朗凯特去世，去世前他仍对丹·拉瑟取代他成为哥伦比亚广播公司《晚间新闻》节目的主持人耿耿于怀。

林登·约翰逊放弃1968年大选的决定几乎成就了鲍比·肯尼迪，这位前司法部部长一度因哥哥被刺而痛苦和消沉，但他重新振作起来，投入了竞选美国总统的征程。在大选前期他做得非常成功，然而，正如他的哥哥一样，鲍比·肯尼迪被一个心理失常的枪手刺杀。当时，鲍比在洛杉矶的一家饭店刚刚宣布了在加州的初选胜利，枪手索罕·索罕便向他开了枪。1968年6月6日，在遭遇枪击26小时后，鲍比·肯尼迪去世了，享年 42 岁。

李·哈维·奥斯瓦尔德于 1963 年 11 月 25 日被葬于得克萨斯州沃斯堡的香农玫瑰山公墓（Shannon Rose Hill Cemetery），就在同一天，约翰·F.肯尼迪被葬于华盛顿的阿灵顿国家公墓。1967 年，在奥斯瓦尔德去世 4 周年的日子，他的墓碑被当地流氓偷走了，虽然这块墓碑最终被找了回来，奥斯瓦尔德的母亲担心同样的事情再次发生，于是换上了一块廉价得多的墓碑，把原墓碑藏在了她沃斯堡家里的地板下面。1981 年，73 岁的玛格丽特·奥斯瓦尔德死了，房子被变卖，新主人在地板下发现了这块 130 磅重的墓碑，于是他们悄悄以将近 10 万美元的价格将它卖给了伊利诺伊州的汽车历史博物馆。这家博物馆还收藏着运送奥斯瓦尔德去帕克兰德医院急救的那辆救护车，以及他在刺杀肯尼迪后出逃时乘坐的那辆出租车。

奥斯瓦尔德最初的松木棺材于 1981 年被挖出，换上了另一具棺材，而这家汽车历史博物馆的老板们却不愿购买这具松木棺材，因为他们觉得拿棺材做展品或收藏太可怕了。

但一位匿名的收藏家不这么认为，2010 年 12 月，他通过竞价最终以 87468 美元买下了这具棺材。

杰克·鲁比，也就是杰可布·鲁宾斯坦，声称他枪杀李·哈维·奥斯瓦尔德是为了替达拉斯这座城市挽回声誉。来自旧金山的著名律师梅尔文·贝利为鲁比做了无罪辩护，贝利律师试图说明鲁比在枪杀奥斯瓦尔德的时刻处于精神不正常的状态，但陪审团不为之所动，杰克·鲁比被判恶意谋杀，并处以死刑。之后，鲁比接受了调查肯尼迪遇刺案的沃伦委员会（Warren Commission）的质询，并因此获得了得克萨斯刑事上诉法院对他的重审。上诉法院的法官认为，因肯尼迪遇刺一案在达拉斯引发的公众反响太大，鲁比之前在这座城市接受的审判是不公正的。然而，在上诉法院对他进行重审之前，鲁比因出现流感症状被送进了已经大名鼎鼎的帕克兰德医院，医院检查发现，癌细胞已扩散到鲍比的肝部、肺部和脑部。1967年1月3日，55岁的鲁比死于肺栓塞。杰克·鲁比被葬于伊利诺伊州诺里奇（Norridge）的威斯特劳恩（Westlawn）公墓。值得一提的是，鲁比在射杀奥斯瓦尔德前有可能知道他自己已经患上了癌症。

小马丁·路德·金继续着他的民权事业，并成了世界上最受尊敬的人之一。1968年4月4日，他在田纳西州的孟菲斯被一个名叫詹姆斯·厄尔·雷的种族主义者开枪打死。这个杀手先是逃到了加拿大，然后又逃到了英国，最终被抓获后引渡回美国。雷被判处99年监禁，之后他又从布拉希山州立监狱（Brushy Mountain State Penitentiary）逃走，3天后他被抓了回来，他的刑期也因此延长至100年。有人认为雷在刺杀小马丁·路德·金时有帮凶，但这一点一直未被证实。小马丁·路德·金和罗伯特·肯尼迪的相继遇刺以及美国在越战泥潭中的无法自拔，导致了全美国对卡米洛特般的希望与乐观的彻底幻灭。

尽管几任美国总统都想将J.埃德加·胡佛从联邦调查局局长的位子上撤下来，但胡佛成功地保住了自己的位子。有许多传言说胡佛是同性恋，因为他同联邦调查局的一位副局长克莱德·托尔森过从甚密。肯尼迪总统遇刺后，胡佛一如既往地向约翰逊提供敏感的限制级档案，这些档案中包含了许多高官和社会名人的负面隐私。

约翰逊则充分利用了这些档案。在当上总统后不久，他要求胡佛提供每一个"哈佛帮"人员的详细资料，"哈佛帮"是肯尼迪政府中一群毕业于哈佛大学的年轻人，过去，他们以嘲笑约翰逊为乐。约翰逊还给胡佛提供了一个约1200人的大名单，名单上的人都是约翰逊真实或想象中的敌手，约翰逊希望联邦调查局深挖一下他们的资料。胡佛同约翰逊一样，觉得肯尼迪兄弟瞧不起他，因此胡佛非常乐意完成约翰逊布置的这项任务。林登·约翰逊对胡佛的回报是发布行政命令，将胡佛排除于强制退休人员之外，于是胡佛得以担任联邦调查局局长直到1972年他本人去世，终年77岁。

约翰·康纳利从达拉斯枪击案中康复后，完成了两届州长任期，然后他回到华盛顿，在理查德·尼克松的政府中担任财政部部长。之后他从民主党转为共和党，并于1980年竞选共和党总统候选人，然而，他的选战非常失败，不得不提前退出。1993年6月15日，康纳利死于肺间质纤维化，享年76岁。

玛丽娜·奥斯瓦尔德之后再也没有回到苏联，她仍旧在世，一直住在达拉斯。奥斯瓦尔德死后玛丽娜曾经再婚，并和第二个丈夫生下一个儿子，但第二段婚姻很短暂，很快他们就离婚了。自奥斯瓦尔德刺杀肯尼迪后，玛丽娜和她的两个女儿琼与奥德丽一直无法甩掉"李·哈维·奥斯瓦尔德家人"的烙印，为避免麻烦，两个女孩甚至都随了继父的姓波特，奥德丽改名为雷切尔·波特。至今，李·哈维·奥斯瓦尔德的家人仍偶尔出现在美国的电视屏幕上，但大多数时间她们的生活是私密的。

1977年3月，达拉斯WFAA电视台的一个年轻记者开始调查肯尼迪遇刺案，在他的采访过程中，他试图接触可疑的俄裔大学教授乔治·德·莫赫兰斯蒂尔特，终于，这位记者得知德·莫赫兰斯蒂尔特住在佛罗里达棕榈滩他女儿的家里，而且国会下属的一个委员会当时已经传唤德·莫赫兰斯蒂尔特为肯尼迪遇刺案做证。这位电视记者赶到了棕榈滩德·莫赫兰斯蒂尔特女儿的家，记者刚一敲门就听到房中一声枪响，德·莫赫兰斯蒂尔特就在这一刻自杀了，从此，他与李·哈维·奥斯瓦尔德的真正关系再也不可能为世人所知。

这位前往棕榈滩的记者名叫比尔·奥赖利。

值得说明的是，在德·莫赫兰斯蒂尔特自杀的一年之前，他给当时的中央情报局局长乔治·H. W. 布什（后来的老布什总统）写了一封信，在信中，德·莫赫兰斯蒂尔特称有人跟踪他，希望中情局能给予他保护。这封给老布什的信让人们相信德·莫赫兰斯蒂尔特的确同中情局有些渊源，而且知道一些肯尼迪遇刺案的内幕。

另外一位中情局前局长艾伦·杜勒斯1969年死于严重流感，享年75岁。今天，阴谋论者认为，由于杜勒斯之前在猪湾行动中出现巨大失误而被肯尼迪解职，因此杜勒斯出于报复参与了刺杀肯尼迪。杜勒斯也曾参加过调查肯尼迪遇刺案的沃伦委员会。

阴谋论者们还认为芝加哥的黑帮大佬山姆·吉安卡纳也与肯尼迪的遇刺有干系。参议院的一个调查委员会为了调查中情局与黑帮同肯尼迪遇刺有没有关系，传唤吉安卡纳做证，但就在他出面做证之前，1975年6月19日，吉安卡纳本人被杀死在自己家中。杀手先是从身后对着他的头部开了一枪，然后又将他的身体翻了过来，把弹夹里的子弹全部打在了他的脸上。这个杀手一直没被抓到。

弗兰克·西纳特拉在棕榈泉遭到约翰·肯尼迪的冷落之后加入了共和党，还成了罗纳德·里根总统的著名支持者，但是，这位歌星基本上没有对约翰·肯尼迪说三道四。彼得·劳福德则截然不同，当年，约翰·肯尼迪曾强迫他打电话给西纳特拉，让他告诉西纳特拉，总统在棕榈泉要选别的地方住了。1966年，劳福德同肯尼迪的妹妹帕特里夏离了婚，由此他开始断断续续发表对肯尼迪家族尖刻的指责，其中包括：玛丽莲·梦露不仅同约翰·肯尼迪，还同鲍比·肯尼迪有染，而且鲍比与梦露之死有干系。劳福德讲这些话的时候已经被演艺圈冷落，整日沉浸于女人、酒精和毒品之中，而且他的这些话一直没有得到证实。1984年，彼得·劳福德死于肝功能衰竭带来的心脏骤停，当时他61岁。

葛丽泰·嘉宝于1990年4月15日在纽约去世，享年84岁，她直到临终都是个隐士，没有结过婚也没有孩子，一直都在独处。但这位传说般的女星很喜欢在纽约市的街道间远足，当然这时她总会戴上一副大号的太阳镜。嘉宝漫步纽约的这个习惯后来也被她的钦佩者杰姬·肯尼迪学到了。嘉宝非常擅长理财，虽然她度过了近四十年的退休生活，但她临终时给她的侄女留下了3200万美元的遗产。

有人说，卡米洛特只是杰姬·肯尼迪为了怀念她丈夫而炮制的一个神话，人们不能确认肯尼迪生前是否真的在白宫和第一夫人探讨过卡米洛特的喻义，但是，将肯尼迪时期的白宫比作卡米洛特是恰当的，正像杰姬希望的那样，今天的美国人想到肯尼迪总统时往往便会联想到卡米洛特。

约翰·菲茨杰拉德·肯尼迪的墓地在阿灵顿国家公墓内，位于距当年罗伯特·E.李将军别墅不远的一处山坡上。就在肯尼迪遇刺的一两个星期前，他本人刚刚对这片公墓表示了由衷的喜爱。他是葬在阿灵顿公墓的仅有的两位总统之一，另一位是死于1930年的威廉·霍华德·塔夫脱总统。

肯尼迪遇刺后，杰姬·肯尼迪要求她丈夫的葬礼要尽可能看上去像林肯总统的葬礼，于是"南北战争百年纪念委员会"的主任小詹姆斯·罗伯逊教授和国会图书馆的戴维·默恩斯被紧急征召在肯尼迪总统遇刺和葬礼间的短短几日内调研林肯葬礼的各种细节。白宫的东厅被迅速复原成1865年林肯灵堂时的模样，而且，承载肯尼迪灵柩的炮车和参加葬礼的贵宾们的行进路线也同当年林肯葬礼的安排完全一致。

在约翰·肯尼迪的陵墓上是一簇长明火，这个设计是杰姬·肯尼迪提出的，长明火位于一块直径5英尺的圆形花岗岩的中心位置，这块花岗岩是从肯尼迪的家乡马萨诸塞州科德角运来的。今天，杰姬的墓和他们两个夭折的孩子阿拉贝拉和帕特里克的墓都与肯尼迪的长明火紧紧相依。当年，对肯尼迪葬礼的电视直播将阿灵顿从一个普通美军士兵的长眠之所变成了一个众所周知的旅游目的地。到目前为止，阿灵顿国家公墓里没有哪一块墓碑比约翰·菲茨杰拉德·肯尼迪的长明火更引人注目，尽管他本人已离去近半个世纪，每年仍有 400 多万人到阿灵顿公墓向他致敬——

　　——同时也是向他所代表的美国的一个美好时代致敬！

尾 声

我们这部书从约翰·肯尼迪与亚伯拉罕·林肯的共同点展开，现在我们仍将以肯尼迪总统与林肯总统相关联的内容结束。

1962年2月10日，肯尼迪总统写了一封信给华盛顿的律师拉尔夫·E.贝克尔，这封信是要在纪念《解放黑人奴隶宣言》100周年的活动上宣读的。在约翰·肯尼迪的总统任期内，他经常讲到亚伯拉罕·林肯，并以后者为榜样，他们两人虽相隔百年，却有着割不断的联系。肯尼迪的这封信可以证明他同林肯总统的志向一脉相承。

白 宫

华盛顿

致宴会主持人拉尔夫·E. 贝克尔：

今晚大家济济一堂，纪念《解放黑人奴隶宣言》发表 100 周年，在此我非常高兴向你们致以问候，我真希望我本人也能参与今晚的活动。

林肯谈到《解放黑人奴隶宣言》时曾写道，它"不仅将自由给予了这个国家的人民，同时也将希望给予了全世界的人民"。它"承诺在一定时期内全人类都将摆脱压迫，所有的人都能获得均等的机会"。

林肯总统用他本人的话更好地阐述了《解放黑人奴隶宣言》的意义，而这个《宣言》从来没有像今天这样显得如此重要——美国在 100 年前摆脱了奴隶制的压迫，而今天世界上大部分地区也摆脱了奴隶制的压迫，但是，我们的目标是让全世界都能承认自由和平等是最基本的人权，为此我们还有很长的路要走。

我们的进步是有目共睹的，但我们的工作还没有完成。林肯对《解放黑人奴隶宣言》意义的阐述和他的思想将激励着我们所有人继续我们未竟的使命。

约翰·F.肯尼迪（签名）

1962年2月10日

资料来源

　　本书不仅需要第一手资料的收集，还需要第二手资料的调研。许多第一手资料来自比尔·奥赖利花费数年时间所做的关于肯尼迪遇刺案的采访和报道，他在 WFAA 电视台所做的这些报道为他赢得了一项"达拉斯媒体俱乐部奖"。更多的相关新信息来自许多执法机构的探员，特别是联邦调查局特工理查德·维尔，维尔参与了肯尼迪遇刺案的调查，并且是受命向玛丽娜·奥斯瓦尔德了解情况的人。维尔在见到我们之前从未向其他机构或个人谈及他的调查发现，在此我们向维尔先生表示感谢。

　　约翰·肯尼迪的生与死无须粉饰，他的时期是美国历史上一个引人入胜的时期。但是，由于本书记述的许多事件都非常美好或是非常可怕，同时由于其中的许多细节看起来像是发生在人们眼前，因此我们必须对读者强调的是，《刺杀肯尼迪》完全是一部纪实作品，它的一切情节都是真实的，书中每一个人物的行为和每一个事件都真实发生过，书中引述的每一句对白都是书中的人物的确说过的。

我们之所以能够获取这样多的细节是因为约翰·肯尼迪是位重要的历史人物，他在任期内的许多言行都被媒体以各种方式充分记录下来了。

我们找到了大量的关于约翰·肯尼迪生前活动和遇刺案的资料，有些资料的丰富和细致甚至超出了我们的预期，因此，我们在写作时是有据可循的。这些资料中不仅有一些非常细致的对各种会议、会谈和事件的记录，而且还包括互联网上大量的肯尼迪的演讲视频和出席活动的影像。因此，我们在写作的过程中，每一天与肯尼迪总统的讲话记录和他的音频、视频为伴，仿佛感觉他来到了我们面前。对于读者们来说，如果能拿出时间寻找和观看这些资料，那么可以大大加深对肯尼迪总统的了解。我们特别建议读者们看一下肯尼迪1963年在爱尔兰戈尔韦所做的演讲，因为那一次演讲充分体现了他的智慧、热情，看上去宛如昨日。

杰奎琳·肯尼迪在她的丈夫遇刺后不久录制了一系列录音带《历史谈话——与约翰·F.肯尼迪共同生活的回忆》，这些录音带可以帮助我们了解肯尼迪时期白宫内的生活。非常值得一提的是杰姬在这套录音带中表现出的直率，特别是当她谈到当时世界上许多最有名和最有权势的人时表现出的直言不讳尤其难得。正如她的丈夫一样，她本人的智慧和热情仿佛触手可及。

我们特别要向肯尼迪图书馆的劳丽·奥斯汀和斯泰西·钱德勒及他们的团队致谢。我们提出的调研要求既包罗万象又细致无比，而他们最终为我们提供的丰厚资料让我们激动不已。这些资料包括约翰·肯尼迪每天日程的记录，还有他每时每刻所在的具体地点，他出席的每一次会议的与会者姓名，甚至每天午后他跳入游泳池或前往生活区休息的时间。阅读这些记录让人感觉时光倒流，并且让人真切地感受到肯尼迪时期白宫的生活情景。因此，如果您有机会到波士顿，肯尼迪图书馆是不能错过的。

我们必须要感谢威廉·曼彻斯特先生，他在肯尼迪总统遇刺后不久写下了《总统之死》（*Death of a President*），这部大作全部基于第一手资料，因为曼彻斯特先生在写作前几乎采访到了所有1963年11月22日陪同肯尼迪总统前往达拉斯的人们，而且，这部书得到了杰姬·肯尼迪和肯尼迪家族的全力配合。这部书的细节是珍贵的，它讲述的事实是无价的，当其他的许多资料相互矛盾时，这部《总统之死》可以提供最终的答案。

本书最基本的素材来自许多书籍、杂志文章、视频资料以及颇受争议但引人入胜的《沃伦委员会报告》。本书作者访问过达拉斯、华盛顿、戈尔韦和得克萨斯州希尔（Hill）县等许多地方。在此，本书作者还要深深感谢众多优秀的研究者，他们都对约翰·肯尼迪的一生和他所处的时代进行了深入的研究。

下面我们所列举的是每一节所引用的资料，这个名单并不全面，只是包含了我们撰写这段历史时所依赖的最重要的资源。

序言：阿瑟·施莱辛格（Arthur Schlesinger）的《一千天》（*A Thousand Days*），多丽斯·卡恩斯·古德温（Doris Kearns Goodwin）的《菲茨杰拉德家族和肯尼迪家族》（*The Fitzgeralds and the Kennedys*），卡伦·布莱斯·霍塞尔（Karen Price Hossell）的《约翰·F.肯尼迪的就职演说》（*John F. Kennedy's Inaugural Speech*），瑟斯顿·克拉克（Thurston Clarke）的《不要问：改变了美国的约翰·F.肯尼迪的就职演说》（*Ask Not: The Inauguration of John F. Kennedy and the Speech That Changed America*）。托德·S.珀德姆（Todd S. Purdum）2011年2月发表在《名利场》（*Vanity*

Fair）中对肯尼迪就职演说的记述对我们也非常有帮助，我们在序言中引用的资料还来自美国国家档案馆和《沃伦委员会报告》。

第 1 节：1944 年约翰·赫赛（John Hersey）在《纽约客》（*New Yorker*）上发表了一篇关于 109 号鱼雷艇的文章，该文章堪称对这一残酷事件的最佳描述。兰斯·莫罗（Lance Morrow）所写的《他们生命中最好的年代》（*The Best Years of Their Lives*）是一本篇幅不长却引人入胜的书，如果说赫赛解读事件的角度有时未免过于逢迎，那么莫罗书中的观点则恰好巧妙地对此进行了平衡。关于"金星母亲"演说和"爱尔兰帮"的诞生的细节在威廉·曼彻斯特（William Manchester）的作品《即逝的闪耀之光：肯尼迪》（*One Brief Shining Moment*）中都有描写。

第 2 节：白宫博物馆的网站上提供了制作精良的白宫全景图，并辅以文字和图片来展示白宫的历史。罗伯特·达莱克（Robert Dallek）所写的关于约翰·F. 肯尼迪总统的文章涉及了这位总统所承受的多种疾病之苦，也为我们展示了他被规定服用的种类繁多的药物。肯尼迪图书馆网站提供了大量白宫中的生活细节。萨莉·比德尔·史密斯（Sally Bedell Smith）所写的《优雅与权力》（*Grace and Power*）一书则提供了很多关于杰姬·肯尼迪的信息。

第 3 节：威廉·R. 菲尔斯（William R. Fails）所著《从潜艇到直升机》（*Marines and Helicopters*）一书详细描写了美国总统所乘交通工具的演变，而罗伯特·达莱克所著《未竟人生》（*An Unfinished Life*）和温贝托·丰托瓦（Humberto Fontova）所著《卡斯特罗：好莱坞中意的暴君》（*Fidel: Hollywood's Favorite Tyrant*）则细数了卡斯特罗的所作所为。《农民年鉴》（*Farmers' Almanac*）杂志曾有天气方面的记述，而曼彻斯特的作品《即逝的闪耀之光：肯尼迪》则为读者提供了总统关于猪湾行动的想法的一些不为人知的评价。还有其他一些值得注意的资料来源：迪安·拉斯克（Dean Rusk）所著《美国国务卿迪安·拉斯克回忆录》（*As I Saw It*）、爱德华·R. 德拉克曼（Edward R.Drachman）和艾伦·申克（Alan Shank）所著《总统和外交政策》（*Presidents and Foreign Policy*）、迈克尔·奥布莱恩（Michael O'Brien）所著《肯尼迪：传记》（*John F. Kennedy: A Biography*）、托马斯·G. 帕特森（Thomas G. Paterson）所著《肯尼迪的求胜之路》（*Kennedy's Quest for Victory*）、吉姆·拉森伯格（Jim Rasenberger）所著《载入史册的灾难》（*The Brilliant Disaster*）、詹姆斯·希尔蒂（James Hilty）所著《罗伯特·肯尼迪》（*Robert Kennedy*）、理查德·马奥尼（Richard Mahoney）所著《儿子和兄弟》（*Sons and Brothers*），及理查德·古德温(Richard Goodwin)的佳作《忆美国》(*Remembering America*）。

第 4 节：读者可以上网观看视频，跟随杰姬·肯尼迪踏上白宫之旅，尤其需要注意接近尾声时美国总统和第一夫人之间的肢体语言。塞缪尔·赫什（Seymour Hersh）的《卡米洛特的阴暗面》（*The Dark Side of Camelot*），而萨莉·比德尔·史密斯所著《优雅与权力》、克里斯托弗·安德森（Christopher Andersen）所著《肯尼迪夫妇》（*Jack and Jackie*）、劳伦斯·利默（Laurence Leamer）所著《肯尼迪家的女人们》（*The Kennedy Women*）和 C. 戴维·海曼所著（C. David Heymann）《名为杰姬的女人》（*A Woman Named Jackie*）等作品则进一步探究了其中的原因。

第 5 节：约翰·F. 肯尼迪总统图书馆提供的资料和杰姬本人在《约翰·F. 肯尼迪的一生：对话历史记录》（*Historic*

Conversations on Life with John F. Kennedy）一书中都有表述，还有萨莉·比德尔 2004 年 5 月发表在《名利场》（*Vanity Fair*）上的文章里都涉及了卡米洛特。兰迪·J.塔拉波雷利（Randy J. Taraborrelli）所著《玛丽莲·梦露不为人知的生活》（*The Secret Life of Marilyn Monroe*）、汤姆和菲尔·肯兹（Tom and Phil Kuntz）所著《西纳特拉文档》（*The Sinatra Files*）、联邦调查局关于西纳特拉的档案提供了很多加利福尼亚州棕榈泉所发生事情的细节。伊万·托马斯（Evan Thomas）所著《罗伯特·肯尼迪》（*Robert Kennedy*）提供了很多关于罗伯特·肯尼迪的解读。赫什所著《卡米洛特的阴暗面》也是极具价值的资料来源。2004 年 5 月 9 日《美国新闻与世界报道》（*U.S. News and World Report*）上刊登了萨莉·比德尔·史密斯对约翰·F.肯尼迪的采访。盖洛普民意测验（Gallup Poll）网站提供了支持率数据，而萨姆·吉安卡纳和查克·吉安卡纳（Sam and Chuck Giancana）所著《出卖》（*Double Cross*）提供了关于黑帮针对玛丽莲·梦露和肯尼迪兄弟的阴谋的背景资料。

第 6 节：肯尼迪博物馆网站特别推出了一个功能，可供浏览者按日期查找《纽约时报》的内容。如此便可查阅到很多关于总统游历的背景信息、东柏林出现的暴行，还有全世界读者都感兴趣的话题，比如苏联的宇航员，还有革命性的无线电话。罗伯特·卡洛（Robert A. Caro）所著《权力之路》（*Passage of Power*）中可挖掘出很多关于林登·约翰逊的生活习惯，尤其是他担任副总统时的琐事与细节。美国联邦调查局关于那个时期南方腹地的多个报告为我们提供了当时的许多生活细节，而从《观看》杂志对杀害埃米特·路易斯·蒂尔的凶手的采访文章中可以了解到关于这个男孩的故事，当然其他的资料来源更能让读者用多元化的视角解读这个事件，例如《乌木》（Ebony）杂志上还刊登了他被打爆头之后头部的特写照片。达沃·加罗（Dave Garrow）于 2002 年 7—8 月刊登在《大西洋月刊》（Atlantic Monthly）上的文章中记录了联邦调查局对小马丁·路德·金表现出的兴趣。还可以在《沃伦委员会报告》中查找到联邦调查局的特别探员约翰·费恩对于李·哈维·奥斯瓦尔德的回忆。

第 7 节：如想查看约翰·F. 肯尼迪卧室的照片，可登陆 www. whitehousemuseum.com，如果想看更为详细的内容，可以参阅曼彻斯特所著《即逝的闪耀之光：肯尼迪》。还可登陆 www. whitehouse.gov 查看更多关于白宫的历史。杰姬·肯尼迪在《约翰·F. 肯尼迪的一生：对话历史记录》一书中大量透露了他们夫妻的生活。而欧内斯特·梅（Ernest May）和菲利普·泽利科（Philip Zelikow）所著《关于肯尼迪的片段》（The Kennedy Tapes）和泰迪·肯尼迪（Ted Kennedy）的《真正的指南针》（True Compass）中则为读者呈现了很多在古巴导弹危机期间的具体谈话内容。其他需要提及的书包括：谢尔顿·斯特恩（Sheldon Stern）所著《震惊世界的一周》（The Week the World Stood Still）、关于美国国务卿迪安·拉斯克会见苏联外长安德烈·葛罗米柯的档案资料、查尔斯·塔斯廷·坎普斯（Charles Tustin Kamps）所著《古巴导弹危机》（The Cuban Missile Crisis）、兰迪·J. 塔拉波雷利所著《杰姬、埃塞尔和琼》（Jackie, Ethel, and Joan）、黛安·霍洛威（Diane Holloway）所著《奥斯瓦尔德回忆》（The Mind of Oswald）、威廉·陶布曼（William Taubman）所著《赫鲁晓夫》（Khrushchev），及苏联领导人赫鲁晓夫以口授形式完成的回忆录《赫鲁晓夫回忆录》（The Memoirs of Nikita Khrushchev）。达莱克所著关于肯尼迪服用药物的书《大西洋》（*Atlantic*）（2002 年 12 月）也提供了很多有用的信息。

第 8 节：现在 Youtube 上可以找到讲述《蒙娜丽莎》的有趣视频。玛格丽特·莱斯利·戴维斯（Margaret Leslie Davis）所著《卡米洛特中的蒙娜丽莎》（*Mona Lisa in Camelot*）讲述了美国国家历史上这一难以置信的篇章。曼彻斯特所著《总统之死》的附表中提供了很多关于美国特工代码的名称，而《沃伦委员会报告》中提供了关于刺杀美国总统的历史概述，及白宫对特工的需求。白宫特工的网站本身也提供相关内容。如需查找关于各种机构详细信息的秘密资料，可以参见克林特·希尔所著《肯尼迪夫人和我》（*Mrs. Kennedy and Me*），或杰拉尔德·布莱恩（Gerald Blaine）所著《肯尼迪家族详情》（*The Kennedy Detail*）。爱德华·克莱恩（Edward Klein）所著《人性十足》（*All Too Human*）也提供了诸多有用信息。

第 9 节：罗伯特·卡洛在《权力之路》一书中大量描写了关于林登·约翰逊的细节。而吉安卡纳的《出卖》则进一步涉及帮派的阴谋。这些阴谋在书中并非以事实的姿态呈现，而是作为理论出现，而《出卖》一书很好地阐释了这些事情的可能性。本章节的资料来源还包括：伊万·托马斯所著《罗伯特·肯尼迪》、波顿·赫什（Burton Hersh）所著《罗伯特和 J. 埃德加》（*Bobby and J. Edgar*）、爱德华·克莱恩所著《人性十足》、吉姆·马尔（Jim Marr）所著《交火》（*Crossfire*），和林登·约翰逊图书馆网站。

第 10 节：温斯顿·丘吉尔网站提供了关于这个特殊日子的非常详细的概述。诺姆·乔姆斯基（Noam Chomsky）的《重思卡米洛特》（*Rethinking Camelot*）则通过图像详细描述了早年的越南。

第 11 节：游行翌日《华盛顿邮报》便刊登了很多关于游行者的细节。格伦·埃斯丘（Glenn Eskew）的《如果没有伯明翰》（*But for Birmingham*）和黛安·麦克沃特（Diane McWhorter）的《带我回家》（*Carry Me Home*）也提供了极为丰富的其他细节。雪莉·托佳斯（Shelley Tougas）的《伯明翰 1963》（*Birmingham 1963*）讲述了一张照片如何改变了那么多人的想法。赛斯·雅各布（Seth Jacobs）的《冷战》（*Cold War Mandarin*）提供了关于僧侣自焚和吴庭艳政权的令人毛骨悚然的细节。曼彻斯特的书也提供了大量肯尼迪执政期间白宫不为人知的细节。

第 12 节：泰勒·布兰奇（Taylor Branch）所著《分水岭》（*Parting the Waters*）、杰西卡·麦克厄拉斯（Jessica McElrath）所著《小马丁·路德·金：一生》（*Martin Luther King, Jr.: A Life*）、杰姬·肯尼迪所著《对话》（*Conversations*）和《新闻周刊》1998 年 1 月 19 日刊登的一篇不知名的文章，这些都是极有价值的资料来源。还有伊万·托马斯所著《罗伯特·肯尼迪》和罗伯特·卡洛所著《权力之路》和黛安·霍洛威所著《奥斯瓦尔德的回忆》。而克林特·希尔所著《肯尼迪夫人和我》则提供了解读他们之间关系的无价的信息。

第 13 节：还是曼彻斯特和希尔·克莱恩所著《人性十足》和勒那（Learner）的《肯尼迪家的男人》（*The Kennedy Men*）也提供了深度解读。

第 14 节：本章节资料来源包括达莱克所著的《未竟人生》和托马斯所著《罗伯特·肯尼迪》。小马丁·路德·金演讲的完整版音频可登陆 www.amaricanrhetoric.com 查看。

第 15 节：关于克朗凯特和约翰·F.肯尼迪之间的采访是网站

上的又一亮点，采访中可观赏之处很多，比如肯尼迪表现出来的清晰的知识构架、克朗凯特连珠炮式的问题，还有正式拍摄结束后这两个男人轻松愉悦的状态等等。

第 16 节：来自约翰·F. 肯尼迪总统图书馆的资料，如《总统之死》、《权力之路》，还有构成本章节核心内容的《沃伦委员会报告》。戴维·凯撒（David Kaiser）的《通向达拉斯之路》（*The Road to Dallas*）信息量大且引人深思，美国联邦调查局关于亚里士多德·奥纳西斯的文件则提供了极为有趣的背景信息。

第 17 节：有很多专门讲述戴维营的网站。这些网站都提供了或私人或独家的资料，值得一看。奥斯瓦尔德的资料可以从《沃伦委员会报告》中找到，从 C. 戴维·海曼所著《名为杰姬的女人》一书中和白宫博物馆网站上均可找到很多第一家庭的起居室的细节信息。本·布拉德利所著《与肯尼迪的对话》（*Conversations with Kennedy*）记录了这顿特别的晚餐。从唐纳德·斯伯特（Donald Spoto）的《杰奎琳·布维尔·肯尼迪·奥纳西斯》一书中可以找到她最后一次参加竞选活动的日期。曼彻斯特的书中则记述了她运用标点符号的习惯，而海曼和勒那的作品则记录了杰姬在克里斯蒂娜号帆船上写的那封信。

第 18 节：本章节的大部分内容来自报刊文章和曼彻斯特的作品。布拉德利的《对话》（*Conversations*）中引用了肯尼迪说的"不要装酷，只需勇气"那句话。

第 19 节：特工霍斯蒂在给沃伦委员会提供的证词中详细讲述了他拜访露丝·佩恩的过程。卡尔·斯费拉扎（Carl Sferrazza）所著《1961–1963 年肯尼迪家族在白宫的家庭生活和照片》（*The Kennedy White House: Family Life and Pictures, 1961-1963*）提供了很多关于阿灵顿公墓的引述。有趣的是凯斯·克拉克中士也在总统的葬礼上演奏了曲目。

第20节：巴利·帕里斯（Barry Paris）的《嘉宝》（*Garbo*）和戴维·皮特（David Pitt）的《肯尼迪与比灵斯》（*Jack and Lem*）揭示了这个在白宫历史中被遗忘的夜晚。当然我们还要对加利福尼亚州罗斯（Ross）的读者卡米拉·雷斯菲尔德（Camille Reisfield）表示感谢，正是因为她来信询问是否会在本书中加入这一节，现在读者才能看到并了解这顿在卡米洛特中最后的晚餐。

第21节：《沃伦委员会报告》和凯撒的《通向达拉斯之路》提供了对肯尼迪遇刺前几天所发生的各种事件的解读。现在尚不能完全肯定奥斯瓦尔德就是斯特林·伍德（Sterling Wood）在射击场目击到的那个射手，因为射击场的老板声称他是在另一天看到奥斯瓦尔德来练枪的。但可以肯定有人看到一个单独行动的男子用一支独特的意大利来福枪开火。

第22节：克林特·希尔和曼彻斯特的作品、《沃伦委员会报告》、白宫博物馆网站。

第23–26节：关于刺杀约翰·F. 肯尼迪事件的网站和书籍数量极多，需要在浩如烟海的资料中淘选出关于事件真相的信息。标准的真相需涵盖事件的时机、在场者的描述、抵达现场后的场景、关于这次射杀的其他角度的解读及驱车前往帕克兰德纪念医院的细节等等。但是，例如特定的谈话、私人时间等第一手资料来源于《总统之死》、沃伦委员会的报告、克林特·希尔所著《肯尼迪夫人和我》、文森特·巴格鲁斯（Vincent Bugliosi）的《再现历史》（*Reclaiming History*）、达莱克关于肯尼迪夫人医疗方面的描述及对刺杀本身的记述，当然还少不了泽普鲁德（Zapruder）当时在现场拍摄的电影胶片。我们反复观看泽普鲁德的电影胶片以了解事件的经过，但每每观看，仍然觉得过程甚为恐怖，而这一经过也一遍遍地引领我们走向那个无法更改的既定的结局。

第 27 节：在网上可以找到杰姬请人拍摄的电影片段，我们观看时仍然能感受到她流露出的极大的悲哀。很多杰姬的传记作者都简要提及了这个片段，但这个片段的重要性都被低估了。就像和嘉宝共度的夜晚，或是对《蒙娜丽莎》的注视一样，这个电影短片的意义重大，却非常容易被忽视。

鸣 谢

超级经纪人埃里克·西蒙诺夫（Eric Simonoff）在创新和商业运作两个方面都表现出了超乎想象的判断力。

我的助手马凯达·伍布奈（Makeda Wubneh）二十多年来一直在维护我所有产业的正常运转，实属不易。

同时，非常感谢我的出版人斯蒂芬·鲁宾（Stephen Rubin），他是出版界最棒的。同样感谢我在福克斯新闻台的老板罗杰·艾尔斯（Roger Ailes），他是一位优秀的、无所畏惧的斗士。

——比尔·奥赖利

我希望向所有为这部书的问世做出了努力的人们表示诚挚的感谢，他们中包括斯蒂芬·鲁宾，坚如磐石的吉莉安·布莱克（Gillian Blake），还有埃里克·西蒙诺夫。当然，在此我特别要向卡琳·杜加尔德（Calene Dugard）致以真心的爱意和感谢，她是我恬静的心灵之侣，也是一位不为人所知的历史学家。

——马丁·杜加尔德

图书在版编目（CIP）数据

刺杀肯尼迪/（美）比尔·奥赖利，（美）马丁·杜
加尔德著；邓武译. -- 北京：北京联合出版公司，
2020.2
ISBN 978-7-5596-3267-8

Ⅰ.①刺… Ⅱ.①比… ②马… ③邓… Ⅲ.①长篇小
说—美国—现代 Ⅳ.① I712.45

中国版本图书馆 CIP 数据核字（2019）第 092259 号

北京市版权局著作权合同登记 图字：01-2019-3902

刺杀肯尼迪

作　　者：[美] 比尔·奥赖利
　　　　　[美] 马丁·杜加尔德
译　　者：邓　武
责任编辑：龚　将
　　　　　夏应鹏
策 划 人：方雨辰
特约策划：联邦走马
策划编辑：陈希颖
特约编辑：蔡加荣
装帧设计：孙　容

北京联合出版公司出版
（北京市西城区德外大街83号楼9层　　100088）
北京联合天畅文化传播公司发行
山东临沂新华印刷物流集团有限责任公司印刷　　新华书店经销
字数218千字　　787毫米×1092毫米　　1/32　　10印张
2020年2月第1版　　2020年2月第1次印刷
ISBN 978-7-5596-3267-8
定价：49.00元